게으름을 죽여라

게으름을 죽여라

구경미 소설

문학동네

차례

뮤즈가 좋아 … 007

독평사 … 039

일주일 … 073

게으름을 죽여라 … 105

새로운 삶 … 139

은자와 함께 … 171

잠자는 고양이 … 203

거짓말 … 233

2005년 6월, 귀덕과 애월 사이 … 267

해설 _ 이경재(문학평론가)
밀실 안의 광장 혹은 광장 밖의 밀실 … 299

작가의 말 … 324

뮤즈가 좋아

나는 아무것도 판단할 수 없다. 나는 아무것도 생각할 수 없다.
아는 거라고는 현재 내게 남은 건 아무것도 없다는 것뿐이다.
그런데 어쩌다 내 인생이 이 모양 이 꼴이 된 거지?

왜 이렇게 땀이 나는 거지?

땀은 무대에 오르기 전부터 났다. 차들을 추월하며 오토바이로 질주할 때도 났고, 오전 열한시에 간신히 눈을 떴을 때도 났다. 같은 날 아침, 역시 간신히 잠들 때도 났다. 다만 지금처럼 노골적이지 않았을 뿐이다. 6월 3일. 아직 땀이 날 정도의 계절은 아닌 것이다. 지하의 좁은 공간에 백여 명의 사람들이 모여 있다고는 해도, 십여 개의 조명이 무대로만 집중돼 있다고는 해도, 머리와 이마에서 흘러내린 땀이 턱에 고였다가 빗방울처럼 떨어질 정도는 아닌 것이다.

아, 오늘은 정말 쉬고 싶은데.

피곤해서 죽을 것 같다. 어제는 잠을 잘 못 잤다. 평소에도 잘 자는 편은 아니었지만 어제만큼은 아니었다. 자야 한다고 생각하니 더 잠이 안 오는지도 몰랐다. 공연 전날에는 술을 마시지 않는다는 스스로와의 약속을 깨고 맥주를 마시기 시작한 것은 잠을 좀 자보려는 의도에서였다. 맥주를 마시면 잠이 올 것 같았다. 마시기 전에는 그랬다. 그런데 한번 마시기 시작하자 오라는 잠은 오지 않고 갈증만 더했다. 취하면 잠이 오려나? 스물네 캔이 들어 있는 한 박스를 다 마셨을 때는 새벽 세시였다. 취했으면 쓰러져서 잠이 들었을 텐데 스물네 캔을 다 마셔도 취하지 않았다. 머리만 아팠다. 방바닥에 누워서 눈을 감았다. 온갖 상념들이 떠올랐다. 그렇게 몇 시간을 누워 있다 아침에야 겨우 잠들었다.

지금 이 순간은 곧 지나간다. 조금만 참자. 시간은 흐른다.

오늘따라 유독 목소리가 갈라진다. 고음에서는 피를 토하는 심정으로 소리를 지른다. 내 몸보다 더 익숙한 기타의 무게도 오늘은 어쩐지 낯설게 느껴진다. 이래서야 어디 초청 그룹으로서 체면이 설까 싶다. 그래도 그렇지, 왜 저런 표정으로 보는 거지? 중학생 녀석이 뚱한 얼굴로 무대를 노려본다. 곡이 마음에 안 드나? 집중하자, 집중하자.

첫 곡은 뮤즈의 〈머슬 뮤지엄〉. 나는 머리를 크게 끄덕이며 간주로 넘어간다. 다행히 드럼과 베이스 기타, 기타의 간주 시작 부분이 딱 맞아떨어졌다.

오겠다던 현욱이 녀석은 오지 않았다. 현욱이가 밴드에서 나가고 아직 리드기타를 구하지 못했다. 현욱이만한 실력자가 없기도 했지만 내심 녀석이 돌아오지 않을까 하는 기대도 있었다. 사 년을 함께했다. 짧지 않은 시간이었다. 추억도 많았다. 현욱이가 지금의 기타 실력을 갖추게 된 데는 내 도움이 컸다. 그런 현욱이니만큼, 형 그럼 그날은 내가 할게, 했을 때 철석같이 믿었다. 최근 함께 호흡을 맞춰본 적은 없었지만 크게 걱정하지 않았다. 서로가 서로를, 눈빛만 봐도 알 수 있었다. 리허설 한 번이면 충분하리라 생각했다. 다른 멤버들도 현욱이 참여한다는 말에 좋아들 했다. 오랜만에 제대로 된 구성원으로 공연을 할 수 있는 것이다. 그러나 현욱은 오지 않았고, 드럼과 베이스, 그리고 나는 맥빠진 리허설을 거쳐, 결국 현욱 없이 무대에 섰다.

드럼 소리가 점점 커진다. 점점 커져서 다른 소리들을 삼켜버린다. 할 수 없이 기타 볼륨을 조금 높인다. 베이스에게도 눈짓을 보낸다. 대진 형이 슬그머니 무대 옆으로 나와 드럼 볼륨을 줄인다. 듣고 있기가 거북한 모양이다. 기타와 베이스 볼륨은 올라가고 드럼은 내려갔지만 여전히 심장을 망치질하는 것 같은 드럼 소리가 실내를 쾅쾅 울린다.

미련한 곰탱이 자식. 남는 건 힘밖에 없는 모양이다. 하긴 힘밖에 없게 생겼다. 백 킬로그램을 넘긴 게 벌써 한참 전이다. 힘을 좀 빼라고 해도 말을 듣지 않는다. 다른 소리들과의 조화가 중요하다고 아무리 강조해도 그때뿐이다. 일단 연주가 시작됐다 하면 슬쩍슬쩍 내 눈치를 보면서도 힘은 빼지 않는다. 저러다 스네어라도 찢어지면 물어줘야 하는데. 기름값도 안 주는 공연에 초청돼와서 악깃값까지 물어낸다면 그건 너무 억울하다.

지금 누가 내게 소원이 뭐냐고 묻는다면 나는 대답할 것이다. 1) 쓰러지는 것, 2) 눈을 감는 것, 3) 침묵하는 것. 평소의 나라면 절대 그렇게 대답하지 않겠지만 지금은 그렇다. 그러니 지금은 내게 소원이 뭐냐고 묻지 마라.

"전화하지 마세요. 소원이에요."

은혜는 걸핏하면 소원이에요, 하고 말했다. 소원은 수시로 바뀌었고, 특이하게도 원하는 게 아니라 원하지 않는 것을 소원으로 내세웠다. 원하는 것은 애교 한번으로 손쉽게 얻을 수 있어서일까. 은혜 생각을 하자 묻어두었던 섭섭함이 불쑥 치받아 올라왔다. 은혜한테? 아니, 현욱이 말이다.

지난 2월 수강생들의 페스티벌이 끝나고 뒤풀이 자리에서였다. 초청 그룹은 언제 어디서나 수강생들로부터 선망의 시선을 받았다. 부러움을 샀다. 공세까지는 아니지만 질문도 받았다. 말발이 조금만 따라준다면 어렵지 않게 화제의 중심이 될 수 있었다. 특히 나처럼 보컬에다 얼굴 되고 입담까지 될 경우에는 이삼십 명의 눈길을 한꺼번에 붙들어둘 수 있었다. 그런 눈길들 중에 은혜가 있었다.

은혜는 내가 진작부터 점찍어두고 있던 아이였다. 대학 이학년생, 스물한 살, 고향 서울, 뽀얀 피부 귀여운 얼굴, 변덕과 애교와 투정이 1:1:1 비율. 강습소 주인이자 한때 잠시 밴드활동을 함께하기도 한 대진 형이 적극적으로 나가라고 충고했다. 도둑놈 심보가 따로 없네, 했다가 아직 뭘 모를 나이니까 밀어붙여, 하기도 했다. 나는 내게 유리한 것만 들었고, 그날 뒤풀이 자리가 무르익었을 때쯤 은혜 옆으로 옮겨 앉았다. 못 마신다는 술도 몇 잔 먹이고 연주에 대해 적당히 칭찬도 하고 그러면서 슬그머니 손도 잡고 아저씨라는 호칭을 오빠로 바꾸는 데까지 성공했다. 휴대폰 번호도 받아냈다. 자정 무렵 은혜를 택시 태워 보낸 뒤 꾼들만 남은 강습소에서 밤새 술을 마셨다.

대진 형에게서 전화가 온 것은 다음날 저녁이었다.

"너 이 새끼 어떻게 했길래 애가 겁을 먹고 도망이냐? 이제 강습소 안 나온단다, 인마."

"누가?"

"은혜, 인마. 네가 느물느물 웃으며 손까지 막 주물렀다며? 넌 새끼야 어떻게 된 게 스무 살짜리 애를……, 징그러워 죽는 줄 알았댄다. 소문나면 네가 책임질 거야?"

"아 씨, 내가 뭘 어쨌다고! 손 조금 잡은 거밖에 없는데. 어제는 가만있더니 왜 오늘 난리래?"

"오늘 난리든 내일 난리든 빨랑 전화해서 사과해. 손은 왜 잡고 지랄이야? 무조건 잘못했다고 빌어. 내가 무슨 낙으로 살겠냐? 예쁜 애들 보는 낙이라도 있어야 할 거 아냐 인마."

그래서 전화를 했다. 형의 낙을 지켜주기 위해.

"지금 과제해야 해요. 내일 전화하세요."

이틀날 오전에 다시 전화를 했다.

"지금 수업중이에요."

두 시간을 기다려 또 전화를 했다.

"지금 밥 먹고 있어요."

사십 분을 기다렸다가 다시 전화를 했다.

"손 잡은 거 맞잖아요. 아니에요? 잡았어요, 안 잡았어요?"

"잡긴 잡았지."

"손 잡을 때 웃었잖아요. 아니에요? 웃었어요, 안 웃었어요?"

"웃은 것 같아."

"그럼 내가 무슨 거짓말을 했다는 거예요?"

"내 의도는 그게 아니었다는 거지. 은혜가 오해하고 있다는 거야."

"손 잡은 것도 맞고 웃은 것도 맞고 내가 기분 나빴던 것도 맞는데 뭐가 오해라는 거예요?"

"그게 바로 오해라는 거야. 난 은혜가 기분 나빠하는 줄……"

"수업 들어가야 해요."

그런 식이었다. 일주일 동안 수십 통의 전화를 했지만 거기에서 더 나아가지 못했다. 은혜는 늘 수업에 들어가야 하거나 과제물을 해야 해서, 또는 가족들이 옆에 있어서 통화 중간에 전화를 뚝 끊어버리고는 했다. 나중에는 화가 나서 나도 모르게 소리를 질렀는데, 오해를 풀기는커녕 오히려 역효과가 났다. 화를 낼 사람은 자긴데 지금 누가 화를 내는 거냐고 은혜가 볼멘소리를 했다. 그리고 앞으로는 전화하지 말라고 했다. 소원이에요, 하고 말했다.

그때 현욱이가 나섰다.

"난 제삼자니까 어쩌면 얘기가 잘될지도 몰라."

기대는 하지 않았지만 그러라고 했다. 전화하지 말란다고 오해를 그냥 묻어버리기도 찜찜하고 또 계속 전화를 하는 것도 자존심 상했다. 며칠 뒤 현욱이가 말했다.

"형 미안해. 나 은혜랑 사귀기로 했어. 뒤끝 없고 밝기만 하던데 왜 형하고는 얘기가 안 됐는지 모르겠네."

"통화 몇번 했어?"

"세 번."

"전화통화 세 번에 사귀기로 했다는 거야?"

"형, 나는 뭐 유령이야?"

그래, 유령이 아니다. 내가 무대에 올랐다는 건 현욱이도 올랐다는 뜻이고, 수강생들에게 내가 보였다면 현욱도 보였을 것이다. 그래, 현욱이 자식 기타 치는 모습은 쪼끔 멋있다. 인정할 건 인정하자. 나이도 나보다 여섯 살이나 어리고 귀엽게 생겼다. 그래, 나보다는 현욱이가 은혜에게 더 잘 어울릴지도 모른다. 그래도…… 화가 났다. 점찍어두는 것만으로 내 여자가 되는 것이 아님에도 마치 은혜가 내 여자인 것처럼 생각되었고, 현욱이 자식이 내 여자를 채간 것처럼 생각되었다. 맨정신에는 용기가 안 나서 술을 마시고 은혜에게 전화를 했다. 상황 봐서 가능하다면 애원이라도 할 생각이었다. 눈물에 약한 것은 남자만이 아니다.

"현욱 오빠 미워하지 마세요. 소원이에요."

상대가 알아줘야 미워도 하는 것이다. 현욱은 워낙 밝고 긍정적인 사고의 인격체여서 내가 미워해도 미워하는 것을 알지 못했다. 때때로 연습 부족을 이유로 심하게 몰아붙여도 미안해 형, 하고 말았다. 그것도 웃으며. 내 마음이 쑥대밭인데, 아무리 앓는 소리를 해도 알아주지 않으니 나중에는 내가 오히려 섭섭했다. 그러므로 현욱이가 팀에서 나간 것은 나 때문이 아니라 연애 때문이다. 지하세계에서 걸어나가 은혜가 있는 지상의 빛 속으로 들어간 것이다.

캠코더는 돌아가고 카메라 플래시는 터지고 나는 갈라지는 목소리를 힘겹게 끌어올린다. 첫 곡이 끝났다. 앙코르용과 뒤풀이용까지 합쳐 무려 열 곡을 준비했다. 오늘 다 할 수 있을까? 아니 내 체력이 열 곡을 받쳐줄 수 있을까? 나는 시간을 벌기 위해 농담을 던진다. 그사이 손수건으로 땀을 닦고 숨도 돌린다.

지금 이 순간 왜 하필 혜정이 누나가 보고 싶은지 모르겠다. 베이스 기타를 치던 혜정이 누나. 함께 팀을 한 적은 없다. 가끔 이곳으로 놀러 올 때마다 보았을 뿐이다. 누나는 늘 무대 구석에 앉아 커다란 베이스 기타를 끌어안고 연습에 몰두해 있었다. 연습량에 비해 실력이 뭉텅뭉텅 느는 것 같지는 않았지만 열정만큼은 높이 살 만했고, 누나네 팀뿐 아니라 연습실에 드나드는 떨거지들 중에서도 유일한 홍일점이어서 언제나 주목의 대상이 되었다. 당시 만나는 여자가 있던 나까지도 누나 앞에서는 첫사랑과 재회한 순정남처럼 얌전해졌다. 컴퓨터게임에 빠진 대진 형을 드럼세트 앞에 앉힐 수 있는 사람도 누나뿐이었다.

그런데 왜 누나는 팀을 그만뒀지? 수강생과 관련된 무슨 사건 때문이라는 것까지는 들었는데 아무도 자세히 말해주지 않아서 그 이상은 모르겠다. 어쨌거나 누나가 나가고 대진 형의 팀은 깨졌다. 멤버들은 뿔뿔이 흩어졌다. 대진 형만 남아 수강생을 모집하고 본격적인 강습의 길로 들어섰다. 언젠가는 팀을 만들어 자신의 곡으로 앨범을 낼 거라고는 하지만 글쎄, 아직 게임의 세계에서 빠져나오지 못하는 형을 보면 힘들지 않을까 싶다.

혜정이 누나는 잘 살고 있을까?

"배고프다, 성엽아. 땀 그만 닦고 얼른 해라."

이제 한 곡을 마쳤을 뿐인데 벌써 뒤풀이용 안주가 도착했다. 대진 형이 안주 옆에 앉아 침을 흘리고 있다. 사람들이 형과 무대를 번갈아 쳐다본다. 하라면 해야지 별수 있나. 나는 드럼과 베이스에게 눈짓을 보낸다. 이펙트 걸린 기타가 먼저 시작되고 두 마디 뒤에 드럼과 베이스가 들어온다. 역시, 관객들의 반응은 없다. 누군가는 전화통화를 하고 또 누군가는 옆의 친구와 잡담을 한다. 누군가는 심각한 표정으로 무대를 올려다보고 누군가는 졸고 있다. 중학생이 절반쯤, 고등학생 대학생 성인이 합쳐 절반쯤이다. 수강생이 절반쯤이고 수강생의 공연을 보기 위해 온 친구나 가족 들이 절반쯤. 저중에서 음악을 아는 사람이 몇 명이나 될까.

나도 진짜 무대에 서고 싶다. 이런 시시껄렁한 데 말고 홍대나 신촌의 클럽들, 아니 어디든 상관없다. 음악을 듣기 위해서라면 입장료도 불사하는, 뜨거운 열정을 가진 관객들 앞에 서고 싶다. 다리 꼬고 팔짱 끼고 고개까지 삐딱하게 젖히고 시니컬한 표정으로 앉아 있는 저 소설가 누나 같은 사람 말고.

소설가 누나의 얼굴 표정이 얼마나 심각하고 진지한지. 음악은 연구하는 게 아니라 느끼는 거라고 말해주고 싶다. 말한다고 알까? 벌써 이 년 넘게 봐온 것 같은데 소설가 누나는 아직 초보 수준에서 못 벗어나고 있다. 드럼은 일 년 정도만 하면 그럭저럭 친다 소리 듣는데, 저 누나의 소리는, 절름발이다. 명쾌하게 떨어지지 않는다. 소리가 지저분하다. 패드를 덜 두드렸거나 박치다. 내가 보기엔 둘 다인 것 같다. 게다가 음악을 듣고 치는 게 아니라 외워서 친다. 세상에! 전곡을 외워서 치다니! 그 좋은 암기 실력은 다른 데나 써먹을 일이다. 머리카락도 없으면서 머리핀을 사는 격이다. 머리핀을 사기 위해서는 먼저 머리카락부터 기를 일이다. 소설가 누나가 그렇게 된 것은 다 대진 형 때문이다. 게임을 하기에도 바쁜 대진 형은 수강생들에게 잘못을 지적할 시간이 없다. 담배를 입에 물고도 불 붙일 시간이 없는 사람이 대진 형이다.

소설가가 드럼을 배우는 건 좋다. 그래야 대진 형도 먹고살고 우리도 가끔 연습실로 빌려 쓸 수 있으니까. 내가 불만인 건 남이 공연하는데 왜 저렇게 시니컬한 표정으로 쳐다보느냐는 것이다. 그것도 맨 앞줄에 앉아서. 무시하자, 무시하자. 오늘따라 잡념이 너무 많다. 이게 다 잠을 못 잔 탓이다. 신경이 예민해져서 잡념이 많아진 것이다. 내 곡은 아니지만 내 곡만큼 익숙한 곡들로 선택하길 잘했다. 머리는 잡념으로 들끓어도 입과 손가락은 쉬지 않고 돌아간다. 누군가가 불쑥 내 목에서 머리를 뽑아낸다 하더라도 공연은 계속될 것이다.

열 살 이전의 나는 가수가 되고 싶었다. 그래서 텔레비전에서 들은 노래를 불렀다. 화장실에서도 부르고 방에서도 부르고 옥상에서도 불렀다. 내가 노래를 부르면 앞집 옆집 뒷집에까지 다 들렸다. 옆집 아저씨가 찾아와 고놈 목청 한번 크다고 칭찬할 때마다 아버지에게 맞았다. 텔레비전에서 노래가 나오면 저녁 밥상 앞에서도 따라 불렀다. 그때도 맞았다. 아버지가 주먹 쥔 손으로 내 머리를 쥐어박았다. 가족들은 내가 노래 부르는 것을 좋아하지 않았다. 좋아한 사람은 동네 노인들뿐이었다.

스무 살 전후의 나는 프로 무대에서 활동하는 록밴드의 보컬이 되고 싶었다. 고등학교 때 기타를 배우면서 밴드생활을 시작한 것이 계기가 되었다. 혼자보다는 여럿이 재밌었고 목소리만 있는 것보다는 여러 악기가 폭발적으로 내지르는 소리가 더 멋있었다. 그때도 맞았다. 주먹 쥔 손이 아니라 몽둥이로 엉덩이가 너덜너덜해지도록 맞았다. 누나들은 말리지 않았다. 말릴 수가 없었다. 몽둥이가 어디로 튈지 몰랐다. 결국 나는 이중생활을 시작했다. 집에서는 얌전한 고등학생, 학교에서는 막 나가는 기타리스트. 소속 밴드의 보컬이 된 것은 삼학년 때였다. 선배들이 모두 졸업한 후에야 보컬이 될 수 있었다. 위계질서가 철저했다.

이십대 중반이 될 때까지도 나는 프로 무대에서 활동하는 록 밴드의 보컬이 되겠다는 꿈을 포기하지 않았다. 꿈을 이루기 위해 스무 살, 고등학교를 졸업하자마자 상경했다. 그때는 맞지 않았다. 오히려 칭찬과 격려를 받았고 돈을 받았다. 나는 대학 입시에 실패했고 서울에서 재수를 하겠다고 했다. 반대할 줄 알았던 아버지가 선선히 그러라고 했다. 내 친구들은 어디서 재수를 하느냐고 물었다. 내 친구들도 모두 대학 입시에서 떨어졌다. 음악과 공부를 동시에 잘하는 것은 정신이상자만이 할 수 있는 일이다. 내 친구들은 모두 고향에 남는다고 대답했다. 그럼 너는 서울로 가거라. 아버지가 말했다.

스무 살 봄에 서울로 왔지만 아는 사람이 없었다. 음악 쪽으로는 비빌 언덕이 없었다. 딱 한 번 에이전시에 가서 테스트를 받았다. 여러 악기가 어우러져야 멋있는 곡을 혼자 기타로 연주했다. 여러 악기가 어우러졌을 때는 묻혀서 들리지 않던 단점들이 혼자 연주하니 너무 잘 들렸다. 에이전시에서 더 배워 오라고 했다. 나는 더 배워 오겠다고 했다. 더 배우기 위해 학원에 등록했다.

대입 시험에 붙기 위해 입시학원에 가고, 요리사가 되기 위해

요리학원에 가듯이, 나는 뮤지션이 되기 위해 음악학원에 갔다. 그때는, 정말 몰랐다. 학원도 다 같은 학원이 아니라는 것을. 나보다 나을 것 없는 실력의 선생에, '멋진 취미를 가졌군요'라는 주위의 칭찬에 고무되어 매달 등록은 하지만 얼굴은 잘 볼 수 없는 직장인들. 실력이 느는 게 아니라 오히려 줄어들었다. 에이전시가 가까워지는 게 아니라 오히려 멀어졌다. 비빌 언덕도 없고 의논할 사람도 없었다. 그래서 군대에 갔다. 방황하며 시간을 허비하느니 어차피 갈 거 얼른 갔다 오는 게 나을 것 같았다.

전역 후 나는 여러 학원을 떠돌았고 가는 곳마다 수제자가 되었다. 기존의 수제자는 내가 피크를 한번 휘두르기만 하면 내 발아래 무릎을 꿇었다. 학원에서의 위계질서는 바로 실력이었다. 실력을 인정받는 순간 나는 학원생에서 학원을 자유로이 드나들며 장비를 이용할 수 있는 뮤지션으로 격상되었다. 인맥도 좀 생겼다. 술자리도 많아졌다. 내가 그토록 원하던 밴드도 만들었다. 나는 보컬과 세컨드기타를 맡았다. 일주일에 한 번, 모여서 연습도 했다. 연습실은 '좀 생긴' 인맥을 동원해 무료로 빌리거나 저렴하게 빌렸다. 군대에 있는 동안 나는 능글맞게 웃으며 부탁도 할 수 있게 되었고, 맨땅에 헤딩도 할 수 있게 되었고, 언덕이 아니라 말뚝에라도 비빌 수 있게 되었다. 내 노력으로 빌린 연습실에 들어설 때마다 나는 무장결사대라도 된 양 비장함과 대견함을 느꼈다. 사는 게 사는 것 같았다. 그때, 나는 살아 있었다.

그러나 '살아 있음'의 실체를 깨닫기 시작한 것은 몇 년 지나지 않아서였다. 멤버들이 계속 바뀌었다. 누군가가 나가고 새로운 누군가가 들어오면 새로이 가르치고 새로이 호흡을 맞췄다. 몇 달 투자해서 키워놓으면 또 금방 나갔다. 기말고사 기간이어서, 취업 준비를 해야 해서, 혹은 군대에 가야 해서. 기말고사만 끝나면, 취업만 하면, 제대만 하면 돌아올게요, 하고 말하지만 한번 나가면 다시 돌아오지 않았다. 그들에게 밴드는, 그리고 음악은 이십대 초반의 성장통 같은 것이었다. 내가 있는 곳은 내 그릇에 맞지 않았다.

이제 나는 능글맞게 웃으며 부탁도 할 수 있게 되었고, 말뚝에라도 비빌 수 있게 되었으므로 간간이 텔레비전에 얼굴을 비치는 밴드들을 찾아갔다. 가는 곳마다 거절당했다. 나는 나이가 많았다. 나는 개성이 없었다. 나는 노래를 썩 잘하지 못했다. 나는 보통 수준의, 쌔고쌘 기타 연주자 중 하나였다. 그들이 말해서 나는 내가 그렇다는 것을 알았다. 하지만 기죽지 않았다. 다음으로는 텔레비전에 얼굴을 비치지 못하는, 혹은 비치지 않는 인디밴드들을 찾아갔다. 인디밴드 멤버들의 평균연령은 십팔 세였다. 그때 나는 스물일곱이었다. 열 살 가까이 차이가 났다. 이십대가 아주 없는 건 아니지만 스물일곱까지는 아니었다. 세대 차이 난다고 할 만했다. 열 살 가까이 차이가 남에도 실력에는 그다지 차이가 없다는 것에 나는 충격을 받았다. 대개가 고등학생인 인디밴드들 앞에서 입도 벙긋 못 하고 돌아나왔다.

나는 영원히 '학원가'에서 벗어나지 못할까봐 두려웠다. 처음으로, 어쩌다 굴러들어간, 그리고 너무 오래 굴러버린, 너무 오래 굴러서 나 역시 그곳을 구성하는 벽돌 한 장이 되어버린 '학원가'가 두려웠다. 하지만 결국 '학원가'로 돌아왔다. 돌아올 수밖에 없었다. '학원가'가 아니라면 내가 갈 곳이란 없었다.

그렇게 다시 몇 년이 흘렀다. 이제 내 나이 서른하나. '학원가'의 그 누구도 이제 내게 꿈이 뭐냐고 묻지 않는다. 자기 곡을 가지고 있어야지, 하고 말하지 않는다. 편곡을 배워보라고 권하지 않는다. 대신 결혼은 언제 할 거냐고 묻는다. 사귀는 여자는 있냐고 묻는다. 앞으로 뭘 해 먹고살 거냐고 묻는다. 그러면서 뚜렷한 직업도 없이 굶어죽지 않고 사는 걸 보면 신기하다고 말한다.

아아, 씨. 내 돈.

순간 감정이 격해져서 너무 세게 초킹을 했다. 육번 줄까지 밀려올라갔던 일번 줄이 제자리로 돌아온다. 끊어지지 않고 무사히. 그래, 믿을 수 있는 건 기타뿐이다. 기특하다. 하지만 이 기타도 언제 내 손을 떠나야 할지 모른다. 입금만 해주면 안 팔아도 되는데. 동수 형은 매번 다음 달엔 꼭, 하면서 입금을 미룬다. 정말 없어서 못 주는 건지, 있으면서 안 주는 건지. 집이라도 알면 슬쩍 찾아가보련만 동수 형은 절대 집을 가르쳐주지 않는다. 직업상 어쩔 수 없단다. 게다가 이사도 자주 다니는 눈치다. 뭔가 생기는 게 있으니 이사도 하는 게 아닌가, 하는 생각은 들지만 받을 돈 못 받을까봐 따지지도 못한다.

동수 형 소개로 육 개월 동안 인터넷에다 사진 올리는 아르바이트를 했다. 원래는 동수 형 혼자 하던 일이었는데 갑자기 일이 많아졌다며 나한테 하청을 주었다. 모르는 사람한테 맡기기는 껄끄러워서 나한테 주는 거라고 했다. 그러면서 말했다. 임도 보고 뽕도 따고, 사진도 보고 돈도 벌고. 나쁘지 않았다. 일도 힘들지 않았다. 형이 보내주는 사진을 하나씩 딴 뒤 사이즈만 줄여 업로드 하면 되었다. 사진 한 장당 얼마씩 계산해서 아르바이트비를 받았다. 하룻밤에 백 장을 올리기도 했다. 그런 날이면 밤을 꼬박 새웠다. 올리는 시간보다 들여다보는 시간이 더 길었다.

석 달 동안은 꼬박꼬박 제날짜에 입금이 되었다. 넉 달째에는 반액만 들어왔다. 다섯 달째에는 한 푼도 없었다. 너무 바빠서 입금을 못 했다고 했다.

"은행 갈 시간도 없다 야. 한꺼번에 넣어줄게."

나는 그럴 수 있겠다고 생각했다. 동수 형 말을 믿었다. 사실 다섯 달째부터 일이 부쩍 늘었다. 밤뿐 아니라 낮에도 꼼짝없이 방에 틀어박혀 사진을 올려야 했다. 여섯 달째에도 마찬가지였다. 밥 먹는 시간만 빼고는 컴퓨터 앞에 매달려 있어야 했다. 외로운 청춘들이 이다지도 많단 말인가, 세상을 한탄하기도 했다. 그 외로운 청춘들 중 하나인 나는 세상의 수많은 외로운 청춘들을 위로하기 위해 내 외로움을 접고 오늘도 불철주야 일에 매진

하고 있다, 고 실없이 중얼거리기도 했다. 그러나 여섯 달째에도 입금이 되지 않았다. 나는 바쁘다는 동수 형에게 인터넷뱅킹을 이용해보라고 조심스럽게 충고했다. 그러자 형이 말했다.

"야, 나도 못 받았어. 들어오는 게 있어야 너한테 떼줄 거 아니냐. 조금만 기다려봐. 그리고 일은 잠시 쉬어라. 분위기 좋아지면 연락할게."

나는 형이 시키는 대로 조금만 기다렸다. 연락이 없었다. 그래서 내가 연락했다.

"좀만 더 기다려. 나도 노력하고 있어. 당장 굶어죽냐?"

당장 굶어죽지는 않았다. 나는 알았다고 했다. 좀만 더 기다렸다. 연락이 없었다. 그래서 다시 연락했다.

"내가 떼먹을까봐 그러냐? 솔직히 너 나 덕분에 몇백 벌었잖아. 이 새끼가 고맙다는 인사는커녕 오히려 빚쟁이 닦달하듯 하네. 기다려 인마."

솔직히 형 덕분에 몇백 벌었다. 고맙게 생각한다. 하지만 그건 내가 밤잠 안 자고 일했기 때문이다. 게다가 번 몇백보다 못 받은 몇백의 금액이 더 컸다. 못 받은 금액은 내가 낮잠 밤잠 다 안 자고 일한 대가였다.

기타라도 안 팔면 굶어죽을지도 모른다고 말해볼까? 설마 기타까지 팔게 내버려두지는 않겠지? 아, 씨, 돈은 왜 안 주는 거야?

세번째 곡이 채 끝나지 않았는데 사람들이 자리를 뜨기 시작한다. 누군가는 화장실에 가고, 또 누군가는 담배 피우러 가고. 이미 절반 가까이나 자리가 비어 있다. 소수를 제외한 수강생의 친구와 가족 들은 내 노래가 한 곡으로 끝나지 않는다는 걸 깨닫자마자 수강생과 인사를 나누고는 강습소를 떠났다. 기록사진을 남겼으니 이제는 미련 없다는 듯 그들은 공연 도중인데도 서슴없이 일어났다.

열심히 듣는 인간도 없는데 내가 지금 여기서 뭘 하고 있는 거지?

아, 뭐 물론 열심히 듣는 인간이 아예 없는 건 아니다. 지나치게 열중하는 소설가 누나도 있고, 휴대폰으로 부지런히 무대를 찍어대는 여중생들도 있다. 여대생 몇몇은 홀린 듯 나를 바라보기도 한다. 좋다. 다 좋다. 그런데 이곳엔 열광이 없다. 나는 열광에 목말라 있다. 그런데 현욱이 자식은 끝까지 안 오는 건가?

세번째 곡이 끝났을 때 나는 마이크에 대고 말했다.

"대진이 형 그만 좀 먹어요."

김밥 두 개를 한꺼번에 입에 넣은 형이 아침도 점심도 못 먹었다고 우물우물 대꾸했다.

"그럼 대충 마무리해?"

나는 정말 그만하고 싶었다. 셔츠도 바지도 땀에 푹 절어서 옷이 아니라 빨래를 걸친 것 같았다. 피크도 자꾸만 손에서 도망치려 했고 곡이 진행될수록 멤버들과의 박자도 조금씩 어긋났다. 물을 마셔도 갈증이 가시지 않았다. 다리가 후들거렸다. 빠르고 강한 피킹이 많은 곡들이라 오른팔도 저렸다.

"몇곡 남았어?"

"뒤풀이용 빼고 네 곡."

"마저 해."

"정말 해?"

"오늘중으로는 끝나지 않겠냐?"

"그러다 형 배고파 쓰러지면?"

"그럼 2배속으로 하든지."

나는 웃고 말았다. 십 년 가까이 봐오지만 대진 형만큼 정의내리기 힘든 사람도 드물 것이다. 매사에 느긋한가 하면 또 참을성이 없었고, 긍정적인가 하면 비관적이고, 음악학원을 운영하면서 게임에 더 많은 시간을 투자하고, 생각은 있는데 행동에 옮기지는 않았다. 일 년 열두 달, 걸어서 십 분 거리에 있는 집과 강습소만 오가면서도 인생이 지루한 줄을 몰랐다. 그렇다고 행복해하는 것도 아니었다. 형수가 주도적으로 움직이지 않았으면 아마 평생 결혼도 못 했을 것이다. 미적거리기만 하는 형을 보다못한 형수가 임신부터 하고 양가에 사실을 알린 뒤 결혼을 서둘렀다. 본격적으로 수강생을 받게 된 것도 형수의 노력이 컸다. 형은 자신의 인생임에도 주도권을 내세우지 않고 이끌면 이끄는 대로 따라갔다. 불평도 없고 즐거움도 없이. 형수는 이런 형이 뭐가 좋아서 그렇게 열렬히 쫓아다니고 또 결혼까지 했을까. 나는 형이 부럽다. 내게도 선생 마누라가 있었으면 좋겠다.

스물다섯 살 생일 때 아버지가 말했다.

"공부가 안 되면 결혼을 해라."

나는 공부를 한 적이 없지만 그때까지도 아버지는 내가 대입 시험을 준비하는 것으로 알고 있었다. 나는 머뭇거렸다. 사실을 말해야 하는데 입이 떨어지지 않았다.

"이제 틀렸다. 내려와서 결혼하고 회사에 나와라."

결혼하기에는 너무 이른 나이라고 나는 항변했다. 스물다섯에 결혼하는 남자가 어디 있냐고, 맞지 않기 위해 투정 섞어 말했다. 내가 봐도 공부는 틀린 것 같다, 고 나는 솔직히 인정했다. 그러므로 직장을 잡겠다, 하지만 서울에 남겠다, 서울에서 일을 하겠다, 고 비교적 뚜렷하게 내 생각을 밝혔다.

"서울에 남아서 뭘 할 건데? 친척이 있냐 뭐가 있냐? 네가 학벌이 있냐 기술이 있냐? 그렇다고 가진 게 있냐?"

나는 잠시 생각하다 체력이 있다고 대답했다. 하지만 내 목소리는 기가 죽을 대로 죽었고, 눈조차 바로 들지 못했다. 괜히 체력이라고 했다. 창백한 낯빛과 밋밋한 몸 어디에서도 '력'은 보이지 않을 것 같았다. 아버지는 매서운 눈으로 나를 바라보았다.

"마음만 먹으면 무슨 일이든 못 하겠어요. 뭐 그런 뜻이죠."

나는 활기차게 말을 했으나 돌아온 것은 침묵뿐이었다. 화제를 바꾸려는 수작이었지만 상대의 반응이 없으므로 하지 않으니만 못하게 되었다. 나는 눈이라도 피하기 위해 고개를 숙였다.

얘기하다 말고 도대체 무슨 생각을 하는 거지? 아버지의 침묵이 길어졌다. 나는 허겁지겁 미역국을 마셨다. 어머니와 막내누나는 내가 스물다섯 살에 결혼을 하든 말든, 집으로 끌려내려오든 말든 관심 없다는 듯 텔레비전을 보며 평온한 얼굴로 밥을 먹고 있었다.

"손 좀 보자."

마침내 침묵을 깨고 아버지가 그렇게 말했을 때 나는 아무 생각 없이 양손을 내밀었다. 아버지의 시선은 왼손에 고정되었다. 아차, 와 설마, 가 동시에 관자놀이를 때렸다. 내 왼쪽 손가락 끝은 죄다 개구리의 배처럼 볼록 솟아 있었다. 딱딱하게 굳은살이 박여 있었다. 지문을 따라 살이 갈라져 있기도 했다. 아버지의 손바닥이 날아와 내 뺨에 감겼다. 단단하면서 차진 소리가 났다. 어머니와 막내누나가 숟가락을 떨어뜨렸고 나는 고개가 좀 심하게 돌아갔을 뿐 국그릇을 엎거나 하지는 않았다. 대신 자존심이 상했고 억울했고 화가 났다.

"나가라. 다시는 들어오지 마라."

아버지가 말했다.

"도대체 왜 이러시는 거예요?"

짐작하면서도 나는 모르는 척했다. 확실하지 않았으므로 일단은 개길 필요가 있었다.

"몰라서 하는 소리냐? 부모를 속이는 자식은 없는 게 낫다."

아버지의 눈은 혐오감을 담은 채 찌푸려져 있었다. 그래, 속이긴 했다. 그래도…… 나는 억울했다. 음악 하는 게 무슨 큰 죄라고 스물다섯 살 먹은 아들의 빰을 이렇게 후려치는가, 하는 생각이 들었다. 동시에, 원조가 끊기면 앞으로 어떻게 살지, 와 음악을 포기하고 살 수 있을까, 하는 계산이 빠르게 머릿속을 오갔다. 어떡하지? 나중 일은 나중에 생각하고 일단 빌어볼까?

"빌어도 소용없다. 한 번 속인 자식이 두 번은 못 속일까."

끝났다. 그래도.

"나가라고 하시니 나가겠습니다. 대신 지금 나가면 다시는 들어오지 않을 겁니다. 아무리 애원하셔도."

마지막 카드는 협박이었다. 제발 통해야 할 텐데. 아니면 협상의 여지라도.

"그럴 일 없다."

정말 끝났다. 나는 식탁에서 일어났다. 어머니와 막내누나는 어리둥절한 얼굴로 아버지와 나를 번갈아 쳐다보기만 했다. 뒤늦게 어머니가 뭐라고 말했지만 이미 식탁을 떠난 내 귀에는 들리지 않았다. 그날 밤 후련함과 막막함, 자유와 생활고에 대한 두려움을 껴안고 서울로 돌아온 뒤 육 년이 지난 지금까지 한 번도 집에 가지 않았다. 아니, 가지 못했다. 간간이 어머니와, 더 간간이 누나들과의 전화통화를 통해 집은 괜찮다, 아버지는 건강하시다, 는 소식만 전해들을 수 있을 뿐이었다. 사면은 내려지지 않았다.

그때 못 이기는 척하고 아버지의 말을 따르는 게 옳지 않았을까? 못 이기는 척 결혼을 하고 못 이기는 척 회사에 나가고 못 이기는 척, 남들처럼, 그럭저럭, 살았어야 하는 게 아닐까? 나는 아무것도 판단할 수 없다. 나는 아무것도 생각할 수 없다. 아는 거라고는 현재 내게 남은 건 아무것도 없다는 것뿐이다. 그런데 어쩌다 내 인생이 이 모양 이 꼴이 된 거지?

말하는 김에 다 말하자. 사실은 지난달에 다시 록밴드들을 찾아갔다. 예전의 그 밴드들도 있고 새로 생긴 밴드들도 있었다. 현실도 알고 어느 정도 꿈도 포기했지만 미련은 남아 있었다. 이대로 끝내기에는 너무 억울하다고 생각했다. 마지막으로 딱 한 번만, 이라고 생각했다. 이번에도 안 되면 정말 그만둔다, 고 다짐했다. 어떤 포지션이 주어질지 모르므로 노래와 기타를, 죽어라 연습했다. 그것 때문에 집주인과 하루가 멀다 하고 싸웠다. 아니, 욕을 먹었다. 시원하게 목청을 뽑고 기타를 치기 위해 오토바이를 몰고 새벽에 한강으로 나가기도 했다. 그렇게 한 달을 집중적으로 연습하자 목에서 피가 났다. 굳은살이 박일 대로 박인 손가락이 저리고 아팠다. 만족스러웠다. 진작 이렇게 연습했으면, 하는 후회도 들었다.

그리고 지난달, 드디어 밴드들을 찾아갔다. 마지막이라는 생각은 나를 비장함에 젖게 했고, 나에게 아우라를 드리워주었고, 분위기와 무게감을 만들어주었다. 나는 노래를 부르고 기타를 쳤다. 현란한 테크닉을 요구하는 연주곡을 무리 없이 소화해 보이기도 했다. 원맨쇼가 끝났을 때 리더로 보이는 사람이 말했다.

"월급이라기엔 뭣하지만 몇 달씩 수입이 없을 때도 있어요."

나는 괜찮다고 했다. 그 정도는 각오하고 있다고 했다. 그렇게 말해준 게 고마워서, 돈 벌려고 음악을 시작한 건 아니라고 환하게 웃으며 말했다.

"오히려 연습실 대여비를 내야 해요. 악기도 각자 알아서 사야 하고."

나는 그것 역시도 괜찮다고 했다. 몸을 팔아서라도 내겠다고 했다.

"요즘 음반시장 불황인 거 알죠? 언제쯤 앨범을 낼 수 있을지…… 당분간은 계획이 없는데……"

나는 조금 망설였지만 그것 또한 상관없다고 했다. 우선은 연습을 하며 때를 기다리는 게 당연하지 않겠냐고 했다. 내가 그렇게 말하면 리더가 좋아할 줄 알았다. 그런데 리더는 갈수록 애매해하고 어색해하고 당황해했다. 뭐가 문제지?

"요즘은 연습도 별로 안 해요. 곡 작업이 생각만큼 진척이 없어서."

나는 조금씩 기분이 나빠지고 있었다. 그래서 뭐 어쩌란 말인가, 하는 생각이 들었다. 멤버를 뽑겠다는 건가 말겠다는 건가, 하는 생각도 들었다.

"너무 무거워요. 하나도 즐거워 보이지가 않아요. 혹시 이런 말 못 들어봤어요?"

나는 자리를 박차고 일어났다. 노골적으로 화는 못 내고 다만,

사람 앉혀놓고 지금 장난하는 겁니까, 라고 중얼거려주고는 밖으로 나왔다. 다른 밴드들을 찾아갔다. 단어와 상황에 약간의 차이가 있을 뿐 비슷한 문답이 오갔다. 이러이러한 어려움이 있는데 그래도 하겠느냐. 그 과정들을 거치며 나는 마침내 깨달을 수 있었다. 그들은 거절의 의사를 선문답 속에 섞어 던지고 있었다. 내가 상처받을까봐 그렇듯 우회적으로 거절의 뜻을 전하고 있었다.

그들은 예의를 갖춰 거절했지만 내가 거절을 거절로 알아듣지 못하고 어리석게 구는 바람에 문답의 과정이 오히려 내게 상처로 남았다. 거절당했다는 것보다 거절의 의사도 읽어내지 못할 정도로 비굴해져 있었다는 것 때문에 나는 상처받았다. 처참한 기분이었다. 굽실대던 내 모습이 머리에서 지워지지 않았다. 내 입에서 튀어나간 단어 하나하나가 살아서 꿈틀거렸다. 나는 굽실대고 아첨하듯 웃고 절박하게 말하고 있었다. 사실 그때는 마지막 기회라는 생각 때문에 정말 절박했었다. 그랬으므로 나는 더 부끄러웠다. 당당하게 행동하지 못했던 내가 부끄러웠고 절박한 상황에 몰린 내 처지가 비참했다. 누구도 만나고 싶지 않았다. 밤이고 낮이고 집에서 뒹굴었다. 밤에는 잠이 오지 않았다. 잊기 위해, 그리고 자기 위해 술을 마셨다. 술을 마셔도 금방 잠드는 것은 아니었다. 술기운으로 뜨거워진 몸을 뒤척이다 동틀 무렵에야 겨우 잠들었다. 눈을 뜨면 오후였고 다시 밤에는 잠이 오지 않았다. 오늘이 어제 같고 어제가 엇그제 같은, 재방

송 같은 날들이 이어졌다.

눈을 감았다 뜬다. 땀을 닦고 물을 마신다. 이제 한 곡 남았다. 이 곡만 끝나면 누울 수 있을 것이다. 눈을 감을 수 있을 것이다. 마지막 곡은 뮤즈의 〈히스테리아〉. 한두 명이 꺄악 비명을 지른다. 역시 반응이 좋다. 시작과 끝을 뮤즈로 정하기 잘했다. 나는 비명을 지른 여대생들을 향해 원곡과 다를 수 있으니 양해해달라고 말한다. 뒤이어 즐거운 밤 되시라고 멘트를 날린다. 행복하라고, 사랑한다고 말한다.

"지금까지 무지였습니다."

내 말이 끝남과 동시에 베이스 소리가 무겁게 울려퍼진다.

비록 꿈에 그리던 프로 무대에는 서지 못했지만 행복한 한때도 있었다. 예를 들면 지금의 멤버로 팀을 꾸리던 날들. 팀 이름을 두고 한참을 고민했다. 다들 머리 쓰는 데에는 별 소질이 없어서 기껏 나오는 것들이 유명 밴드의 아류 같은 이름들뿐이었다. 이왕 아류로 할 바에야 그렇다면, 하고 나는 '무지'가 어떠냐고 했다. 핀잔과 야유가 쏟아졌다. 무식해 보인다고 했다. 멤버들의 입을 다물게 하는 데는 한마디면 족했다.

"뮤즈에서 영감을 받은 건데?"

우리는 다들 뮤즈의 광팬이었다. 뮤즈뿐만 아니라 웬만한 록밴드는 다 좋아했다. '뮤즈'와 '무지'가 아무런 연관성이 없어도, 발음이 비슷하다는 것만으로도 우리는 환호성을 올렸고 그

자리에서 결정을 내렸다. 그때 제일 좋아하던 녀석이 현욱이었다. 현욱은 뮤즈의 곡 연습이라면 이틀 밤을 새우고 연습실 구석에 널브러져 있다가도 어느새 일어나 기타를 잡을 정도로 빠져 있었다.

그러고 보니 행복했던 때가 또 있었다. 작년 7월 펜타포트 록 페스티벌. 전설로만 내려오던 1999년의 록 페스티벌이 2006년 7월 기적처럼 부활했다. 일찌감치 예매를 끝내고 7월 말이 오기만 손꼽아 기다렸다. 그때 현욱은 뭐라고 말했나.

"우리는 행운아야, 형. 떨려서 미치겠어. 미리 가 있으면 안 되나? 응?"

비록 나이 서른에 접어들었지만, 꿈과는 점점 멀어지고 있었지만, 떨리기는 나 역시 마찬가지였다. 28일부터 30일까지 이박 삼일 동안 우리는 하루 두 끼를 김밥으로 때우며 음악을 듣고 노래를 불렀다. 우리는 새벽에 잠들어도 반드시 아침 일찍 일어났다. 텐트 앞에 앉아 노래를 부르면 사람들이 모여들었다. 노래를 들을 만반의 준비가 돼 있는 사람들이었다. 비 따위는 아무런 방해물이 되지 못했다. 내가 리듬을 치며 노래를 부르면 옆에서 현욱이 기타로 애드리브를 넣었다. 함께 보낸 시간이 오래인 만큼 우리는 마르지 않는 레퍼토리를 가지고 있었다. 현금은 받지 않았다. 일인당 맥주 한 캔씩만 받았다. 오전이 지날 무렵이면 텐트 앞에 맥주가 수북이 쌓였다. 그렇게 쌓인 맥주는 하루 동안 우리의 일용할 음료가 되었다. 맥주와 김밥으로 배를 불리고 나면 일찌감치 메인 스테이지 앞에 자리잡고 앉아 공연이 시작되기를 기다렸다. 뮤즈는 오지 않았지만 대신 플라시보가 있었고 제이슨 므라즈가 있었고 스트록스가 있어서 행복했다. 우리는 넘치는 광기로 진흙뻘 같은 곳에서 끊임없이 뛰었고 넘어졌고 굴렀고 피를 보았다. 이박 삼일은 광란의 시간이었다. 지옥의 시간이었고 천국의 시간이었다. 물론 무대에 오른 밴드들에 대해 질투가 아주 없었던 것은 아니었다. 하지만 그것은 질투라기보다는 선망에 가까웠다. 질투를 하기에는 그들은 너무 컸고 나는 너무 작았다. 비교도 안 될 만큼 작아서 외려 그 시간을 오롯이 즐길 수 있었다.

그 시간들이 다시 올 수 있을까? 내게 아직 기회라는 게 남아 있을까? 순수한 즐거움으로 가득 찼던 그 순간들을 다시 맛볼 수 있을까? 그런데 현욱이 녀석은 왜 안 오는 거지? 송도에서의 낮과 밤 들을 다 잊은 건가? 우리는 환상의 이인조라고 외치고, 두려움 따위는 다 물러가라고 외치고, 절망 따위는 없다고 외치고, 우리는 할 수 있다고 외치고, 형은 할 수 있다고 외치던, 넌 할 수 있다고 외치던, 그 시간들을 다 잊은 건가? 그래서 안 오는 거야?

그런데 이 적막은 뭐지? 아직 마지막 곡을 끝내지 못했는데 왜 주위가 조용하지? 곰탱이 녀석, 왜 드럼을 안 치는 거야?

나는 눈을 뜬다. 아, 저 빌어먹을 조명이 눈을 찌른다. 나는 무대 위에 반듯이 누워 있다. 어깨를 짓누르던 기타는 보이지 않는다. 내가 쓰러진 건가? 아직 〈히스테리아〉를 끝내지 못했는데…… 마지막에 하려고 아껴둔 건데…… 뮤즈에게 미안하다. 내가 만약 죽는다면 사인은 뭘까? 신경쇠약? 과다한 음주? 영양실조? 수면 부족? 어? 저 얼굴은…… 현욱이다. 현욱이 녀석이 걱정스러운 얼굴로 내려다보고 있다. 결국 왔구나……, 결국 왔어.

그럼 됐다고 나는 생각한다. 마지막 순간에라도 약속을 지켰으니 그걸로 된 거다. 나는 눈을 감는다. 편안하다. 현욱의 외침이 떠나는 나를 배웅한다.

"형, 공연중에 자면 어떡해? 일어나. 하는 김에 〈슈퍼매시브 블랙홀〉도 한번 해야지? 밖에서 손 풀고 있었단 말야. 안 일어나? 확 차버린다!"

독평사

사람들은 쓰기만 할 뿐 남의 글을 읽지는 않았다.
쓰기만도 바빠서 읽을 시간이 없었다. 사람들은 외로웠고
자신의 글을 읽어줄 사람을 간절히 필요로 하게 되었다.

1

새벽 한시 무렵이었다. 오분에서 십분 사이. 건대병원 앞이었고 비가 내리고 있었다. 비는 거세졌다가 잦아들기를 반복했지만 그치는 순간은 없었다. 때때로 바람까지 불어서 여름 날씨답지 않게 오싹 소름이 돋고는 했다. 내가 제일 좋아하는 날씨였다. 비 오고 바람 불지 않았으면 그 시각 집을 나서 건대병원까지 오지는 않았을 것이다. 슬리퍼 신은 발로 물 고인 웅덩이마다 찰박찰박 밟아주며 십여 분 걸어 병원 마당에 도착했을 때가 한시 무렵이었다. 나는 자판기에서 커피 한 잔을 뽑아 벤치에 앉았다. 엉덩이가 축축하게 젖어들었지만 곧 마를 거니까 괜찮아, 하고 중얼거렸다. 떠날 때까지 자리만 옮기지 않으면 돼.

우산을 쓰고 있어도 비에 맞을 곳은 맞았다. 등이 축축했고 무릎 아래는 내내 비에 노출되어 있었다. 덕분에 찰박거릴 때 튀었던 흙탕물이 다 씻겨나갔다. 발이 시린 것을 빼면 그다지 나쁘지 않았다. 엄지발가락에 슬리퍼를 걸고 까딱거렸다. 나쁜 것은 머릿속이었다. 난 잡념이 너무 많아. 잡념이 많아서 독서에 집중할 수가 없었다. 산만한 독서는 결국 개념 없는 평으로 이어졌다. 생활은 단조롭기 그지없는데 왜 생각은 점점 복잡해지는지 알 수가 없었다. 어쩌면 생활이 단조롭기 때문인지도 모른다고 생각했다. 나는 커피를 다 마시고 종이컵을 움켜쥐었다. 쓰레기통을 조준한 다음 조심스럽게 던졌다. 흠. 변화가 필요해. 그 생각은 벌써 며칠 전부터 하고 있었다. 단조로운 생활을 타파하기 위한 변화. 일명 재미. 주위의 누군가는 '재수 없어'를 달고 살았고 최근의 나는 '재미없어'를 달고 살았다. 통쾌한 재미를 위해서라면 목숨을 내놓는다 해도 아깝지 않을 것 같았다. 흠, 목숨은 좀 심한데. 나는 협상조건을 바꿨다. 팔다리 하나쯤 부러지는 부상 정도라면 그럭저럭 봐줄 만하다. 엄지발가락에 걸려 달랑거리던 슬리퍼가 떨어져 저만치 굴러갔다. 부득이 엉덩이를 움직이지 않을 수 없었다. 벤치에서 일어나며 이건 다 소설 때문이야, 하고 중얼거렸다. 내 팔다리가 부러진다면 그건 다 거지 같은 소설들 때문이라고.

그때였다. 엉거주춤한 자세로 발을 쭉 뻗어 슬리퍼에 꿰려는데 뭔가가 획 하고 슬리퍼 위로 지나갔다. 나는 엉덩방아를 찧었고 그 와중에도 우산은 놓치지 않았으나 차라리 우산을 놓치고 손으로 바닥을 짚는 게 나을 뻔했다. 보는 눈에 상관없이 벌떡 일어났다. 자전거였다. 뒤늦게 자전거라는 생각이 들었다. 조금만 빨리 발을 뻗었어도 내 발등 위로 지나갈 뻔했다. 아, 재수 없어. 그러자 '재수 없어'를 달고 사는 누군가의 얼굴이 떠올랐다.

자전거는 멀리 가지 않았다. 벤치 하나를 사이에 두고 서 있었다. 사과를 하려고 멈췄는지 모른다고 생각했다. 사과를 받아야 했으므로 나는 사건 현장에서 움직이지 않았다. 피해는 크지 않았다. 엉덩이가 욱신거리고 바지가 젖었다. 그러나. 하마터면 나는 발등 하나를 잃을 뻔했다. 간이 덜컥 내려앉았다. 그것은 큰 피해였다. 가뜩이나 없는 자신감을 한 종지가량이나 잃었다. 나는 앞으로 세상을 살아가는 동안 간장종지만큼의 자신감이 부족해서 될 일이 안 되거나 할 일을 못 할 수도 있었다.

예상은 빗나갔다. 멈춘 자전거는 움직이지 않았고 운전자는 벤치에 앉아 헬멧을 벗고 두건을 풀어 비에 젖은 얼굴을 닦고 있었다. 놀랍게도 긴 머리의 여자였다. 자신감이 생겼다. 덩치 큰 남자였으면 아마 그냥 넘어갔을 것이다. 그러나 상대는 여자였고 덩치도 작았고 나보다 어려 보였다. 나는 벤치에 앉아 여자가 하는 양을 노골적으로 쳐다보았다. 여자는 배낭을 내려놓았고 물병을 꺼내 물을 마셨고 그런 다음 다시 물병과 헬멧을 배낭에 넣었다. 두건을 펴서 두 겹으로 접더니 머리에 얹었다. 나는 헛, 하고 웃었다. 그런다고 내리는 비를 막을 수 있나. 이미 다 젖었겠구만. 때마침 빗줄기가 가늘어지기는 했다. 바람도 수그러들기는 했다. 그러나 젖은 옷을 입고 있다면 추울 터였다. 먼 길을 달려왔다면 피곤하기도 할 터였다. 그렇게 생각해서 그런지 여자는 정말 떨고 있는 것처럼 보였다. 시간은 한시 삼십 분을 막 넘어가고 있었다. 나는 간장종지만큼의 자신감이 부족해서 망설이고 있었다. 우산을 쓰고 있어도 추웠다. 집으로 돌아가고 싶었다. 산책도 할 만큼 했고 머리도 식힐 만큼 식혔다. 그런데 발길이 떨어지지 않았다. 궁금증과 걱정이 똑같은 비율로 머릿속을 휘저었다. 이대로 돌아간다면, 다시는 독서에 집중할 수 없을 것 같았다. 읽어내지 못한다면, 결국 나는 굶어죽는다.

"왜 여기서 이러고 있어요? 누구 기다려요?"

여자가 천천히 고개를 돌렸다. 의외로 그 얼굴은 담담했다. 잘못 짚었나. 그냥 모른 척할걸. 민망했다. 비를 맞고 있어서…… 나는 말끝을 흐렸다.

"시원해요. 열두 시간 자전거를 탔더니 열이 나서요."

그렇구나. 새삼 여자가 대단해 보였다. 열두 시간이나 달렸을 자전거도 대견했다. 역시 젊음은 좋다. 나도 젊은데……, 나는 삼십 분만 걸어도 다리가 뻐근해졌다. 어디서 왔느냐고 물었다. 오늘은 청평, 어제는 춘천. 낮 시간에는 점심 먹은 그릇을 밀치고 식당 식탁에 엎드려 잤다고 했다. 한낮의 햇빛은 불에 달군 바늘 같더라고 덧붙였다. 나는 다시 배낭여행중이냐고 물었고, 꼭 그런 것만은 아니라고 여자가 대답했다.

“이 병원에 친구가 입원해 있어요.”

그럼 병문안? 춘천에서부터 자전거로?

“휴가중이기도 하구요.”

그래 알겠다. 여행도 하고 자전거도 타고 그러면서 친구도 챙기고. 일석삼조. 그런데 이 시간에는 면회가 안 된다는 걸 몰랐던 걸까.

“일단 목표를 정하고 무작정 달렸어요. 시간 같은 건 까맣게 잊고. 여기 도착해서야 알았어요.”

돌진형. 나는 하아, 하고 감탄했다. 앞뒤 재지 않는 여자의 머릿속이, 그 심리상태가 부러웠다. 잘 데는 있느냐고 물었다. 없다고 했다. 자전거로 십 분만 달리면 모텔이 있었다. 하지만 차마 그 말이 입에서 떨어지지 않았다. 나는 하늘을 올려다보았다. 빗발이 조금씩 굵어지고 있었다. 바람도 불었다. 우산 잡은 손이 시렸다. 이제는 정말 집에 가고 싶었다. 읽어야 할 소설도 있었다. 소설을 다 읽고 내일 오전까지는 무슨 일이 있어도 감상평을 올려야 했다. 일문일답에도 응해야 했다. 그러지 않으면 의뢰자가 화를 낼 것이다. 어쩌면 이미 입금한 돈을 돌려달라고 할지도 몰랐다. 그러면 나는 굶어야 한다. 여자는 두건의 물기를 짜더니 삼각형으로 접어 머리에 썼다. 나는 벤치에서 일어났다. 다시 하늘을 올려다보았다.

“재워주실래요?”

나는 선뜻 대답을 못 했다. 그 순간 여자의 자전거가 내 슬리퍼를 밟고 지나갔던 일이 생각났다. 아직 사과도 못 받았다. 하지만 그 얘기를 꺼내기에는 너무 늦었다. 하려면 진작 했어야 했다. 안 되면 할 수 없죠, 하고 여자가 말했다. 안 되면? 이거 비꼬는 건가? 나는 괜찮다고 했다. 다행히 혼자 살고 있고 남는 방이 있고 남는 이부자리가 있다고 했다. 오버했다. 괜찮다, 까지만 말하고 말았어야 했는데.

그녀가 장지영이었다. 이십칠 세의 직장인. 자전거 마니아.

2

일어나보니 장지영은 이미 떠나고 없었다. 오전 열시였다. 해가 중천에 떠 있었다. 가고 없는 게 당연했다. 여행자는 늦잠을 자지 않는다. 이부자리는 개어져 있었다. 방 안을 살폈지만 쪽지는 없었다. 고맙다는 말 한마디 남기면 손가락이 부러지나. 암튼 요즘 젊은것들은. 물론 나도 젊다. 나는 젊지만 누구에게든 깍듯하게 예의를 차렸다.

컴퓨터를 켰다. 시간이 얼마 남지 않았다. 어제 읽으면서 했던 메모를 바탕으로 빠르게 평을 써나갔다. 대략 A4용지 두 장 정도. 칭찬과 비판이 적절한 비율로 섞이도록 신경을 썼다. 9:1이 적당했다. 칭찬 일색이면 무성의한 게 아닌가 의심했고 비판이 조금만 많으면 독서 수준과 이해력을 의심했다. 간간이 등장인물들의 이름을 언급해야 했고 줄거리도 알고 있다는 표시를 내야 했다. 의뢰자들은 의심이 많아서 내가 정말 끝까지 읽었는지 확인하고 싶어했다.

열한시 삼십분에 이메일을 보내고 기다렸다. 의뢰자는 열한시 사십오분에 접속했다. 내 아이디는 '온국민이글쓰는그날까지'. 내 아이디는 바뀌지 않았다. 바뀌는 것은 의뢰자들의 아이디였다. 그러므로 나는 의뢰자들이 말을 걸어올 때까지 기다려야 했다. 오늘 의뢰자의 아이디는 '제기랄뭐가이따위야'였다. 이건 내 평을 읽고 하는 소린가? 메일 읽었어요, 로 의뢰자의 질문과 나의 답변이 시작되었다. 매번 반복하는 과정이었다. 직장인인 이 의뢰자는 꼭 점심시간을 이용해 확인절차를 밟았다. 밥도 안 먹고, 정말 열성이다. 이런 열성분자들이 있으니 또한 내가 밥을 먹는다.

이 일을 직업으로 삼게 된 것은 순전히 우연이었다. 예전의 나는 평범한 직장인이었다. 그런데 어느 날부턴가 살면서 이런 저런 일로 알게 된 사람들이 연락을 해오기 시작했다. 자신이 쓴 글을 읽어달라는 것이었다. 읽고 어떤지 평을 해달라고 했다. 그중에는 주부도 있고 학원강사도 있고 세무사도 있었다. 나는 국문과 출신이기는 했지만 글을 써본 적은 없었다. 물론 평론을 해본 적도 없었다. 그러나 누구에게든 깍듯하게 예의를 차리는 나는 거절하지 못했고 그들의 요구를 들어주었다. 그걸로 끝인 줄 알았다. 한 달 혹은 두 달 뒤 그들은 그 동안 썼다며 다른 글을 보내왔다. 처음에는 '미안한' 부탁이었지만 두번째는 '당연한' 부탁이었고 그다음부터는 '거절하면 섭섭한' 부탁이 되어 있었다. 나는 선언했다. 세상에 공짜는 없다! 매수와 장르에 따라 금액을 매겼다. 그것은 돈을 벌기 위해서가 아니라 그들의 막돼먹은 글로부터 벗어나기 위해서였다. 설마 돈까지 들여가며 읽히기야 하려구, 생각했다. 하지만 그것은 착각이었다. '미안한'이든 '당연한'이든 어쨌거나 '부탁'이었던 것이 대가를 지불하는 '의뢰'가 되자 차마 글이라고 봐줄 수 없는 글들까지 폭주했고, 마침내 나는 피해갈 수 없다는 것을 깨달았다.

독평사(讀評士)가 된 뒤 나는 알았다. 대한민국에 글 쓰는 인간이 얼마나 많은지를. 글은 작가라는 타이틀을 가진 사람들만 쓰는 게 아니었다. 너도 쓰고 나도 쓰고 개도 쓰고 소도 썼다. 성인 남녀 중 절반은 글을 쓰지 않을까. 그것도 대개는 소설을. 판타지소설, 추리소설, 무협소설, 연애소설……, 일기 같기도 하고 수필 같기도 하면서 원하는 것과 이루고 싶은 것 들로 가득 찬. 인터넷이 보편화되면서 사람들은 글을 쓰기 시작했다. 사이트를 만들어 각자 쓴 글을 올리고 돌려 읽고 평을 했다. 그러나 시간이 흐르면서 사람들은 쓰기만 할 뿐 남의 글을 읽지는 않았다. 쓰기만도 바빠서 읽을 시간이 없었다. 글 쓰는 사람은 많은데 책 사는 사람은 없는 기이한 현상은 이것으로 설명된다. 아무도 읽지 않으니 당연히 자신의 글을 읽어줄 사람도 없었다. 사람들은 외로웠고 자신의 글을 읽어줄 사람을 간절히 필요로

하게 되었다.

그런데 사람들은 왜 글쓰기에 미쳐 있는 것일까. 나는 나름대로 생각했다. 말하는 사람은 많은데 들어주는 사람이 없는 것과 연관이 있지 않을까. 들어주는 사람이 없으니 말하지 못하고, 말하지 못하니 대신 쓰는 게 아닐까. 그러므로 글은 더이상 글이 아니라 쓰는 이들의 눈물이었고 고백이었고 울분이었다. 며칠 전에는 술을 마시던 취객이 동료의 머리를 술병으로 내리친 사건이 있었다. 이유는 이랬다. 내가 말하는데 자꾸 중간에 끊잖아요. 그러나 글은 타의에 의해 중간에 끊길 염려가 없다. 말하고 싶은 그대, 열심히 써라.

갑자기 의뢰자가 발칵 화를 내었다. 제대로 읽은 거 맞아요? 문자로 주고받는 대화지만 마치 의뢰자의 목소리가 귓가에서 울리는 듯했다. 나는 움찔했고 잠시 기다렸다. 내가 의도한 건 그게 아니잖아요? 목소리가 조금 누그러졌다. 잘하면 달래지겠다. 나는 일단 미안하다고 말했다. 이 의뢰자는 종잡을 수 없는 사람이었다. 순한 양처럼 굴었다가 독설을 쏟아냈다가 섬뜩한 광기에 휩싸여 칼 맞은 짐승처럼 날뛰기도 했다.

나는 이 의뢰자의 글을 다섯 편 정도 읽었다. 판타지도 아니고 연애소설도 아니고 추리소설은 더욱 아닌, 딱히 뭐라고 이름붙일 수 없는 오백 매짜리 글이었다. 매번 아이디가 바뀌듯 이름 역시 달라졌다. 다 그런 건 아니지만 필명 속에 숨는 사람들이 있었다. 그들의 글은 대개 욕망을 날것 그대로 드러내는 경우가 많았다. 남의 눈이 두려워 영화관에는 가지 못하고 집에서 야한 영화를 비디오로 보는 것과 같았다. 지난번에는 박정우였고 이번엔 배용우인 이 의뢰자가 동일인이라는 것은 글을 읽고 알았다. 느리고 지루한 전개, 비정상적인 사유, 느닷없는 섹스 장면, 우주와 사막과 해변을 오가는 개연성 없는 배경 이동, 그리고 독특한 문투까지.

한번은 이런 글을 보내온 적이 있었다. 한 남자가 해변에 누워 있다. 그의 머리 위에는 파라솔이 펼쳐져 있고 눈 아래로는 잔잔한 바다가 있다. 날씨는 덥고 남자는 계속 땀을 흘린다. 바람 한 점 없다. 남자는 땀을 흘리면서도 꼼짝 않고 누워 있다. 시간이 흘러 해의 위치가 바뀐다. 해의 위치가 바뀌자 파라솔 그늘 역시 위치가 바뀐다. 이제 그는 파라솔 아래 누워 있기는 하지만 그늘 속이 아니다. 햇빛이 그의 몸 위로 쏟아진다. 그는 햇빛 때문에 눈을 뜰 수가 없다. 파라솔 그늘 아래 있을 때보다 더 많은 땀을 흘린다. 살갗도 햇빛에 타들어간다. 그래도 그는 꼼짝 않는다. 몸을 조금만 움직이면 파라솔 그늘 아래로 들어갈 수 있다. 하지만 눈도 뜨지 못하면서도, 땀을 흘리면서도, 살갗이 타들어가면서도 그는 처음 누웠던 자리에서 움직이지 않는다. 그때 한 여자가 다가와 그의 몸 위에 걸터앉는다. 그리고 섹스를 시작한다. 자신의 수영복을 벗고 그의 수영복도 벗기고 키스를 하고 깨물고 격렬하게 허리를 움직인다. 그래도 남자는 죽은 듯 누워 있다. 눈도 뜨지 않는다. 눈을 뜨지 않아도 남자는 자신의 몸 위로 드리워지는 그늘만으로도 주위에 사람이 얼마나 많은지 알 수 있다. 사람들이 둘러서서 한낮의 해변에서 벌어지는 섹스를 구경하고 있다.

그런 내용이었다. 남자가 왜 움직이지 않는지는 나오지 않았다. 사람들이 지켜보는 가운데 여자가 왜 섹스를 하는지도 나오지 않았다. 나는 이해할 수 없다고 했고 의뢰자는 벌컥 화를 내었다. 왜 그게 이해되지 않느냐는 것이었다. 화를 내면서도 내가 궁금해하는 이유는 설명하지 않았다. 납득할 만한 이유를 대지도 못하면서 나를 뇌도 없는 동물로 취급했다. 그때는 나도 화가 났다. 내가 말했다. 당신 글은 음탕한 포르노에 불과해요. 어쩌면 내 말이 심했을 수도 있었다. 하지만 의뢰자가 그렇게까지 흥분할 줄은 몰랐다. 나를 찾아내 해코지하겠다고 협박했다. 실제로 그런 일이 벌어지지는 않았지만 다음에 보내온 글은 여자를 납치해 가둬두고는 죽을 때까지 강간한다는 내용이었다.

나는 이제 어느 정도 이 의뢰자에 대해 파악하고 있었다. 이유를 묻지 말 것. 있는 그대로 받아들일 것. 나는 내 생각을 말하는 대신 질문을 던졌다. 그럼 결국 우주선을 못 타는 건가요? 의뢰자가 대답했다. 그는 언제까지고 그곳에 앉아 우주선을 기다리죠. 그 기다림이 언제 끝날지는 나도 모릅니다.

9:1의 비율. 비판은 십 퍼센트에 불과했지만 그 십 퍼센트도 받아들이지 못하고 화를 내는 사람들이 있었다. 감상평에 목숨 거는 사람들이 있었다. 순간적 발화자(發火者)로는 기성작가가

단연 으뜸이었다. 드물기는 하지만 내가 읽는 소설 중에는 기성 작가의 발표하기 전 작품도 있었다. 그들은 단편이든 장편이든 작품을 발표했을 때 어떤 반응이 돌아올지 불안해했다. 그리고 궁금해했다. 그러나 주위 사람에게 초고를 읽히는 건 자존심 상하는 일이었다. 프로가 아마추어에게 충고를 듣는다는 것 역시 자존심 상하는 일이었다. 동료이자 경쟁 상대인 다른 프로에게 읽어봐주십사 부탁한다는 것 역시도 자존심 상하는 일이었다. 가끔은 자존심을 접고 주위 사람에게 읽혔다가 대판 싸우고 다시는 읽지 않겠다, 다시는 읽히지 않겠다, 각자 선언하고 돌아서는 경우도 있었다.

비밀 유지 때문에 작가들은 나를 찾았다. 또한 나는 작가들의 비위를 맞출 줄 알았다. 정당한 비판에 화를 내도 참았다. 읽는 사람도 없는데 뭘 그렇게 흥분해요? 라는 말은 하지 않았다. 발표된 작품을 보면 내 충고대로 고쳐져 있는 경우도 있고 아닌 경우도 있었다. 나중에 고칠지언정 일단은 화부터 내고 보았다. 나는 제대로 읽고도 욕을 먹었다. 그들은 다시는 의뢰하지 않겠다며 일방적으로 대화창에서 나가버리기 일쑤였다. 그러나 몇 달 뒤면 또 슬그머니 나를 찾았다. 나는 그들이 화를 내도 되는 만만한 독자이면서 또한 제대로 읽는 독자인 것이다. 그들도 외로운 것이다. 꾸준히 발표하기는 해도 함께 작품을 읽고 토론할 수 있는 진정한 독자는 없는 것이다. 그들은 독자가 그리운 것이다. 알고 보면 작가만큼 불쌍한 직업도 없다.

한시 십분. 마침내 '제기랄뭐가이따위야'가 대화창에서 사라졌다. 오늘의 중요한 임무 하나를 마쳤다. 이제야 입금액은 오롯이 내 것이 되었다. 컴퓨터를 끄고 일어났다. 기지개를 켰다. 허리를 돌리자 뼈에서 소리가 났다. 못 들은 척했다. 점심을 먹고 다시 컴퓨터 앞에 앉았다. 오늘중으로 읽어야 할 소설이 있었다. 그러나 너무 더워서 집중할 수가 없었다. 선풍기는 더위 해소에 전혀 도움이 되지 못했다. 컴퓨터가 뿜어내는 열기는 가히 살인적이었다. 컴퓨터가 불타는 빌딩이라면 선풍기는 한 바가지의 물이었다. 한 바가지의 물을 믿고 불타는 빌딩에 남는다는 건 죽음을 자초하는 일이다. 이대로 앉아 있다가는 죽는다. 나는 소설 파일을 PDA에 담은 뒤 일어났다.

3

"죽지는 않을 것 같아요. 비극이죠."

뭐가 비극이라는 거지? 죽지 않는 거? 아니면 죽지는 않을 것 같다고 말할 정도로 심하게 다쳤다는 거? 장지영의 말투는 알쏭달쏭했고 표정은 아예 없었다. 친구는 좀 어떠냐는 내 물음에 대한 답이 그 모양이었다. 나는 음료수를 다 마시고 캔을 우그러뜨렸다. 바람이 시원하게 불어왔다. 그 바람에 따라 한강의 물결이 잔잔하게 흔들렸다. 그늘이 워낙 넓어서 해의 기울기에 따라 자리를 옮길 필요도 없었다. 다리 밑이라 보기엔 좀 궁상맞지만 큰 나무가 없는 한강에서 이만한 쉼터를 발견하기도 쉽지 않았다.

PDA는 아직 꺼내지도 못했다. 내가 다리 밑에 자리를 잡고 앉은 지 십 분도 안 돼서 장지영이 자전거를 타고 눈앞으로 지나갔다. 지나갔다가 다시 돌아왔다. 어머? 하고 그녀가 말했다. 그러면서 자전거를 세우고 내 옆으로 와 앉았다. 한강대교까지 갔다가 돌아오는 길이라고 했다. 한강대교에 가기 전에는 친구가 입원해 있는 건대병원에 쭉 있었다고 했다. 한강을 실제로 본 건 처음이라고 했고 생각보다 강폭이 넓어서 놀랐다고 했다. 한강이라면 텔레비전에도 자주 나왔을 텐데, 싶었지만 말하지는 않았다. 대신 친구는 좀 어떠냐고 물었다. 어디를 어떻게 다쳤냐고도 물었다.

"팔과 다리 하나씩이 부러졌고 머리에 구멍이 났대요. 오백원짜리 동전 크기만한. 이름을 확인하고 병실에 들어갔는데도 못 알아볼 뻔했어요. 삭발한 머리에 깻잎 같은 거즈를 붙이고 있더라고요. 얼굴은 퉁퉁 부었고. 속에서 뭔가가 치받아 올라오는데, 그게 참는다고 참아지나요. 그래서 한바탕……"

울었구나.

"웃어버렸어요. 내가 웃으니까 친구가 따라 웃어요. 그 모습이 더 웃기는 줄도 모르고."

거기까지 말하고 장지영이 벌떡 일어나 어디론가 달려갔다.

잠시 후 돌아온 그녀의 손에는 음료수 두 개가 들려 있었다. 하나를 내밀며 드세요, 하고 그녀가 말했다. 나는 찌그러진 음료수 캔을 들어 보였다. 그럼 나중에 드세요. 음료수는 그녀와 나 사이 중간쯤 되는 자리에 놓였다. 머리 위로 자동차들이 쉴새없이 지나다녔다. 가끔은 경적 소리가 길게 울리기도 했다. 얘기를 나누기에는 적당하지 않은 장소였다. 그러나 그늘 바깥으로 나갈 엄두는 나지 않았다.

"친구는 어쩌다가 다쳤어요?"

"건물 삼층에서 뛰어내렸어요. 마당으로 떨어졌는데 하필 화단이었죠. 그대로 놔뒀으면 어떻게 됐을지 모르는데, 외출한 줄 알았던 어머니가 잊고 간 게 있어서 마침 그때 집으로 돌아왔고요."

뭐야, 이건? 마치 죽기를 바라는 투잖아. 나는 장지영을 보았고 시선이 마주쳤다.

"누가 떠민 게 아니라 스스로 뛰어내렸다니까요. 그애 입장에서 보자면 실패한 거죠."

내 생각을 읽혔다. 게다가 장지영의 말투에는 짜증까지 묻어 있었다. 내가 뭘 어쨌다고? 억울한 마음이 들었지만 딱히 뭐라고 따질 말이 없었다. 그 순간 PDA 생각이 간절했다. 원고지 천 매짜리를 오늘 안으로 다 읽을 수 있을까. 나는 아마 오래 살지는 못할 것이다. 독평사가 된 이후로 나는 늘 시간에 쫓겼다. 의뢰자들은 하나같이 성격이 급해서 길어야 사흘, 대개는 이틀 안에 평을 듣기를 원했다. 한가할 때는 한여름 누렁이처럼 늘어지다가도 일단 의뢰가 들어오면 심심한 누렁이에게 쫓겨 필사적으로 달아나는 암탉 신세가 되는 게 바로 나였다. 이렇게 말하고 보니 내가 너무 처량하다.

"그애는 친구가 없었어요. 고등학교 이학년 때 서울로 이사 온 뒤로는."

또 잡념 속에 빠져 있었다.

"늘 우울해했어요. 대학에 가서도 외로움을 많이 탔고. 그애가 좀 예민하거든요."

아하, 그래서 자기네 집 삼층에서 뛰어내렸구나.

"그러다 연애를 하기 시작했어요. 복학한 선배와. 마음을 나눌 친구가 없어서 그런지 연애에 모든 걸 걸었죠. 그런데 남자들은 그런 거 싫어하잖아요. 부담스러워하고. 결국 헤어졌어요. 일방적으로 이별을 강요당한 거죠."

그렇다면 연애 실패 때문에?

"그게 일 년 전이에요."

그럼 뭐야?

"친구도 없고 연애도 안 되고…… 그래서 글을 썼대요. 마음 속에 있는 말을 글에다 다 쏟아놓은 거죠. 처음엔 그걸로 위안이 됐어요. 하지만 글이라는 게 누군가가 읽어주지 않으면 일방통행이 되는 거잖아요. 나중엔 글을 써도 외로웠던 거죠. 나한테 보여주기엔 부끄럽고, 그래서 읽기를 전문으로 하는 사람을 찾았대요. 그 동안 쓴 글들을 보내고 반응을 기다렸어요."

결말이 대충 짐작이 갔다. 결과물은 바로 건대병원에 있다. 나는 조용히 숨을 가다듬었다. 장지영은 음료수를 한 모금 마시고 나서 말을 이었다.

"반응은 절망적이었어요. 친구는 글 쓰는 사람이 되고 싶은 게 아니었어요. 다만 자신의 말을 들어줄 사람이 필요했을 뿐이죠. 그런데 그 읽기의 전문가는 뭔가를 착각했거나 혹은 친구의 목소리에 귀 기울이지 않았던 거죠. 전문가의 혹평에 친구는 다시 상처를 받았어요. 세상으로부터 거부당한 느낌이었대요. 결국 친구는 돌이킬 수 없는 길을 택했고 결과는, 아시다시피 지금 이래요."

냉정한 전문가를 만났구나. 나는 마음이 아팠다.

"친구가 안됐네요. 재수 없이 그런 냉혹하고 무식한 사람한테 걸린 것뿐인데 자살까지 결심하다니…… 그런데 그 읽기의 전문가라는 사람은 누군지 알아요?"

"말씀드리면 아세요?"

이건 안다는 뜻인가? 아니면 제삼자가 왜 끼어드냐는 뜻인가? 얘는 나이도 어린 게 말투가 왜 이 모양이지? 나는 장지영과 나 사이에 놓인 음료수를 집었다. 살랑살랑 바람 부는 그늘 아래 놓여 있었지만 하나도 시원하지 않았다. 그래도 나는 꿀떡꿀떡 삼켰다. 음료수를 마셔 없애야 그녀가 갈 것 같았다. 나는 바쁜 사람이었다. 이렇게 말투 이상한 여자와 노닥거릴 시간이 없었다. 음료수를 다 마시고 캔을 우그러뜨렸다. 이제 우리 사이에 볼일이 끝난 것 같은데 장지영은 일어나지 않았다. 땡볕 속으로 자전거를 끌고 나갈 엄두가 안 나는 모양이지? 그때 그녀가 물었다.

"저 서퍼는 몇초나 버틸 수 있을까요?"

장지영의 시선을 따라 한강 쪽을 보았다. 몇 명의 서퍼가 윈드서핑을 즐기고 있었고, 그녀가 가리키는 쪽은 이제 막 출발하는 서퍼였다. 글쎄, 일 분?

"내기할까요?"

"무슨 내기?"

"틀린 사람이 손목 맞기 어때요?"

아, 참, 유치하다, 고 생각했지만 나는 고개를 끄덕였다. 전 십오 초, 하고 그녀가 얼른 말했다. 그녀가 십오 초라고 하자마자 제법 안정감 있게 출발했던 서퍼가 갑자기 균형을 잃고 비틀거리더니 찰박, 물결 위로 엎어졌다.

"앗싸, 십오 초 맞죠? 출발 때부터 제가 시간을 재고 있었거든요."

그래서 뭐? 설마 정말로 내 손목을 때리겠다고? 나는 반신반의했다. 그녀가 손목 대세요, 하고 말했을 때에야 나는 뒤늦게 어라? 하고 생각했다. 방법이 없었다. 손목을 내밀었다. 왼손으로는 내 손목을 잡고 오른손은 검지와 중지 두 개만 곧게 편 채 그녀가 득의만면 미소를 지었다. 까무잡잡하게 윤기나는 손가락들이 내 손목을 휘감을 때 나는 문득 떠올렸다. 이런 장면 어디선가 봤는데? 때리는 남자가 '껄껄껄' 웃고, 맞는 여자가 '깔깔깔' 웃어서 뭐 이런 글이 다 있나 생각했었는데. 어디서 봤지?

꽤 아팠다. 혹시 운동했냐고 물어보고 싶을 정도로 그녀의 손가락은 단단했다. 뭐 이런 거지 같은 경우가 다 있나. 어제는 자전거에 발등을 밟힐 뻔하고 오늘은 손목을 맞고. 내가 뭘 잘못했기에? 때린 그녀는 아프냐고 묻지도 않았다. 조금은 밝아진 얼굴로 서퍼들을 구경하고 있었다. 억울했다. 주위를 둘러보았다. 몇 계단 아래에 젊은 남녀가 엉덩이를 꼭 붙이고 앉아 있었다. 이십대 초반으로 보였다. 남자가 기다란 팔로 여자를 감싸안은 채 여자의 겨드랑이 부근을 만지작거리고 있었다. 처음에는 팔꿈치 부근이었다. 그러다가 차츰 위쪽으로 올라왔고 이제는 겨드랑이였다. 때가 된 것 같았다.

"우리 내기 한 번 더 할래? 저 커플 키스할까 안 할까?"

그 순간의 나는 그때껏 깍듯하던 존대를 버리고 장지영에게 반말을 하고 있다는 것도 깨닫지 못하고 있었다. 그녀가 글쎄요, 하며 말을 흐렸다.

"난 한다, 에 걸겠어."

"그럼 전 안 한다, 에 걸게요. 시간제한은 없어요?"

"십 분."

물론 그들이 키스를 한다는 보장은 없었다. 하지만 나는 자신있었다. 한강에 산책 나온 커플을 한두 번 보나. 오후 다섯시 이십분. 아직 해는 짱짱하지만 그것과 상관없이 사람들의 긴장이 느슨해지기 시작하는 시간대였다. 일하는 시간대에서 즐기는 시간대로 넘어가는 타임인 것이다. 남자의 손이 여자의 겨드랑이 깊숙한 곳으로 파고들었다. 그래봤자 더 감질만 난다는 걸 모르는 모양이다. 남자가 하늘을 올려다보는 척하며 슬쩍 뒤를 돌아보았다. 나는 재빨리 서퍼들에게로 눈을 돌렸다. 그때였다. 남자의 손이 여자의 겨드랑이 안쪽을 꽉 움켜잡는가 싶더니 얼굴이 여자의 뒤통수에 몇 초쯤 가려졌다가 제자리로 돌아왔다.

"봤어? 한 거 맞지?"

"그런 거 같네요."

안 보는 척하더니 다 보고 있었구나. 장지영이 손목을 내밀었다. 마음 같아서는 힘껏 내리치고 싶었지만 자존심 때문에 절반 정도의 힘만 실었다. 그래도 찰싹 소리가 났다. 금방 맞은 데가 빨개지며 손가락 자국이 생겼다. 그건 모두 장지영의 손목이 가늘기 때문이다. 내 탓이 아니다. 나는 체벌에 최선을 다하지 않았다. 복수도 했겠다, 이제 여기까지. 나는 일어났다. 장지영에게 어디로 갈 거냐고 물었다. 그러자 어디로 가세요? 하고 그녀가 오히려 되물었다.

"집으로."

"저는 건대병원으로 가는데. 어차피 지나는 길이잖아요. 같이 가세요."

4

"좀 앉았다 가세요."

장지영이 말했다. 건대병원 마당이었다. 벤치 앞이었고 오늘 새벽, 그녀와 처음 마주친 곳이었다. 며칠은 만난 듯 익숙한데, 그러고 보니 아직 스물네 시간도 지나지 않았다. 오늘 새벽까지만 해도 내 전용석이나 다름없었던 벤치를 가리키며 장지영은 마치 자기 집이나 된다는 듯 앉았다 가라, 고 말하고 있었다. 장지영은 앉았고 나는 앉지 않았다. 내 것을 뺏기기라도 한 듯 마음이 상했다.

"지금 저녁식사 시간이잖아요. 친구 밥 먹는 데 들어가기도 뭣하고, 불러낼 사람이 있는 것도 아니고…… 괜찮다면 잠시만 옆에 있어주세요. 서울이 너무 낯설어서요."

아! 넌 참 서울에 온 지 스물네 시간도 안 됐지. 낯선 게 아니라 무서운 거겠지. 낯설어서 무섭고 외로워서 무섭고. 나는 벤치에 앉았다. 이렇게까지 말하는데 두고 갈 수가 없었다. 고작 벤치 하나 때문에 마음 상해하다니, 내가 속이 좁았다.

"배고프지 않으세요?"

그렇게 물으니 고픈 것도 같았다.

"내기할까요? 저녁 사기."

내가 이긴다 한들 여행중인 너한테 어떻게 저녁을 얻어먹겠느냐, 생각했으나 내 입은 무슨 내기? 하고 묻고 있었다.

"여기 자전거 참 많아요, 그쵸? 모두 몇대나 될까요?"

나는 칫, 하고 생각했다. 덤빌 걸 덤벼야지. 이곳은 내가 밤낮으로 산책 다니는 내 동네이자 내 놀이터인 것이다. 나는 좋다고 했다. 그런 다음 재빨리 머릿속으로 계산을 해보았다. 자전거 주차장이 모두 여섯 개, 주차장 하나에 대략 일곱 대가 들어가니까, 거기다 가드펜스에 묶여 있는 자전거들까지 하면……

"여든두 대?"

"그보다 많을 것 같은데요? 전 백마흔 대로 할래요. 가까운 쪽이 이기는 걸로 해요."

"좋아. 그런데 어떻게 세보지? 난 움직이기 싫은데."

"여기 계세요."

장지영이 벌떡 일어나더니 인도로 달려나갔다. 병원 마당과 인도 사이에는 울타리를 겸해서 사철나무가 심어져 있어 장지영의 모습이 잘 보이는 것은 아니었다. 얼핏 나타났다 사라지고는 했다. 일일이 세고 있을 거라 생각했는데 장지영은 일 분도 안 돼서 돌아왔다.

"이걸로 찍었어요. 공정성을 기하기 위해서."

그녀의 손에는 디지털카메라가 들려 있었다. 우리는 머리를 맞대고 앉아 디지털카메라의 화면을 뒤로 돌려가며 자전거를 세었다. 모두 다섯 컷이었다. 원본에는 조그맣게 나왔지만 확대 기능이 있어서 자전거를 잘못 셀 염려는 없었다. 백 미터가량 되는 인도에 세워진 자전거가 무려 백스물아홉 대나 되었다.

"찍으면서 보니까 제법 많더라고요."

약 올리나? 나는 묵묵히 일어섰다. 약속은 약속이니까. 그런데 뭘 먹지? 얘랑 단둘이 마주 앉아 꼭 저녁을 먹어야 하나? 따라 일어서는 장지영에게 나는, 여기서 시켜 먹을까? 하고 물었다. 공적인 공간이긴 하지만 병원이라는 특수성이 있으니까 배달원이든 지나는 사람이든 이해해줄 것 같았다.

"바로 옆에 슈퍼 있으니까 그럼 거기서 대충 사올게요. 돈만 주세요."

어라? 돈 달라는 소리가 자연스럽게 나오네? 나는 또 묵묵히 지갑에서 만원짜리 하나를 꺼내 주었다. 장지영이 슈퍼에 가고 나는 혼자 벤치에 남았다. 그사이 나는 가버릴 수도 있었다. 잠깐 가버릴까, 하고 생각했다. 나는 망설였고, 내가 망설이는 사이 장지영이 돌아왔다. 돌아와서는, 딱히 살 건 없고 맥주가 보이길래 그냥 샀는데 괜찮죠? 하고 물었다. 그래, 괜찮다. 독한 소주로 안 사온 게 어디냐. 솔직히 말하자면 나는 맥주 마니아다. 마침 오늘은 밥 생각도 없던 참이란다. 하지만 나는 싫다 좋다 내색 않고 캔맥주 하나를 따서 마셨다. 안주는 소시지 '천하장사'.

"그런데 저 사람들은 누굴까요? 아까부터 계속 저러고 있어요."

장지영이 가리키는 쪽을 보았다. 검은색 정장을 입은 남자와 여자 들이었다. 남자가 다섯, 여자가 넷. 나도 보아서 알고 있다.

벌써 삼십 분째 남자는 남자끼리, 여자는 여자끼리 별다른 대화도 없이 모여 앉아 있었다. 처음에는 보디가드가 아닐까 생각했다. 하지만 그 생각은 곧 정정되었다. 보디가드라고 하기에는 어딘지 절도가 부족해 보였다. 게다가 숫자가 너무 많았다. 아홉이나 되는 보디가드를 고용할 만큼의 거물이 이 병원에 입원해 있을 것 같지 않았다. 그렇다면 결론은 하나다. 장례식장에 온 조문객.

"누가 그걸 모르나요? 관계가 궁금한 거죠. 일행인 것 같긴 한데 서로 데면데면해 보이잖아요."

맞다. 간혹 대화가 오가고 또 어쩌다 웃음소리를 내기도 했지만 그들 사이에는 어색한 기류가 흐르고 있었다. 죽은 사람에 대한 애도 때문인가? 라고 하기에는 또 그들의 얼굴이 지나치게 태평해 보였다. 슬픈 기색은 전혀 없었다. 그래서, 검은색 정장과 옷에 어울리지 않는 표정과 그들 사이의 어색함 때문에 아까부터 자꾸만 내 시선을 끌었던 거였다.

"내기할래요?"

내기 못 해서 죽은 귀신이 붙었나.

"조건은?"

"음…… 손목도 맞았고…… 저녁도 먹었고…… 진 사람이 삭발하기 어때요?"

"삭발?"

나는 놀라서 되물었다. 삭발이라고? 농성장이 아닌 일상적인 공간에서 삭발이라는 단어를 들어본 적이 있던가?

"재밌을 것 같은데요. 저는 한 번쯤 삭발해보고 싶기도 했어요. 직장에서는 싫어하겠지만."

나는 좋다고 했다. 지기 싫었고, 삭발이라는 단어에서 현실감을 느낄 수 없었고, 설마 진짜로 깎으랴 싶었다. 그때 문득 떠오르는 것이 있었다. 언젠가 드라마에서 본 것 같았다. 소설이나 드라마의 내용이 곧장 현실이 되는 게 요즘 세상 아니던가.

"내가 먼저 말해도 돼?"

"그러세요."

"조문 아르바이트. 일당을 받고 장례식장에 가서 울어주는 거지."

멋지다. 하지만 장지영은 고개를 갸웃, 했다.

"그럴까요? 전 상 당한 가족 중 누군가의 친구들인 것 같은데."

"지영씨가 먼저 데면데면해 보인다며?"

"말이 그렇다는 거죠. 가서 물어보고 올게요."

자리에서 일어난 장지영이 조금의 망설임도 없이 검은색 정장들에게로 걸어갔다. 참 얼굴 한번 두껍다. 저 정도 배짱이면 세상 사는 것도 그만큼 수월하겠지. 솔직히 나는, 그 배짱이 부러웠다. 나눠 가질 수 있는 거라면 훔쳐서라도 가지고 싶었다. 그녀가 돌아왔다.

"친구들이라는데요? 돌아가신 분은 과 동기의 아버지래요. 다들 졸업은 했고요. 오랜만에 만나서 서먹하다는데 제가 보기엔 예전에도 친했던 것 같진 않아요. 의무감 때문에 모였겠죠. 한 사람이 아직 안 와서 기다리는 중이래요."

"친구들이라면서 먼저 들어가지 밖에서 왜 기다려? 길을 몰라?"

"그러게요. 물어보고 올까요?"

참 대책 없는 애다. 나는 고개를 절레절레 저었다. 아직 안 왔다던 한 사람이 왔다. 검은색 정장들이 장례식장 쪽으로 걸음을 옮기며 우리를 힐끔거렸다. 얼굴이 화끈 달아올랐다.

"삭발하셔야죠? 제가 밀어드릴까요? 저 미용사 자격증도 있는데. 심심해서 퇴근 후에 학원 다녔거든요."

얄밉고 억울했다.

"머리 대줄 테니까 좀만 기다리고, 내기 한 번 더 해."

이게 마지막이다, 하고 생각했다. 마지막으로 이기고 깔끔하게 끝내는 거다. 장지영은 얼마든지, 하는 얼굴로 싱긋 웃었다. 뭐가 좋을까? 주위를 둘러보았다. 시간이 늦어서인지 병원 마당은 한산했다. 바삐 지나다니는 사람이 대부분이었다. 적당한 아이디어가 떠오르지 않았다. 내기도 머리가 좋아야 하는 거구나, 생각하는데 장지영이 말했다.

"이번엔 좀 다른 걸로 해요. 균형감각과 담력 테스트, 어때요? 싫으면 싫다고 하세요."

싫으면 싫다고 하라고? 그런 소리를 듣고도 싫다고 할 사람이 있을까. 나는 뭐든지 좋다고 했다. 조건 역시 원하는 대로 해줄 테니 말해보라고 했다.

"음…… 그렇다면…… 소원 하나 들어주기."

"소원이 뭔데?"

"그건 나중에 말할게요. 끝나고. 언니도 생각해놓으세요."

이판사판이다. 소원이 뭐든 들어주면 될 거 아닌가. 삭발도 하는 마당에 뭔들 못 들어주랴. 아니다. 내가 이기면 되는 것이다. 내가 이겨서 코를 납작하게 해주면 된다.

우리는 자리를 옮겼다. 장지영 그녀가 적당한 장소를 안다고 했다. 서울에 온 지 스물네 시간도 안 됐으면서 구석구석 잘도 꿰고 있었다. 도착한 곳은 예전 민중병원 자리에서 세종대 방향으로 이십여 미터쯤 내려온 지점이었다. 그곳에 방토벽이 있었다. 높이가 사 미터는 돼 보였다. 언제 이런 벽이 생겼지? 자세히 보니 인도를 넓히면서 야산을 깎아내고, 다시 산이 무너지는 것을 막기 위해 콘크리트 벽을 세운 것 같았다. 주위에는 가로등도 없었고 지나는 사람도 없었다. 벽이 시커먼 괴물처럼 보였다.

"마음에 드세요? 제가 먼저 할까요?"

뭐냐고 묻지 않아도 뻔한 것이었다. 솔직히 조금 떨렸다. 아니, 조금 더 많이. 나는 높은 곳에 잘 오르지 못했다. 게다가 밤눈이 어두웠다. 불빛 없는 곳에서의 안경은 쓸모가 없었다. 내가 대답도 하기 전에 장지영은 척척 방토벽을 오르기 시작했다. 처음과 끝은 계단식으로 돼 있어서 오르고 내리는 데 문제가 없었다. 문제는 수평으로 된 중간 부분이었다. 그 길이가 족히 십 미터는 돼 보였다.

장지영은 한 발 한 발 조심스럽게 내디뎠다. 그러나 머뭇거림은 없었다. 두려운 기색도 없이 침착하게 발을 옮겼다. 보는 내가 오히려 아슬아슬해서 고개를 돌리고 싶을 지경이었다. 이런 짓을 해도 되는 걸까? 하지만 이제 늦었다. 장지영은 벌써 '이런 짓'을 하고 있었고 나도 곧 '이런 짓'을 해야 했다. 마침내, 사 미터 높이의 수평 부분이 끝나고 장지영이 벽을 내려오고 있었다. 마지막 서너 계단을 남기고 폴짝 뛰어내리더니 호들갑을 떨었다.

"무서워 죽는 줄 알았어요. 아래서 보는 것하고 또 다르더라구요. 아직도 다리가 후들거리네요."

정말? 하고 묻고 싶었다. 정말 그렇게 무서웠어? 그렇다면 연기를 너무 못했다.

"싫으시면 안 하셔도 돼요. 그냥 제가 이긴 걸로 할까요?"

늦었다. 시도하지도 않고 진 걸로 한다는 건 내 자존심이 허락지 않는다. 나는 계단을 밟아 오르기 시작했다. 한 단씩 오를 때마다 눈에 띄게 지면으로부터 멀어지고 있었다. 사 미터 높이에 다다랐을 때는 마치 몇천 미터 산 정상에 오른 듯 아래가 까마득하게 보였다. 내심 기대했던, 여차하면 산 쪽으로 뛰어내리려던 계획도 여지없이 무너졌다. 인도에서는 벽과 맞닿아 있는 것처럼 보였던 산이 실제로는 상당히 떨어져 있었고, 벽 바로 아래는 깎이고 파인 바위투성이 비탈이었다. 사면초가. 아래서 장지영이 힘내세요, 하고 외쳤다.

나는 한 발씩 내딛기 시작했다. 다리가 후들거렸다. 어지러웠고 손에 땀이 났다. 지나온 생이 순식간에 머릿속을 스쳐갔다. 아, 왜 이런 미친 짓을 하는 건가. 몇 발 걷지도 않았는데 등뒤로부터 바람이 불어왔다. 오싹 소름이 끼쳤다. 그리고 추웠다. 8월 한여름임에도 너무 추워서 온몸이 떨려왔다. 그래도 포기하지 않았다. 진퇴양난이므로 포기할 수도 없었다. 너비가 십 센티미터쯤 되는 벽 위를 조심스럽게 걸었다. 조금만 더, 조금만 더, 나는 마음속으로 되뇌었다. 이제 얼마 안 남았다. 몇 발만 더 옮기면 계단이었다. 성공하리라는 확신이 생겼다. 내가 성공을 예감한 그 순간 어디선가 강렬한 빛이 날아와 내 눈을 쏘았다. 맞은편 계단이었다. 빛 뒤에 숨은 사람이 누구라는 것쯤은 보지 않아도 알 수 있었다. 나는 손으로 빛을 가리고 소리쳤다.

"왜 이러는 거야? 플래시 치워."

그러자 더 강한 불빛이 날아왔다. 눈을 뜨기가 어려웠다. 그보다 억눌려 있던 두려움이 일시에 터져나왔다. 나아가지도, 물러서지도 못하고 그 자리에 선 채 바들바들 떨었다. 머릿속이 하얘지면서 아무것도 생각할 수 없었다. 오로지 무섭다는 생각과 집으로 가고 싶다는 생각뿐. 그런 어느 순간 내 몸이 휘청, 하는 걸 느꼈다. 나는 인도로 곤두박질쳤다. 아프다는 감각은 없었다. 오히려 벽 위에서 인도로 떨어지는 그 찰나의 동안이, 더 섬뜩했다. 나는 까무룩 정신을 잃어가고 있었다. 장지영이 다가왔다.

플래시로 내 몸을 한번 비춰보더니 머리맡에 쪼그려 앉았다. 가물거리는 귓속으로 장지영의 목소리가 들려왔다.

"결국 떨어졌네요. 이렇게 뻗어버렸으니 그냥 말할게요. 내 소원이 뭐냐면요, 당신이 꼭 내 친구만큼 다치는 거예요. 너무 억울해하지 마세요. 지금 이 정도도 많이 봐드린 거예요. 당신이 그렇게 나쁜 사람인 것 같지는 않아서요. 실수라고 쳐주기로 했어요. 그런데, 실수도 상대 봐가면서 했어야죠. 이 사람이 지금 어떤 상태인지 글을 봤으면 알 거 아네요. 척 보면 모르나? 나는 알겠던데. 그리고 나 정말로 미용사 자격증 있어요. 예쁘게 밀어줄 수도 있었는데. 안타깝지만 어쩔 수 없어요, 당신이 이렇게 누워서 꼼짝도 안 하니. 그럼 잘 쉬어요."

5

통쾌한 재미를 위해서라면 팔다리 하나쯤 부러지는 부상 정도는 봐줄 만하다고 큰소리친 지 꼭 하루 만에 나는 삭발을 당했고, 정말 다리 하나와 팔 하나가 부러졌다. 그리고 장지영은 떠났다. 아니, 그 밤으로 사라졌다. 이튿날 새벽, 병원 응급실에서 깨어났을 때 내 옆에는 아무도 없었다. 병원 측에서는 누군가의 전화를 받고 나를 실어왔는데 그 누군가가 누군지는 모른다고 했다.

나는 죽을 수도 있었다. 척추를 다쳤다면 누운 채로 평생을 보낼 수도 있었다. 뇌를 다쳤다면 바보가 되거나 기억상실자가 되어 거리를 떠돌 수도 있었다. 삭발과 팔다리 하나씩이라니, 그나마 다행이다. 육체의 상처는 시간이 지나면 낫는다. 그러나 아무리 약을 먹고 시간이 흘러도 낫지 않는 것이 있다. 기억.

이전의 나는 사람들이 왜 넋두리 같은 글에 시간을 허비하는지 이해할 수 없었다. 외로워서 쓰겠거니 짐작했을 뿐, 글을 쓰는 것에 대해 진정으로 동의하지는 않았다. 하지만 이제 나는 알 수 있다. 마침내 내게도 하고 싶은 얘기가 생긴 것이다. 아니, 하지 않으면 안 되는 얘기가 생긴 것이다. 나는 전봇대를 붙잡고서라도 내가 억울하게 당한 일을 하소연하고 싶었다. 누군가가 내게 품고 있는 악의에 대해, 그리고 그것으로 인해 내가 받은 정신적인 충격을 털어놓고 싶었다. 추락에의 공포를 고백하고 싶었다. 내가 당한 일을 공유하고, 위로받고 싶었다. 나는 세상에 존재하면서 존재하지 않고, 존재하지 않으면서 존재하는 독평사들을 찾아 내 얘기를 털어놓기 시작했다. 그러나 그들의 반응은 전혀 내 기대에 미치지 못했다. 공유하기는커녕, 위로하기는커녕, 인물과 사건의 인과관계가 허술함을 지적했고, 비문을 잡아냈고, 더 충격적인 결말을 제안했다. 그들은 '나'를 보지 않고, '진실'을 보지 않고, 나와 진실을 둘러싸고 있는 껍데기, 형식만 보았다. 내 '진정'을 알아보지 못하는 그들에게 나는 이렇게 소리쳤다.

"황당하다고? 구성이 약해? 이건 내가 실제로 당한 일이라고! 허구가 아니라 실화! 이 닭대가리야, 껍데기만 보지 말고 내 고통을 보란 말야!"

일주일

나는 계획적인 사람이다.

아침에는 그날 하루 동안 할 일들을 하나도 빠뜨리지 않고 적는다.

가령 고무지우개가 달린 HB 연필 하나를 사는 것까지도.

1

나는 계획적인 사람이다. 하루도 계획을 세우지 않고 그냥 지나친 날이 없다. 아침에는 그날 하루 동안 할 일들을 하나도 빠뜨리지 않고 적는다. 가령 고무지우개가 달린 HB 연필 하나를 사는 것까지도. 그런 다음 먼저 할 일과 나중에 해도 되는 일을 구분해 순서를 매긴다. 물론 효율적이고 체계적이라고 생각해서 매긴 순서이므로 그 순서대로 실행에 옮기기 위해 노력한다. 이것으로 끝은 아니다. 실행에 옮긴 계획에는 완료의 표시로 동그라미를 그린다. 아무리 노력해도 안 되는 일이 있다. 사소한 것이지만 깜빡 잊을 때도 있다. 그럴 경우에는 가위표를 긋는다. 저녁에 수첩을 들춰보면 동그라미와 가위표가 표시된 계획들이 피곤한 몸을 누이고 있다. 그 비율은 대체로 3:1이다.

가위표가 그어진 것은 다음날의 계획에 편입되거나 아니면 폐기된다. 편입시킬 것인지 폐기할 것인지 꽤 오랫동안 고민할 때도 있지만 대개는 그 순간의 기분에 따라 즉흥적으로 결정한다. 결정은 언제든지 번복될 수 있다. 수첩을 펼쳐 완료된, 혹은 완료되지 못한 지난날의 계획들을 들여다보는 것이 취미 중 하나이므로 폐기됐던 가위표가 어느 날 문득 내 눈에 띄어 새로운 번호를 부여받기도 한다. 그러므로 오래 고민할 필요가 없다.

나는 열일곱 살 때부터 계획을 세우기 시작했다. 당시에는 그 날의 자잘한 일과에 한정된 것이 아니었다. 인생에 대한 좀더 광범위한 것이었다. 나는 계획에 따라 일류가 아닌 이류대학에 갔고(누구나 선망하는 곳에는 가고 싶지 않았다. 절대 성적 때문이 아니다), 너무 많이 알아서도, 또 너무 적게 알아서도 안 된다는 계획에 따라 딱 세 번 연애를 했고(반대하는 사람이 있을지도 모르겠다. 그러나 내 생각은 이렇다. 이성을 적당히 알고 또 적당히 몰라야 연애에 성공할 수 있다), 역시 계획에 따라 마지막 여자와 스물아홉에 결혼했다(아홉수는 불길하다고 피하는 것이 일반적인 추세다. 그런 미신에 연연하지 않는 것이 바로 계획의 본질이었다).

계획은 여기서 멈추지 않았다. 아이를 갖지 않는다는 계획에 따라 내 나이 서른셋, 결혼 오 년차임에도 아이가 없다. 수술은 하지 않았다. 언제 아이를 갖는다는 계획을 세울지 모르므로 수

술은 처음부터 고려하지 않았다. 계획을 세울 때 주의할 점 하나, 그 반대의 경우까지 완전 차단하지는 않을 것. 그 때문에 잠자리에서 매번 거쳐야 하는 과정이 귀찮았지만 지금은 오히려 익숙해져서 그 찰나의 여유를 즐기게까지 되었다.

서른넷에 창업한다는 계획은 벌써 몇 년 전부터 세워두었던 것이다. 지금이 초여름이니 몇 달 혹은 일 년이 남았다(지금의 회사를 그만둔 뒤 창업 준비기간으로 육 개월 정도를 생각하고 있다. 어쩌면 퇴사하자마자 시작할 수도 있다). 현재의 회사에 다니는 것도 계획의 일환으로서, 창업 때문이라고 할 수 있다. 창업을 하기 위해서는 그 분야의 모든 것을 알아야 한다. 서른 무렵의 나는 팬시용품계에서 알아주는 회사의 잘나가는 디자이너였다. 내가 손만 대면 뭐든 기본은 했고 몇 제품은 어리둥절할 정도로 인기가 있었다. 나는 특이한 것을 선호했고 그것은 젊은 소비자의 취향과 잘 맞아떨어졌다. 내가 개발한 캐릭터 중 당시 히트 친 것도 몇 있다. 한창 주가를 올리고 있을 때 나는 회사를 그만두었다.

미련은 없었다. 계획에 의해 디자인을 했으므로 역시 계획에 의해 잠시 디자인에서 멀어질 수도 있었다. 창업 계획을 완성하기 위해서는 디자인 외에도 알아야 할 것이 많았다. 그중 하나가 시장구조, 즉 유통이었다. 지금의 중간도매점 체제는 불합리해 보였다. 유통과정을 최소화시켜야 한다는 것이 내 생각이었다. 나는 내가 디자인한 제품으로 소비자와 직접 만나고 싶었고,

그러자면 소매상과 친분을 쌓아야 했다. 현재의 나는 소매점을 상대하는 유통업체 소속 영업사원이다. 연봉이나 대우로 따지자면 강등에 비유할 수 있겠다. 그러나 불만은 없다. 판로 개척에 투자하는 기간은 이 년. 이제 육 개월하고 십사 일이 남았다.

가장 중요한 계획은 지금부터다. 삶의 시작은 내 의지가 아니었으나 마감은 내가 원하는 날에, 원하는 시간에, 내 뜻대로 할 것이다. 내 삶이니 그 정도 관심은 기울여야 한다고 생각한다. 아무 계획 없이, 목숨이 저절로 떨어질 때까지 하루하루 사는 사람들을 이해할 수 없다. 회사에도 출근과 퇴근 시간이 있고, 해 역시 뜨는 시간과 지는 시간이 비교적 고르게 존재한다. 투자자들이 눈에 불을 켜고 덤벼도 증권회사는 정확한 시간에 장을 마감한다. 시작과 마감이 의지의 개입 없이 애매모호한 것은 인간의 삶밖에 없다.

나는 마흔아홉 살까지 살 것이다. 보험은 마흔여덟까지로 되어 있다. 마흔여덟이 되는 동안 병에 걸리면 보험금이 나온다. 그 돈으로 치료를 하고 수술을 받으면 된다. 마흔여덟의 마지막 날까지 살아 있다면(물론 그럴 가능성이 높다), 내가 십 년 동안 부은 보험금이 약간의 이자와 함께 일시불로 지급된다. 역시 그때까지 아내가 살아 있다면(그럴 가능성이 높다) 재산은 모두 아내에게 주고 나는 적립식 보험금을 타 마흔아홉이 되는 1월에 여행을 떠날 것이다. 기간은 일 년, 장소는 세계 여기저기.

좀더 세부적인 계획은 아직 미정이다. 어떤 날의 내 영혼은 유럽을 방랑하다가 또 어떤 날은 아프리카를 헤매고 다닌다. 마흔여덟이 될 때까지는 결정하지 않을 것이다. 영혼이 이곳저곳 떠돌아다니며 비교의 즐거움을 맛보도록 내버려둘 참이다. 마흔아홉이 다 가기 전, 10월쯤이 좋겠다, 어딘가의 여행지에서 나는 생을 마감할 것이다. 방법? 그것 역시 나는 마흔아홉의 내게 양보했다. 그렇게 재미난 것을 미리 결정해서 김이 새게 할 필요는 없다. 신나는 게임은 두고두고 신나기 위해 조금씩 아껴서 해야 한다. 방법은 여행을 다니며 생각할 것이다. 세계의 다양한 인종들에게 의견을 구해도 좋겠다. 그리고 나 강동희는 한 생의 화두를 모두 놓고 훌쩍 떠나리라.

왜 마흔아홉이냐고? 오십대는 어감이 좋지 않다. 신문에서는 만으로 계산해 마흔여덟이니 마흔일곱이니 하겠지만 상관없다. 멋대로 떠들라지.

보험이 마흔여덟까지 나를 지켜주게 된 것은 우연이었다. 몇 년 전 주택청약부금 통장을 만들기 위해 은행에 갔다가 우연히 보험 상품을 발견하게 되었다. 보험 상품을 발견하기 전까지는 삶의 마감은 염두에 두었으나 정확한 나이까지 결정하지는 않은 상태였다. 보험 상품을 발견함으로써 마침내 계획을 완성하게 되었다. 나는 이렇게 조금은 충동적이기도 하다. 약간의 충동성을 가진 것, 이런 내가 마음에 든다.

2

월요일. 회의가 평소보다 길어졌다. 사장의 잔소리 때문이다. 사장은 실적에 민감하게 반응한다. 어느 사장이 그렇지 않겠는가마는, 그렇다고 모든 사장이 세 시간 삼십 분씩 잔소리를 하지는 않을 것이다. 지금은 6월이다. 비수기라면 비수기에 해당된다. 5월만큼 실적이 좋을 리 없다. 5월만큼 실적을 내기 위해서는 조부모의 날, 선후배의 날, 소외 학우 챙기기의 날 따위를 제정해야 한다. 그러지 않으면 아무리 기를 쓰고 뛰어다녀도 5월의 실적을 따라잡을 수 없다. 5월에 주머니를 연 학생들은 6월에는 자숙하는 편이다. 사장도 알고 있다. 알면서도 잔소리를 한다. 실적이 좋으면 다양한 행사를 들먹이며 당연하다고 말한다. 실적이 나쁘면 직원들이 게을러서 그렇다고 한다. 어떤 때는 달리는 말에 채찍질을 한다, 고 말하기도 한다. 사장의 심정은 이해하지만(나도 몇 달 혹은 일 년 뒤면 사장이 된다) 그러나 직원들의 사기를 생각한다면 잔소리는 꼭 피해야 할 금기사항이다. 금기사항을 지키지 못할 바에는 혼자서 회사를 꾸리는 게 낫다. 나는 일인다역을 할 것이다. 나의 성격을 충분히 고려한 결과이다. 잔소리꾼 사장은 되고 싶지 않다.

열두시 삼십분, 점심시간이 삼십 분이나 지났다. 영업사원인 내게 점심시간은 중요하지 않다. 그러나 길어진 회의 때문에 오후에는 바쁘게 돌아다녀야 한다. 몇 가지 계획을 완료하지 못할 수도 있다. 달갑지 않은 사항이다.

"강대리, 점심 먹고 나갈 거지? 오늘은 뭘 먹을까? 아, 고민되네."

김대리가 말한다. 최대리는 얼큰한 걸 먹고 싶다고 말한다. 유대리는 얼큰한 건 땀 나서 싫다고 한다. 홍대리는 날도 더운데, 하며 유대리 편을 든다. 조대리는 어제 한잔했더니 국물이 땡기네, 한다. 이대리는 일단 나가자고 말한 뒤 앞장서서 사무실을 나선다. 현장의 최전방에서 뛰고 있거나 그렇지 않은 대리들이 우르르 몰려나간다.

온통 대리투성이다. 대리가 아닌 직원은 내근직인 여직원들뿐이다. 검수직을 맡은 직원들도 대체로 내근직이지만 제작업체에 좀더 고압적인 자세를 취하라고 대리 직함을 달아주었다. 세상에는 대리가 널리고 널렸다. 쌔고 쌨다. 그렇게 흔한 대리 중 하나인 나, 강대리는 누가 강대리, 하고 부를 때마다 부끄러워진다. 하지만 이것도 얼마 남지 않았다. 강대리, 조금만 참자.

결국 식당은 뼈다귀해장국집으로 정해진다. 전날 술을 마신 대리가 넷, 마시지 않은 대리가 셋이다. 셋도 온전한 셋이 아니다. 유대리는 술을 마시긴 했으되 적당량을 마셔 해장의 필요가 없다는 이유로 후자에 섰을 뿐이다. 배가 나오기 시작하고 머리가 벗어지기 시작하는 양복쟁이 대리들이 뼈다귀해장국집으로 들어간다.

뼈다귀해장국집의 메뉴는 뼈다귀해장국밖에 없다. 싫어도 뼈다귀해장국을 먹어야 한다. 물론 나는 뼈다귀해장국을 싫어한다. 나는 백반류의 정갈한 밥상이나 생선초밥을 좋아한다. 샌드위치도 그럭저럭 괜찮다. 메밀국수도 봐줄 만하다. 나는 일어설까 말까 망설이다 그냥 눌러앉는다. 동료들과 같이 밥을 먹을 기회는 거의 없다. 다들 오전에 나가 저녁에 돌아온다. 술을 잘 마시지 못하는 나는 저녁에도 그들과 한 솥 안의 밥알처럼 끈적거리며 어울려들지 못한다.

내가 여기서 일어선다면 동료들은 비난의 눈길을 보낼 것이다. 비난의 눈길이 두려운 것은 아니다. 한 끼 식사를 하찮게 생각해서도 아니다. 매일의 반복이 아니라 오늘만 있는 특별한 경우이므로 너그럽게 넘어가기로 한 것이다. 가끔은 이렇게 너그러울 줄도 아는 내가, 대견하다.

점심을 마치고 차가 있는 영업 대리들은 회사 주차장으로, 검수직 대리들은 사무실로, 차가 없는 영업 대리들은 지하철로 향한다. 지하철로 향하는 사람은 나를 포함해 세 명의 대리들이다. 두 명은 앞서 나란히 걸어가고 나는 몇 걸음 떨어져 벽 쪽으로 바짝 붙어 걷는다. 언젠가 유대리가, 아예 벽 속으로 빨려들겠네, 하고 놀렸지만 어쩔 수 없다. 나는 벽이 편하다. 벽에서 떨어지면 불안하다. 아니, 어쩌면 인파 속을 걷는 게 싫은 건지도 모르겠다. 침대에서도 벽에 몸을 바짝 붙여야 잠들 수 있다. 벽이 없는 거리에서는 가능한 한 가장자리로 걷는다.

또한 나는 팔을 흔들지 않는다. 양팔을 옆구리에 꼭 붙인 채 최대한 무릎을 굽히지 않고 조심스럽게 걷는다. 걸음이 빠르지 않아서 어깨의 기울기도 거의 변함이 없다. 공중에 떠서 흘러가듯 걷는 것은 내 오랜 버릇이다. 역시 언젠가 유대리가 유령의 걸음걸이 같다고 했지만 이제는 다들 익숙해져서 신경쓰지 않는다.

김대리와 최대리는 법인영업을 맡아 주로 팬시문구와 사무용품 제작업체를 상대하거나 일반 회사를 대상으로 영업을 하고, 나와 유대리 그리고 이대리는 소매점을 맡고 있다. 특정 업체의 프랜차이즈 소매점도 예외는 아니다. 제품에 대한, 조금은 과장된 선전과 입담으로 거래선을 뚫어야 한다. 몸은 고되지만 법인영업에 비해 유리한 점도 있다. 우리가 취급하지 않는 제품도 실시간으로 접할 수 있다는 것이다. 디자이너에게(나는 나를 영업사원의 탈을 쓴 디자이너라고 생각한다) '새로운' 것만큼 유익한 정보도 없다. 빠르게 변하는 팬시용품의 유행을 따라잡아야 한다. 감각을 놓치지 말아야 한다. 일선에서 떠나 있다는 약간의 불안을 나는 보는 것으로 잠재운다.

'새로운' 것을 보면 나는 즉석에서 구입한다. 소매점 주인은 자신에게 잘 보이기 위해 일부러 물건을 산다고 오해하지만 상관없다. 맘대로 생각하라지. 그렇지만 사실을 말하자면, 나는 알량한 아부로 영업실적을 올리고 싶은 생각은 없다. 나는 영업에 목숨을 건 영업사원이 아니다. 이제 기껏 육 개월하고 십사 일이 남았을 뿐이다.

'새로운' 것을 사는 것은 좀더 오래 보기 위해서이고, 영감이나 창의성을 얻기 위해서이다. 일선에서 떠나 있지만 디자인까지 완전히 놓은 것은 아니어서 지금도 나는 틈틈이 수첩을 꺼내 아이디어를 메모한다. 캐릭터를 만들어보기도 한다. 지금의 '틈틈이'가 몇 달 혹은 일 년 뒤 창업의 든든한 밑거름이 될 것이다.

나는 매번 소매점에서 조금 오래 시간을 보낸다. 일을 끝내고 나서도 금방 떠나지 않는다. 소매점 주인에게 당일 입고된 제품이 뭐냐고 물을 수 없으므로 내 눈으로 확인하는 수밖에 없다. 요즘 유행이 무엇이고, 어떤 제품이 잘 나가는지 일일이 질문할 수 없으므로 직접 보는 수밖에 없다.

진열대를 돌며 쓰러진 물건을 바로 세워주기도 한다. 손님이 만지작거리다 엉뚱한 곳에 놓은 물건을 제자리에, 같은 시리즈 품목 옆으로 옮기기도 한다. 그것 역시 소매점 주인에게는 거래처를 아끼는 영업사원의 성실함으로 비친다는 것을 안다. 상관없다. 어쨌거나 그런 이유로 소매점 주인들이 다른 영업사원보다 나를 더 좋아한다는 것이 내게 도움이 될 때도 있으니까.

그러나 사실을 말하자면, 나는 업체를 가리지 않고 팬시제품 자체를 사랑하기 때문에 쓰러져 있거나 엉뚱한 곳에 외따로 놓인 것을 그냥 두고 보지 못한다. 어쩌면 성격 때문일 수도 있다. 나는 정리정돈의 제왕이다. 사무실 동료들도, 나 못지않게 깔끔한 아내도 인정한 사실이다. 별다른 잔소리 없이 집 안을 정리하는 것, 아내가 가장 좋아하는 나의 장점이다. 나의 장점은 소매점에서도 유감없이 발휘된다.

오늘도 예외는 아니다. 한 소매점에서 '이니셜 폰줄 고무신 사랑'이 '유유자적 호랑이 인형'의 낚싯줄에 걸려 신음하는 것을 구해주었다. '은똥 이니셜 반지 메시지'가 무리에서 떨어져 '은똥 이니셜 목걸이 메시지' 사이에서 방황하는 것을 발견하고 무리로 돌려보내기도 했다. 그뿐만이 아니다. 밀짚모자가 벗겨진 채 땡볕 아래서 낚시하느라 얼굴이 초록색으로 변한 '유유자적 개구리 인형'의 밀짚모자를 초강력 본드로 다시 씌워주기도 했다. 전직 디자이너답게 내 솜씨는 감쪽같다.

갑자기 전화벨이 울린다. 발신자는 사무실이다. 누군지 알겠다. 나는 소매점 주인에게 인사를 하고 밖으로 나온다. 발신자의 목소리가 소매점에 쩌렁쩌렁 울리면 곤란하다. 요즘은 휴대폰 성능이 너무 좋은 게 탈이다.

"전화를 이렇게 늦게 받으니 영업실적이 형편없지. 하나를 보면 열을 알 수 있다는 거 알아, 몰라?"

나는 거래처에 있다가 밖으로 나오느라 늦었다고 말한다. 변명하기 싫지만 대꾸를 하지 않을 수는 없다. 호통이든 질문이든 사장의 물음에 우물거림이나 침묵은 오히려 독이 된다.

"내 말이 그 말이야. 그 속도로 오늘 거래처 다 돌겠어? 그렇게 일을 해서 물건을 팔겠냐구. 가게에 애인이라도 심어둔 거야?"

나는 또 아닙니다, 한다.

"강대리 월급은 땅 파서 주는 줄 알아? 내 코가 석 잔데 자선

사업 하는 줄 아냐구. 밖에 나가서 뭘 하고 돌아다니는지 알 수가 있어야지."

사장의 잔소리는 길게 이어진다. 한 장소에서 이십 분 이상 머물지 마라, 박력 있게 행동하라, 늘 웃는 얼굴로 대하라, 뻔뻔함을 길러라, 사실이든 아니든 일단 구라를 쳐서 상대의 혼을 빼놓아라……

때와 장소를 가리지 않는 잔소리 때문에 오히려 일정에 차질이 생긴다는 걸 사장은 알지 못한다. 오늘 사장의 신경은 퍽 날카롭다. 벌써 두번째 전화다. 휴일에 열심히 신경을 갈기라도 한 모양인지 평소보다 세 배는 더 날카롭다. 그러나 알아두라. 나 역시 오늘은 신경이 날카롭다. 어제 아내로부터 우울한 소식을 들었고, 게다가 오늘 새로 출시된 기발한 제품을 목격했다. 그러므로 나 역시 사장의 잔소리를 느긋하게 들어줄 만큼 마음이 편치 못하다. 그래도 나는 묵묵히 듣는다. 반발이라도 할라치면, 절이 싫으면 중이 떠나야지, 한다. 그렇게 해서 수많은 직원들이 떠났다. 일 년 오 개월하고 십육 일 근무하는 동안 참 많은 얼굴들이 바뀌었다.

사장은 사무실에 앉아서도 직원들의 동태를 다 파악하고 있다. 천리안을 가진 것은 아니고(특별한 능력이 특별한 사람한테 주어지는 거라면, 사장은 영악하다는 면에서 특별히 특별하므로 충분히 특별한 능력을 점지받을 만하지만, 아쉽게도 특별한 능력은 없다), GPS가 내장된 휴대폰 덕분이다. 직원 감시를 처음

선포했을 때, 밖에 나가서 뭘 하고 돌아다니는지 알 수가 있어야지, 가 그 이유였다. 사장은 침침한 사무실에 웅크리고 앉아 의심에 치를 떨며 수시로 직원의 위치를 확인하는 가련한 신세고, 직원들은 그물에 갇힌 채 한정된 공간만을 파닥이며 오가는 물고기 같은 신세다. 그물이 끌어올려지는 날 물고기의 생명도 끝난다. 사장과 직원, 누가 더 비참한지는 모르겠다.

그러나 사실 나는 조금 억울하다. 내가 비록 영업에 목숨을 걸지 않는 영업사원이긴 하지만 다른 직원에 비해 실적이 떨어지는 것은 아니다. 비록 상대의 혼을 빼놓을 만큼 구라에 능하지는 못하지만, 없는 사실을 만들어 제품을 홍보하지는 못하지만(그건 제품에 대한 예의가 아니다), 그래서 오히려 소매점 주인들은 나를 신뢰하고 내가 추천하는 제품을 주문한다. 그러므로 내가 소매점에 조금 오래 머문다 해서 회사에 피해를 주는 것은 아니다. 나는 억울하다.

"사람이 박력이 있어야지, 박력. 박력 몰라? 그렇게 비실비실한 몰골로 돌아다니면 어느 누가 좋아하겠어? 강대리는 그렇게 생각 안 하나? 박력도 없고 자신감도 없고 계집애처럼 흐느적거리면서 영업이 되겠어? 앞뒤로 힘차게 팔을 흔들며 걸으란 말야. 남자답게. 어깨를 쫙 펴고. 그 꼬장꼬장한 표정은 또 뭐야? 활짝 웃어. 이가 시리도록 웃어. 그래야 좋은 인상을 주지. 가게에 애인 박아놓고 커피나 마시며 히히덕거릴 생각 말고 어떻게 하면 물건을 잘 팔까 그걸 궁리하란 말야. 내 말 알아들어?"

홍분 때문에 사장의 얼굴이 붉다. 아침부터 시작된 잔소리가 저녁까지 이어진다. 평소보다 늦은 저녁, 사무실로 돌아오자마자 사장이 영업부 직원들을 회의실로 호출했다.

생각지 못한 복병이다. 뜻밖의 난관이다. 지난번 회사에서는 모든 게 자유로웠다. 출퇴근시간도 비교적 자유로웠고, 시장조사를 핑계로 사무실에서 나와 영화를 보거나 산책을 해도 상관하지 않았다. 모든 것은 결과물로 판단되었다. 결과가 좋으면 다 좋은 거였다. 결과가 나쁘면 다 나쁜 거였다. 나는 대체로 전자에 속했으므로 회사의 규율 때문에 힘든 적은 없었다.

지금의 이 상황은 예상치 못한 것이다. 오히려 영업직이어서 더 자유로울 줄 알았다. 나는 조용히 한숨을 내쉰다.

"내가 한마디 했다고 또 금방 풀이 죽어서 고개 숙이지. 그러지 말란 말야. 지금까지 내 말 뭘로 들었어? 자신감을 가지라고 그렇게 말했는데도 도대체 귓구멍은 뒀다 어디 써먹으려고 그러는지. 야, 강대리……"

3

나는 결코 나약한 사람이 아니다. 나는 겁쟁이가 아니다. 나는 자신감 없지도 않다. 우유부단하지도 않다. 나는 결정을 내린다.

나는 계획을 세운다. 내게는 휴식이 필요하다. 최대리가 술 한잔 어때, 하고 말을 걸어오지만 거절한다. 모두들 퇴근하고 텅 빈 사무실에 혼자 남는다. 혼자 남아 계획을 점검한다.

여덟시 삼십분, 출퇴근카드 체크를 하고 사무실을 나선다. 집으로 가는 방향의 지하철을 탄다. 아내는 오늘 야근이란다. 집 근처의 술집, 한 번도 가본 적 없는 곳으로 들어간다. 떠들썩한 곳. 그래서 정신없는 곳. 맥주와 마른안주를 주문한다. 나는 술을 잘 마시지 못한다. 주량이 소주 석 잔이다. 그러나 지금, 맥주 한 병을 세 번에 걸쳐 다 마시고 화장실로 가 게워낸다. 술집으로 오기 전 편의점에서 산 구강청정제로 입안을 헹군다. 아홉시 삼십분, 계산을 하고 술집을 나선다. 계산하기 전, 탁자 밑에다 슬그머니 휴대폰을 떨어뜨리는 것도 잊지 않는다. 나는 내 안의, 약간의 폭력성을 사랑한다.

열한시 이십분, 집 근처의 술집으로 다시 간다. 술집은 아직 영업중이고 실내는 만원이다. 파가 썩는 듯한 술냄새와 담배연기 때문에 머리가 어지럽다. 휴대폰은 내가 떨어뜨린 곳에 그대로 있다. 다행이다. 나는 여자들과 남자들의 다리 사이로 비집고 들어가 휴대폰을 집는다. 여자들과 남자들의 얼굴이 찌푸려졌지만 상관하지 않는다. 누군가가 내 다리 사이로 머리를 들이밀었다면 나 역시 얼굴을 찌푸렸을 것이다.

4

아침에 출근하니 사무실이 술렁거린다. 들릴 듯 말 듯한 목소리들. 세 명의 부장도 보이지 않는다. 유대리를 바라보자, 문병, 병원에, 한다. 내가 다시 바라보자, 사장님, 하고 속삭이듯 말한다. 옆자리의 이대리도 알고 최대리도 알고, 엿들을 부장도 없는데 속삭이듯 말하는 유대리가 우습지만 웃지는 않는다. 답답하다는 듯 최대리가 말을 거든다.

"사장님이 다치셨대. 어떤 미친놈이 뒤에서 밀쳤대나 어쨌대나. 벽에 머리를 부딪혔는데 한 일주일 정도 못 나오실 것 같다네. 퇴원은 오늘 하지만 병원에서 쉬라고 했대."

일주일! 나는 놀란다.

"아 뭐, 걱정할 정도는 아닌가봐. 그러니까 아침부터 전화해서 한바탕 사무실을 뒤집었겠지. 연세가 있으니까 쉬라고 한 모양이야."

그러나 사실을 말하자면, 내가 놀란 이유는 사장이 다쳤다는 것 때문이 아니다. 뜻밖에 얻은 일주일 때문이다. 나는 사흘 정도 예상했었다. 일주일, 일주일 동안 뭘 할까. 나는 자리에 앉아 수첩을 꺼내 펼친다. 계획을 세워야 한다. 일주일을 헛되이 보낼 수는 없다. 그런 의지와는 달리 떠오르는 것은 아무것도 없다. 머릿속이 텅 빈 것 같다.

때마침 전화벨이 울리고, 최대리가 한숨을 내쉬고, 또야, 하고 중얼거린 뒤 수화기를 든다. 통화는 십 분쯤 계속된다. 최대리의 말이란, 네 혹은 그럼요, 알겠습니다, 뿐이다.

"하부장님 전화. 사장님이 안 계시니 더 열심히 뛰라고. 돌아오시면 그 동안의 실적을 바탕으로 회사 재정비에 들어가신다고. 자, 나가서 오늘도 열심히 뺑이칩시다. 회의 끝."

최대리가 일어선 채 큰 소리로 말한다. 다섯 명의 대리들이 카탈로그와 수첩을 챙겨 사무실 밖으로 몰려나간다.

사실 나는 이런 계획을 세웠다. 특별할 것은 없다. 늘 하던 일인데, 제품을 구경하고 아이디어를 메모하고 소비자의 반응을 체크하는 일을 조금 더 마음 편하게, 감시자의 눈길을 의식하지 않고 조금 더 느긋하게 할 생각이었다. 그러나 이상한 일이지만 흥이 나지 않는다. 새로운 제품에 대한 열정이 식어버린 건가. 어제 보았던, 나로 하여금 질투를 불러일으키고 내 기분을 비참하게 만들었던 그 기발한 제품을 다시 보아도 아무런 감각이 없다. 질투도 일지 않고 연구 열의도 생기지 않는다. 나는 손등을 꼬집어본다. 아프다. 육체의 감각이 없는 것은 아니구나. 그렇다면 정신이 문제다. 정신이 어떻게 된 것일까. 팬시업계로 뛰어든 지 사 년 오 개월 십칠 일 만에 처음 있는 일이다. 그러므로 나는 충격을 받는다.

소매점에서는 꼭 필요한 볼일만 보고 얼른 나온다. 너무 지루해서 더 머물기가 무서울 정도다. 소매점 주인들이 어디 아프냐고 묻는다. 안색이 나쁘다고도 한다. 손님의 부주의로 살짝 망가져서 반품이 불가능한 제품을 내놓는 주인도 있다. 감쪽같은 솜씨를 바라는 저 눈빛. 나는 바쁘다고 말한다. 내 손길을 기다리는 제품을 외면한다. 사장이 알면 좋아했을 것이다.

점심시간. 창을 마주 보고 앉아 샌드위치를 먹고 커피를 마신다. 눈은 밖을 향해 있다. 거리의 사람들이 무심코 가게들을 훑어보며 걷다가 나와 눈이 마주치자 민망한 듯 고개를 돌린다. 순간 나는 깨닫는다. 나는 뭔지 모르는 뭔가가 허탈하다.

샌드위치 전문점에서 나와 거리를 걷는다. 목적은 없다. 잠시 사장이 전화하지 않을까 생각하지만 곧 실소한다. 인간이란 정말. 소리내어 중얼거려본다. 문득 갤러리가 눈에 띈다. 디자이너 시절에는 일주일에 한 번씩은 갤러리들을 돌았다. 영감을 얻기 위해서였다. 지금은? 지금은 평일에는 시간이 없고 휴일에는 집에서 뒹군다. 육 일 내내 돌아다니므로 휴일까지 집 밖으로 나가고 싶지는 않다. 갤러리로 들어간다.

색채들의 향연. '향연'까지는 동의할 수 없지만 강렬한 색채들이 가로세로 혹은 추상적으로 그어져 있다. 강렬한……, 강렬한……, 속으로 중얼거린다. 역시 감동이 일지 않는다. 몇 걸음 떨어진 다른 갤러리로 간다. 엽서 두 장을 붙인 크기의 종이에 일상의 모습들이 그려져 있다. 유머러스하고……, 짠하고……, 재치 있고……, 날카로운 관찰력……, 속으로 중얼거린다. 그러나 그뿐이다. 아무렇지도 않다. 심장에 손을 대본다. 뛰는 것 같지 않다. 심장의 박동은 감지되지 않는데 머릿속 생각만 열심히 굴러간다.

이렇게 되면 내 삶에 심각한 오류가 생긴다. 미래의 계획을 대폭 수정해야 할지도 모른다. 나는 절박한 심정이 된다. 절박한 심정, 하고 속으로 중얼거린다. 변화를 관찰한다. 손바닥으로 느껴지는 심장은 평소 때보다 더 평온하다. 머리는 절박하기 짝이 없는데 심장은 전혀 절박하지 않다. 절망한다. 이번에도 머리는 절망을 부르짖는데 심장은 절망이 뭐 어쨌다고, 반문한다. 나는 고개를 숙인다.

오후, 나는 여전히 소매점을 돌고 있다. 그물 주인은 잠자리에 들었지만 그물은 여전히 존재한다. 물고기의 무의식 속에서.

5

이것은 뜻밖의 상황이다. 마음의 이러한 변화는 예상하지 못했다. 어쩌면 나는 좀 지쳤는지도 모른다. 여기서 지쳤다는 것은 힘의 소진이 아니라 변화 없는 일상의 권태를 말함이다. 권태는 내 삶의 적이다. 나는 내 삶의 계획을 수정하고 싶지 않다.

해방 사흘째 되는 날, 오전부터 종합병원으로 간다. 어제도 하루 종일 권태를 물리칠 수 있는 자극을 찾아다녔다. 나는 내가 절박한 심정도 되지 않고 절망도 할 수 없는 것이 자극이 없어서라고 결론내렸다. 적절한 긴장은 삶의 활력소가 되는 법, 그

동안 살아오면서 긴장감이 다 닳아버렸는지도 모른다. 종합병원으로 가는 것은 생사를 넘나드는 사람들을 보며 삶의 긴장을 되찾기 위해서이다.

먼저 응급실. 내 머릿속의 응급실 전경은 이렇다. 요란하게 사이렌을 울리며 들어오는 앰뷸런스, 때를 맞춰 달려오는 침대차, 흰 가운을 입은 의사와 간호사의 다급한 발소리, 고함소리, 피 흘리는 환자, 머리가 헝클어진 가족들의 절규, 조마조마함과 아슬아슬함, 초를 다투는 위기가 지배하는 분위기. 나는 그런 환상에 젖어 응급실이라 쓰인 붉은 글씨 아래로 들어간다.

사실 나는 한 번도 응급실에 가본 적이 없다. 내가 스물여섯 살 때 아버지가 쓰러지긴 했지만(아마 응급실로 실려 갔을 것이다), 군복무중이던 내가 도착했을 때는 이미 중환자실에서 숨을 헐떡이고 있었다(중환자실은 중환자들이 있는 곳답지 않게 너무나 평온했다). 아버지는 집으로 가자, 했고 살 가망이 없다고 판단한 의사들이 허락했다. 아버지는 집에 도착하자마자 숨을 놓았다. 어머니는 아직 정정해서 나를 응급실로 부르는 일은 없었다. 머릿속 응급실 전경은 그러므로 텔레비전에서 얻은 지식이다.

지식과 현실이 얼마나 다른 것인지 응급실에 한 발을 들여놓는 순간 벌써 깨닫는다. 앰뷸런스는 얌전히 주차장에 주차돼 있고 의사는 보이지 않는다. 간호사들만 한가롭게 거닐며 링거액을 체크한다. 환자에게 몇 마디 질문을 던지기도 한다. 한가하기는 환자도 마찬가지다. 앉거나 누운 환자들은 문병 온 이들과 잡담을 나누고 있다(이들 대부분은 '응급'환자가 아니라 일반병실을 기다리는 '대기'환자라는 것을 나는 나중에야 알게 되었다). 어디에서도 긴박감은 찾아볼 수 없다. 한밤이 아닌 오전이어서 그럴 수도 있겠다. 어쩌면 내가 날을 잘못 택한 건지도 모른다.

다음은 수술실. 아침에 세운 계획대로 수술실로 간다. 수술실은 응급실과 다르지 않을까, 기대한다. 어쨌거나 수술이 필요할 정도니까. 여러 개의 수술실 중 사람이 가장 많이 모인 곳으로 향한다. 초조한 얼굴들. 연방 눈가를 훔치는 손수건. 나는 만족한다. 의자 귀퉁이에 자리를 잡고 앉아 심각한 표정을 짓는다. 감정이입을 위해 죽기 직전의 아버지를 떠올린다. 그런데 의외로 내 마음은 담담하다. 벌써 칠 년 전의 일인 것이다. 게다가 살아 있을 때도 아버지와 그다지 살가운 정을 나누지는 못했다. 아버지도 바빴고 나도 바빴다. 서로 바빠서 정을 나눌 시간이 없었다. 감정이입에 실패한다. 또다른 슬픈 일이 없을까. 나는 기억해내기 위해 노력한다.

그러고 보니 나도 죽을 뻔한 적이 있다. 고등학교 때였다. 나는 소위 문제가 좀 있는 아이들에게 찍혔다. 체육시간 직전 그들 중 하나가 다가와 체육복을 빌려달라고 했다. 체육은 그들만 하는 게 아니라 내게도 해당되므로 거절했다. 나는 이미 체육복을 입고 있었고 빌려줄 생각도, 그를 대신해 체육 선생에게 맞고 싶은 생각도 없었다. 그는 무섭게 노려보았지만 종이 울려서 나를 어쩌지는 못했다. 예상대로 그는 흠씬 맞았고, 체육 선생은 맛 좀 봐라 요놈, 하는 얼굴로 한 시간 내내 엎드려뻗쳐 기합을 주었다. 나는 축구를 하면서 간혹 기합을 받고 있는 그를 보았지만 죄책감 같은 것은 들지 않았다.

하교시간. 학교에서 나와 집으로 가고 있는데 갑자기 아이들이 나를 에워쌌다. 나는 그들에게 둘러싸여 으슥한 골목으로 끌려갔다. 무기는 들고 있지 않았다. 그들의 주먹 하나하나가 무기였다. 그들의 얼굴이 무기였고 그들의 명성이 무기였다. 그러므로 굳이 무기는 필요하지 않았다. 그때 집단테러를 당했으면 나는 아마 죽었을 것이다. 체육복을 가져오지 않은 아이가 주먹을 치켜드는 순간 다행히, 그리고 우연히 그곳을 지나는 경찰관이 있어 나는 살아났다. 아이들이 우르르 줄행랑을 놓았는데 경찰관은 영문을 모르겠다는 얼굴이었다. 나는 힘이 쭉 빠져서 집으로 돌아갔다.

그뒤 며칠 동안 학교에 가지 않았다. 물론 수업도 중요했지만 내 목숨이 더 중요했다. 일단은 살아남아야 했다. 그들의 눈에 띄지 않는 것이 최선의 방법이었다. 그래서였을까. 나를 에워쌌던 아이들이, 불발로 끝난 응징의 분풀이를 엉뚱한 곳에다 했고 (다른 학교의 폭력 그룹이었다), 학교의 선생들은 그 기회를 놓치지 않고 전원 퇴학을 시키거나 전학을 보냈다. 며칠 잘 쉬는 동안 상황이 깨끗이 정리되었다. 나는 죽지 않고 살아남았다. 이

걸로 감정이입이 될까. 나는 당시의 절박했던 마음을 생각한다. 눈앞에서 부르르 떨리던 주먹도.

문득 정신을 차리자 초조한 얼굴들이 목에 핏대를 세우고 떠들고 있다.

현재 수술중인 환자는 이십대 중반의 아까운 청년으로 오토바이를 타다 사고를 당했다. 착하기만 한 청년은 전혀 잘못한 것이 없는데, 그러니까 제 차선을 지키며 잘 달리고 있는데, 어디선가 갑자기 나타난 차가 오토바이를 들이받았다. 오토바이는 부웅 날아 가로수 옆에 떨어졌고 죽일 놈의 몹쓸 차 운전자는 멀쩡한 사지육신으로 돌아다닌다. 아까운 청년은 다행히 살아난다 해도 사람구실을 제대로 못 할 것이 뻔하다. 그 청춘을 누가 보상해줄 것인가. 그런데 빌어먹을 몹쓸 그놈은 코빼기도 보이지 않는다. 우리 착한 아들이 깨어나기만 해봐라. 지 과실 아니라고 떠들어대는 그 죽일 놈의 잘못을 만천하에 드러내 평생 철창신세를 지게 해주리라.

수술은 한 시간 삼십 분째 계속되고 있다. 처음엔 우느라, 다음엔 차 운전자에 대해 분개하느라 정신없던 사람들이 차츰 재가 누구지 하는 얼굴로 나를 흘끔거린다. 나이를 가늠해 보니 친구는 아닌 것 같고, 직장에 다니지 않았으니 직장 상사도 아니고, 여자가 아니니 애인도 아닌데, 누구지? 하는 얼굴들이다. 그러나 대놓고 묻지는 않는다. 수술의 성공과 환자의 건강을 기원하며 자숙해야 할 상황에서 함부로 천박한 호기심을 드러내서는 안 된다고 생각하는지도 모르겠다. 누구냐 물었으면, 지나가는 객, 이라고 조금은 낭만적으로 대답했을 텐데.

세 시간이 다 되어갈 때 마침내 수술이 끝난다. 수술실 전광판의 글자가 바뀌고 뒤이어 환자를 실은 침대차가 나오자, 기진맥진 지쳐 있던 사람들의 표정이 화들짝 피어나며 일부는 울음을 터뜨리고 또 일부는 무거운 신음소리를 낸다. 의사가 성공적인 수술이라고 자평하자 울음소리는 더 커진다. 청년의 모친은 아예 의자에 주저앉아 엉엉 소리내어 운다. 안도와 안타까움이 함께 밴 눈물방울. 나는 약간 감동을 받는다. 내 눈시울도 약간 젖을 듯 말 듯하다. 예전의 예민했던 감수성이 약간 회복되었다. 종합병원에 오기를 잘했다고 생각한다.

무기력으로 인한 며칠간의 걱정이 기우였음이 드러났다. 기대를 저버리지 않고 원래의 의욕적인 인간으로 돌아왔다. 나는 다시 매장을 기웃거린다. 부상당한 제품에 치료의 온정을 베푼다. 내가 미처 착안하지 못한 제품에 대해서는 맹렬한 질투가 인다. 몇 달 혹은 일 년씩이나 더 바라보기만 해야 하는 생활에 초조감이 들기도 한다. 질투와 초조감, 내가 살아 있다는 증거들이다. 소중한 감정이다. 정말로 불쌍한 이는 그런 감정조차도 없는 사람들이다. 무미건조, 얼마나 끔찍한가. 나는 내가 깨어 있다는 것을 느낀다.

"오늘은 얼굴이 밝네? 그래, 화해한 거야?"

오십대의 팬시가게 주인이 묻는다. 나는 네? 하고 반문한다.

"얼굴에 다 씌어 있는데 뭘. 자고로 집안이 편해야 큰일을 하는 법, 싸우지 말고 살어."

내가 영문을 모르겠다는 얼굴을 하자 주인은 빙긋 웃고는 그만이다. 돌아서서 내가 부려놓은 박스를 푼다. 유쾌했던 기분이 한순간 가라앉는다.

그날 저녁, 일이 늦어져 매장에서 바로 퇴근한다는 전화를 하고 거리를 돌아다닌다. 이것도 사장이 없을 때만 누릴 수 있는 호사다. 유쾌했던 기분은 쉽사리 돌아오지 않는다. 아무것도 생각하지 말자, 중얼거린다. 한번 깨진 리듬은 다시 깨지기 쉽다. 지금은 생각을 할 때가 아니다. 눈에 들어오는 것들을 그냥 받아들인다. 밤에는 눈에 들어오는 것들이 많다. 가로등도 있고 간판 불빛도 있고 네온사인도 있다. 어둡고 밝은 것들이 극렬한 대비를 이루며 눈을 자극한다. 밋밋했던 낮의 풍경에 강조점을 찍어놓은 것 같다.

그때 낯익은 뭔가가 내 눈을 쓱 파고든다. 동시에 눈이 마주친다. 방심하지 말아야 하는데, 한순간 내 눈빛이 흔들린다는 것을 느낀다. 제발.

"동희 맞지?"

실수는 아차 하는 순간이다. 깨닫는 순간 늦었기 마련이다. 연욱이구나, 나는 대꾸한다. 연옥이라고 더 많이 불렸던 학과 동기. 연옥에 맞서, 나는 저승사자다, 큰소리치던 친구.

"반갑다, 야. 이런 데서 너를 다 만나다니 정말 뜻밖이네."

나는 말없이 웃어준다. 그러면서 생각한다. '이런 데'라니, '이런 데'가 무슨 뜻이지?

"너 시간 있지? 어디 가서 한잔하자. 술은 고프고 혼자 마시긴 그렇고 누굴 불러낼까 고민하던 참이었어."

난……, 하고 입을 떼는데 친구가 얼른 덧붙인다.

"아 참. 넌 술 못 마시지? 그럼 찌개 시켜서 난 술 마시고 넌 밥 먹으면 되겠다. 아직 저녁은 안 먹었을 거 아냐."

할 말이 없어진다. 친구가 이끄는 대로 따라간다. 그러면서 생각한다. 생각을 하지 않기 위해서는 수다쟁이 친구가 옆에서 떠들어주는 것도 나쁘진 않겠지.

주문한 닭볶음탕이 나오지도 않았는데 친구는 소주를 따라 마신다. 나는 닭을 좋아하지 않는다. 오늘도 닭은 친구가, 감자는 내가 차지할 것이다. 넌 왜 감자만 먹냐, 친구가 물을 것이고, 닭을 좋아하지 않는다고 내가 대답할 것이며, 아 그랬던가, 친구가 깜짝 놀랄 것이다. 그러나 그뿐이다. 다음에 또 우연히 만난다면 친구는 여전히 닭볶음탕을 시킬 것이다. 매번 반복되는 일이다. 친구는 닭볶음탕을 최고의 술안주로 생각하는 경향이 있다.

"네 소식은 듣고 있다."

친구가 말한다. 동창회에도 나가지 않고 만나는 동기도 없는데 어디서 뭘 듣고 있다는 걸까. 나는 당근 하나를 집어 깨문다.

"디자인 그만두고 지금 영업 뛰는 게 창업 때문이라며? 그 소리 듣고 널 다시 봤다."

동기 누구에게도 창업 얘기를 한 적은 없다. 도대체 이런 소문들은 다 어디서 듣는 걸까. 나는 마지못해 고개를 끄덕인다.

"책상 앞에만 앉아 있는 샌님인 줄 알았는데 행동력도 있구나 생각했지."

맘대로 생각해라. 단 한 번도 샌님이었던 적은 없지만 누가 어떻게 생각하든 상관없다.

"그래, 계획은 잘 진행되고?"

나는 몇 달 혹은 일 년 남았다고 말한다. 이제 숨길 이유가 없다. 나중에 친구의 도움을 필요로 할 때가 있을지도 모른다.

"어? 그래?"

친구가 놀란다. 의외라는 반응. 나는 생각한다. 왜 저렇게 놀라는 거지? 서로의 눈빛이 허공에서 얽힌다. 그리고 나는 친구의 눈빛에서 읽어낸다. 묻고 싶은 것이 있구나. 친구는 머뭇거린다. 시간을 벌기 위해서인 듯 잔을 비우고 닭다리를 뜯는다.

"창업 자금이 없을 거라고들 하던데…… 네 마누라가 보증을 잘못 서서 아파트 날리게 생겼다며. 그거 그럼 헛소문이냐?"

친구는 지나가는 말인 듯 가볍게 묻는다. 나는 대답하지 않는다. 그런 건 아무래도 상관없다. 돈은 있어도 그만 없어도 그만이다. 승부는 내가 가진 돈이 아니라 내 능력으로 인해 나는 것이다. 돈은…… 없어도 된다. 아파트도, 고생 끝에 산 집이긴 하지만, 없어도 된다. 아파트가 없어도 사람들은 잘만 살아간다. 오토바이 사고 한 번으로 사람구실을 못 하는 사람도 있다.

"혹시 꿍쳐둔 비자금이라도 있어? 손에 쥔 게 없으면 힘들 텐데."

역시 나는 대답하지 않는다. 잔을 들어 단번에 홀짝 비운다. 주량은 석 잔이다. 아직 두 잔의 여유가 있다. 친구가 잔을 채운다.

"괴로운가보구나. 그래, 괴로울 땐 술이 최고지. 마셔라, 마셔."

옆에서 부추기니 술맛이 떨어진다. 나는 당근을 씹고 감자를 건져 반으로 쪼개 먹는다.

"그런데 너 그거 아냐? 동기놈들 사이에 지금 내기 붙었다. 네가 이혼한다가 열 중 아홉이고 안 한다가 하나야. 어쩔 거냐?"

그걸 질문이라고 하니, 나는 냉랭하게 말한다. 잔을 비운다. 두 잔째. 친구가 재빨리 술을 따른다.

"나한테만 살짝 말해주면 안 되겠냐."

나는 일어선다. 다리가 후들거린다.

"어? 너 어디 가? 화장실은 그쪽 아냐."

나는 못 들은 척 밖으로 나온다. 친구를 혼자 두고 일어서는 건 예의가 아니지만 오늘은 예의를 지키고 싶지 않다. 예의란 그럴 가치가 있는 인간에게 차리라고 있는 것이다.

지하철을 타고 집 근처 역에서 내린다. 도중에 여러 번 전화벨이 울렸지만 받지 않는다. 역에서 내려 집으로 곧장 갈까 말까 망설인다. 걸음이 불규칙하다. 어깨가 심하게 흔들린다. 벽 속으로 빨려들 것 같다. 에잇 맘대로 되라지, 나는 중얼거린다. 며칠 전 갔던 술집으로 들어간다. 맥주 한 병을 시켜 세 번에 나눠 다 마신다. 그런 다음 집으로 간다. 화장대 앞에 앉아 화장을 지우던 아내가 눈을 동그랗게 뜨고 쳐다본다. 침대 옆에 있던 스탠드가 휘청거리는 내 팔에 걸려 바닥으로 떨어지고, 박살난다. 나는 침대 위로 쓰러진다.

다음날 아침 나는 몸을 일으킬 수가 없다. 주랑을 넘어선 알코올이 핏속을 돌아다닌다. 몸을 움직일 때마다 피가 거꾸로 흐르는 것 같다. 아내가 한숨을 쉬더니 수화기를 든다. 그렇게 해서 나는 일 년 오 개월 이십일 일 만에 처음으로 결근을 한다. 이불 속에서 나는 이 결근이 내 삶의 심각한 오류의 시작이 아니기를 빈다.

6

사장이 돌아왔다. 일주일 전보다 더 건강해진 모습이다. 회의에서도 힘이 넘친다. 저렇게 힘이 넘치는데 어떻게 일주일이나 쉬었을까 싶다. 역시 의사가 무섭긴 무서운가보다. 이마도 반들거린다. 산삼이라도 캐 먹었나, 아침에 속삭이던 유대리의 말이 생각난다.

한 사람씩 차례대로 호통을 듣는다. 마침내 내 차례까지 왔다. 사장이 강대리, 하고 말해놓고 잠시 침묵한다. 침묵의 효과, 긴장감 조성에는 그만이다.

“결근까지 했군. 지켜보겠다고 했는데. 재정비하겠다는 말, 못 들었나?”

나는 얼른 죄송합니다, 하고 사장의 다음 말을 막는다. 한번 뱉고 나면 무르기가 쉽지 않을 것이다. 사장도 자존심이 있으니까. 나는 또 몸이 아팠다고 말한다. 지금은 다 나았고 열심히 하겠다고, 어쩌면 하지 말아야 할 말까지 덧붙인다. 사장은 좀 놀란 눈치다. 저 인간이 갑자기 왜 저러지, 하는 얼굴로 나를 본다. 그러거나 말거나 상관없다. 어쨌거나 나는 이곳에서 육 개월하고 육 일을 견뎌야 하는 것이다. 육 개월하고 육 일 뒤 나는 이곳을 떠난다. 떠날 것이다. 그러므로 그 동안은 어떻게든 살아남아야 한다. 오류가 생기지 않도록 주의해야 한다. 잠시 자존심 좀 팽개쳐둔들 뭐 어떤가. 육 개월하고 칠 일째 되는 날 나는 화려하게 부활할 것이다.

게으름을 죽여라

그들은 게으르고 싶어서 게으른 게 아니었다.

뭘 하고 싶은지를 몰라서 하지 않았을 뿐이었다.

딱히 하고 싶은 게 없어서 하지 않았을 뿐이었다.

1

나를 지금의 이 '게으름치료센터'에 집어넣은 사람은 할머니였다. 엄마도 반대하고 나도 반대했지만 할머니를 이길 수는 없었다. 삼십대 초반, 남편을 먼저 떠나보낸 후부터 할머니는 집안의 제왕이 되었다. 제왕이 된 할머니는 그때 초등학생이던 엄마를 먹이고 공부시키고 결혼까지 시킨 다음 잠시 평민으로 돌아갔다가 이혼하고 갈 데 없어진 엄마와, 그 엄마에 딸린 나를 받아들이면서 제왕의 지위를 되찾았다. 엄마가 할머니의 가게를 물려받은 뒤에도 집안의 권력구도는 바뀌지 않았다. 할머니의 곱창집을 팬시점으로 업종 변경한 다음부터 가게는 겨우 적자만 면하는 형편이었고, 할머니가 새로 재미를 들인 일수업은 사고 한번 없이 잘 굴러갔다. 생활비가 할머니의 주머니에서 나오는 이상 엄마와 나의 반대는 반대가 아닌 투정에 불과할 뿐이었다.

"얘는 이제 스물여섯이에요!"

하얗게 질린 얼굴로 엄마가 소리쳤다. 오늘이 1월 3일이니까 나는 이틀 전에 스물여섯이 되었다. 하지만 12월 28일생인 나는 나이에 관해서라면 많이 억울하다.

"그러니까 치료센타로 보내자는 거 아냐. 스물여섯 먹도록 뭐 하나 제대로 한 게 있냐? 난 저 나이 때 애 키우고 살림하고 시부모 봉양하고 가게에서 허리 부러져라 곱창 구웠다. 다 큰 게 방 안에서 뒹굴거리는 꼴 더는 못 본다."

다시 억울한 생각이 들었다. 하루에 열 통도 넘게 이력서와 자기소개서 쓰는 걸 할머니도 봤으면서 왜 못 본 척하는가. 텔레비전에서 청년실업이라는 말만 나와도 젊은것들이 때를 잘못 만나 고생한다고 혀를 차더니 왜 나한테만 가차 없는가.

"그럼 결혼은 어떻게 해요? 거기 들어갔다 나온 애를 누가 데려가겠어요?"

"게으른 것도 병이다. 병은 빨리 치료할수록 좋다. 병을 놔두면 옆으로 옮고 속으로 옮는다. 속병 든 애를 누가 데려갈 것 같니?"

엄마도 그 말에 동의하는지 대꾸가 없었다. 내가 게으르고 싶어서 게으른 것도 아닌데 나를 병자 취급하는 게 섭섭했다. 그런 내 마음을 대변하기라도 하듯 엄마는, 취직이 안 돼서 그렇죠, 재는 놀고 싶어 놀겠어요? 하고 모기 소리만하게 반박했다.

"그게 다 게을러서 그런 거야. 난 한평생 일 없어서 놀아본 적은 없다. 핑계야."

이 말에는 엄마도 더이상 대꾸하지 못했다. 정적이 길어졌다. 나는 목소리를 가다듬고 할머니, 하고 불렀다. 할머니와 엄마가 동시에 나를 쳐다보았다. 늘 생각은 하고 있었지만 차마 하지 못했던 말을, 어쩌면, 하는 기대와 어차피, 하는 자포자기의 심정으로 꺼냈다.

"그 돈으로 차라리 유학을 보내줘."

할머니와 엄마의 눈초리가 가늘어졌다. 나는 재빨리 덧붙였다.

"아니면 연수라도. 딱 일 년만. 갔다 와서 효도할게요."

"이 할미 등골 빼먹으며 대학 다닌 것도 부족해서 이제는 외국까지 공부하러 간다는 거냐? 젊은것이나 어린것이나 어찌 그리 철이 없냐."

엄마와 나는 동시에 고개를 숙였다. 흘끗 엄마의 눈치를 보았다. 금방이라도 눈물을 쏟을 것 같은 얼굴이었다. 할머니의 곱창집을 팬시점으로 바꾼 뒤부터 엄마와 할머니는 사이가 좋지 않았다. 할머니는 툭하면 그 얘기를 꺼냈다. 곱창집은 할머니가 평생을 일해온 일터였다. 다행히 손님도 많아서 사는 데 어려움이 없었다. 당연히 엄마가 그 일을 이어받을 줄 알았다. 그러나 엄마는 곱창을 굽는 대신 다이어리와 인형과 아로마 향초 들을 팔았다. 어릴 때부터 맡아온 곱창 냄새가 지긋지긋하다고 했다. 수시로 가게에 드나들며 훈수 두는 것을 삶의 낙으로 삼으려던 할머니의 계획은 어긋났고, 할머니는 당신이 평생 해온 일을 엄마가 무시한다고 생각했다. 팬시점이 잘됐으면 모르겠으나 그렇지도 못해서 무슨 일이 있을 때마다, 특히 돈 들어갈 일이 생길 때마다 할머니는 의기양양한 얼굴로 잔소리를 쏟아냈다. 곱창 얘기가 나오기 전에 나는 얼른 대답했다.

"알았어요. 들어갈게요."

"들어가는 게 아니라 입원하는 거다."

2

정확하게 말하면 '입원'이 아니라 '입소'가 맞다. 할머니는 게으름을 '병'이라고 했지만 사실은 '습관'이나 '무기력'에 더 가까우니까. 그래서 이곳의 우두머리는 '원장'이 아니라 '교장'이고 직원들은 '간호사'가 아니라 '선생'이다. 선생은 우리를 '교육생'이라 부른다. 그런데 왜 이곳의 명칭은 '학교'나 '훈련소'가 아니고 '치료센터'일까. 어쩌면 교육생들을 철저하게 교육시키겠다는 강한 의지의 표명인지도 모르겠다. 또 어쩌면 게으름을 '병'이라고 생각하는 우리 할머니 같은 사람들을 위해 일부러 그렇게 지었는지도 모른다.

어쨌거나, 나는 놀랐다. 정말 놀랐다. 깜짝 놀랐다. 우선은 생각보다 교육생이 많아서 놀랐고, 그 교육생이라는 사람들이 또 대부분 십대 후반에서 이십대 후반까지라는 데 놀랐다. 물론 삼십대에서 오십대 사이가 없는 건 아니었지만 그들은 열 명 안팎에 불과했고 나머지 사십여 명이 나보다 어리거나 내 또래거나 나보다 조금 더 나이가 많았다. 교도소도 아니고 죽으러 가는 것도 아닌데 펑펑 쏟아낸 엄마의 눈물이 오히려 민망할 지경이었다.

그러나 비슷한 또래가 많다고 해서 내가 위안을 받았다는 말은 아니다. 스물여섯, 꽃다운 나이에 이게 무슨 짓인가 싶었다. 자꾸만 한숨이 나왔다. 교육 예정기간은 두 달이었다. 두 달 만에 '병'을 고칠 수 있을지 할머니는 의심스러워했지만, 우선 두 달 이상은 엄마가 강하게 반대했고 할머니도 돈이 아까워서 그렇게 합의를 보았다.

인생 전체를 놓고 봤을 때 두 달은 길지 않을지도 모른다. 하지만 취업 준비생인 나에게는 두 달이 두 달만의 의미로 다가오지 않았다. 어쩌면 내가 이곳에 들어와 있는 사이 절호의 취업 기회가 다가왔다가, 날아갈지도 모른다. 기회란 자주 오는 게 아니므로 두 번의 기회는 없을지도 모른다. 취업을 못 한다면, 그렇다면, 파리 날리는 엄마의 팬시점을 물려받아 입에 풀칠이나 하며 가난하게 살아야 하거나, 아니면 젊은 나이에 일수를 놓아 그 이자를 받아먹으며 살아야 할지도 모른다. 한숨이 안 나올 수가 없었다.

나는 3조에 배정되었다. 나까지 포함해서 여덟 명. 그러므로 나는 앞으로 두 달 동안 일곱 명의 타인들과 함께 살아야 했다. 아니, 오십여 명의 타인들과 함께.

3조라 쓰인 방으로 들어가자 여덟 개의 침대가 네 개씩 마주 보게 놓여 있었다. 내 침대는 출입문 왼쪽, 창가에서 두번째 것이었다. 침대와 침대 사이에는 약간의 공간이 있었지만 그것은 겨우 슬리퍼를 벗고 침대로 올라갈 수 있을 만큼이어서 있으나 마나 했다. 가운데라는 게 마음에 들지 않았지만 빈 침대는 그것뿐이었다.

"원래는 내 거였어."

짐을 정리하다 말고 고개를 들었다. 창가 쪽 침대에 앉은 아이였다.

"뭐가?"

내 목소리는 곱지 않았다. 뭔지 모르게 마음이 복잡했고 심기가 불편했다.

"그 침대. 원래는 내 거였다고. 이 자리 애가 나가자마자 얼른 옮겨왔어."

그걸 자랑이라고 하니? 하지만 나는 참았다. 가만 보니 스물도 안 됐을 것 같은 앳된 얼굴이었다. 이제 왼쪽으로 돌아누울 때마다 저 얼굴이 보이겠지, 하는 생각이 들었다. 나는 머리를 한번 흔들고는 마저 짐을 정리해 넣었다. 두 달만 견디면 된다. 두 달만.

그때 요란한 벨소리가 들렸다. 불이 났나, 하고 생각될 정도였다. 허둥지둥 뛰어나가는 아이는 없었다. 일과표를 보았다. 시계도 보았다. 네시였다. 정신강화교육? 다른 아이들은 벌써 방을 나가고 있었다. 서둘러야 했다. 그런데 정신강화교육이 뭐지?

"난 김미조야. 반가워. 넌?"

넌? 지금이 한가하게 인사나 하고 있을 때야?

"진원형. 반가워."

"이름 웃긴다. 진원, 진형, 원형, 다 되네?"

"하."

나는 하, 하며 웃고 말았다. 내 이름을 이런 식으로 말한 사람은 없었지만 웃기다니까 웃긴 것도 같았다. 도대체 정이 안 가는 이름이었는데. 그나저나 정신강화교육은? 방에는 이제 우리 둘밖에 없었다. 일과표를 보았다. 장소는 나와 있지 않았다. 미조가 팔을 뻗더니 내 일과표를 낚아챘다.

"만날 똑같은 소리야. 앞으로 지겹게 들을 텐데 첫날부터 귀를 오염시킬 필요는 없잖아."

그러다 감점이라도 받으면? 형편없는 성적표를 들고 갔을 때의 할머니 얼굴이 상상되었다. 미조는 내 생각을 꿰뚫어보고 있었다.

"센터 안내받았다고 해. 안내자는 바로 나고. 나가자."

침대에서 일어섰다. 그리고 미조를 따라 방에서 나갔다. 정말 안내를 하려니 생각했다. 시험공부를 하나도 안 했다는 미조의 말도 있고 해서, 나쁜 점수를 받느니 차라리 안내인 역할을 자청한 것이려니 했다.

복도로 나가자 미조는 신중하게 행동했다. 양 방향을 다 살핀 뒤 움직였고 발소리를 내지 않았다. 그때 이미 나는 짐작하고 있었다. 이애가 뭘 하려나 싶어 그냥 두고 보았을 뿐이었다. 들키지 않고 건물 밖으로 빠져나왔다. 벽에 바짝 붙어서 걸었다. 발밑에서 뽀드득 눈 밟히는 소리가 났다. 차가운 바람이 불어왔다. 건물은 언덕바지에 있었다. 백 미터 내에는 다른 건물이 없었다. 나무가 약간, 그 외에는 자갈과 흙뿐이었다. 그나마 드문드문 눈이라도 없었으면 참으로 황량해 보였을 것이다.

"난 스물한 살이야. 넌?"

생각보다 많이 먹었구나. 기껏해야 열여덟이나 아홉으로 보였는데. 그런데 나? 나는 선뜻 대답하지 못했다. 부끄러웠다.

"스물하나나 둘. 맞지?"

뭐 대충, 하고 얼버무렸다. 그 말을 할 때 나는 고개를 돌렸고, 주위를 휘둘러보는 척했다. 미조와 눈을 마주치지 않기 위해서였고, 혹 있을지 모를 얼굴의 주름을 보여주지 않기 위해서였다.

"그럴 줄 알았어."

나는 다시 부끄러움을 느꼈다. 이번에는 나이를 속였다는 것 때문이었다. 다 왔다, 하고 소리치며 미조가 달려들어간 곳은 체육관이었다. 그렇게 씌어 있었다. 안으로 들어갔다. 사물을 분간 못 할 정도는 아니었지만 꽤 어둑했다. 네시 조금 지났을 뿐인데 벌써 날이 저물고 있었다.

"여기는 왜?"

내가 물었다. 만날 사람이 있어, 하더니 미조는 체육관 구석으로 달려가 세워져 있던 매트리스를 눕히고는 그 위에 앉았다. 연애하니? 라고 다시 내가 조심스럽게 물은 것은 절대 농담이 아니었다. 나는 벌써 선생들 중 하나를 떠올리고 있었다. 입소 절차를 마치고 인사를 나눌 때 유독 잘생긴 선생이, 그래서 눈에 확 띄는 선생이 있었던 것이다.

"만날 사람만 있으면 다 연애야? 웃긴다."

웃긴다, 고 말해놓고 미조는 정말 깔깔깔 소리내어 웃었다. 아닌가? 하긴 연인을 만난다면 나를 데려올 리가 없지. 나도 매트리스 위에 앉았다. 차가웠다. 섬뜩한 한기가 온몸으로 퍼져나갔다. 미조도 떨고 있는 것 같았다. 우리는 센터에서 나눠준 얇은 카디건 하나씩만 걸치고 있었다. 외투를 입어도 추울 날씨에 실내복을 입고 차가운 매트리스 위에 앉아 있으니 떨리지 않을 수가 없었다. 나도 모르게 이가 부딪쳐 소리가 났다. 그러자 또 미조가 깔깔깔 소리내어 웃었다. 이렇게 잘 웃는 아이가 이곳엔 왜 왔을까? 웃음과 활동성이 어떤 관련을 가지는지도 모르면서 나는 잘 웃는 사람은 외향적이고 부지런할 거라는 믿음을 가지고 있었다.

누군가가 체육관 안으로 들어왔다. 문이 소리없이 열렸다가 닫혔다. 어두운 형체로만 존재할 뿐 얼굴은 보이지 않았다. 어둠이 점점 우리 쪽으로 다가왔다. 미조를 만나러 온 사람일 거라고 짐작하면서도 바짝 긴장했다. 눈앞에 존재함에도 상대가 누군지 모른다는 건 그렇게 두려운 일이었다. 미조가 손전등을 꺼내 켜서는 흔들었다. 상대편에서도 손을 들어 화답했다. 손전등 불빛이 정확하게 그 얼굴에 가 꽂혔다. 키가 훌쩍 컸지만 얼굴은 미조보다 더 앳돼 보이는 남자아이였다. 고등학생쯤? 나중에 들으니 열여덟이라고 했다.

"가져왔어?"

미조가 물었다. 그러자 남자아이가 응, 하면서도 난처한 표정을 지었다.

"괜찮아, 얘는. 그렇지?"

미조가 남자아이를 보면서 말했으나 뒷말은 나를 향한 것이었다. 또 내 대답을 요구하는 것이기도 했다. 나는 봐서, 하고 말했지만 남자아이는 오히려 그 대답에 안심하는 것 같았고, 나 역시 체육관에서 무슨 일이 벌어지든 선생에게 일러바칠 마음은 조금도 없었다. 남자아이가 비닐봉지에서 뭔가를 주섬주섬 꺼내놓았다. 미조는 여러 층으로 쌓인 매트리스 사이에다 손전등을 끼웠다. 손전등 불빛이 작은 원을 그리며 바닥에 놓인 물건들을 비췄다. 컵라면 두 개와 뜨거운 물이 담겼을 보온병, 그리고 소주 하나, 맥주 하나, 잔 두 개, 젓가락 두 개.

죽인다! 어쩐지 그런 말이 하고 싶었다. 일탈은 꿈도 꾸지 못하고 살아온 내가 좀 바보스럽게 여겨지는 순간이었다. 우리는 옹기종기 붙어 앉아 컵라면을 먹고 소주와 맥주를 섞은 술을 마셨다. 컵라면이 그렇게 맛있는 줄 미처 몰랐다. 손전등 불빛 하나에 의지해 마시는 술이 그렇게 달콤한 줄 미처 몰랐다. 나는 새로운 세계를 알아가고 있었다.

"얘 봐. 걱정 안 해도 될 것 같지?"

나를 보고는 있었지만 미조의 그같은 말은 남자아이를 향한 것이었다. 그러자 남자아이가 씨익, 웃었다.

그날 밤 나는 중요한 정보 하나를 얻었다. 소주와 맥주를 섞어 마시면 소주를 마신 것 같은 효과를 내면서 냄새는 덜 난다! 미조가 그렇게 말했다. 사실인지 아닌지는 생각하지 않기로 했다. 그냥 믿기로 했다.

3

미조는 휴학중이었다. 체육관에서 만났던 남자아이도 휴학중이었다. 미조는 대학, 남자아이는 고등학교였다. 이십대 중반까지의 많은 교육생들이 대학이나 고등학교를 휴학중이었다. 미조는 자신이 뭘 하고 싶은지를 몰랐다. 체육관에서 만났던 남자아이는 자신이 뭘 해야 할지를 몰랐다. 동시에 둘은, 딱히 하고 싶은 게 없었다. 자식들 다 키워놓고 할 일이 없어지면서 무기력증에 빠진 중년을 제외한다면, 센터에서 만난 많은 교육생들이 그랬다. 공부만 하고 경쟁만 하느라 정작 자신에 대해서는 알지 못했다. 그들은 게으르고 싶어서 게으른 게 아니었다. 뭘 하고 싶은지를 몰라서 하지 않았을 뿐이었다. 딱히 하고 싶은 게 없어서 하지 않았을 뿐이었다. 부모들은 그것을 이해하지 못했다. 부모들은 강요했고 자식들은 반항했다. 반항하지 않으면 무시했다. 어느 쪽이든 결과는 같았다.

미조는 반항한 쪽이었다. 딱히 하고 싶거나 되고 싶은 게 없었으므로 대학 졸업장도 그다지 중요해 보이지 않았고 그래서 학교에 잘 가지 않았다. 공부는 고등학교 때까지 한 걸로도 충분했다. 대학에만 가면 행복할 줄 알았다. 사람들이 다 그렇게 말했다. 대학만 가면 고생 끝, 행복 시작이라고 했다. 그러나 전혀 행복하지 않았다. 대학 졸업장이 생긴들 별반 달라질 것 같지 않았다. 집에서 빈둥거렸다. 부모의 잔소리가 심해졌다. 다시 학교에 나갔다. 대신 공부는 하지 않았다. 학원에 다니지도, 어학연수를 가지도 않았다. 부모는 세끼 식사 때마다 약육강식의 사회에 대해, 현대인이라면 반드시 가져야 할 '증'들에 대해 열변을 토했다. 무한경쟁시대에 발맞추지 못하는 딸을 질타했다. 일 년 동안 세끼 식사 때마다 잔소리를 들은 딸은 마침내 폭발했고, 자퇴를 선언했다. 부모의 질타가 오히려 거세졌다. 효과가 없었다. 더 강한 것이 필요했다. 결혼을 선언했다. 부모가 코웃음 쳤다. 집으로 남자를 데려갔다. 그날 처음 우연히 길에서 만난 사십대의 남자였다. 이혼한 전력이 있는 남자는 마침 아이들을 키워줄 사람이 필요했으므로 흔쾌히 승낙했다. 날을 잡고 식장까지 잡았다. 그러자 이번에는 부모가 다급해졌다. 부모는 여기저기 알아본 끝에 규율이 엄격하기로 소문난 이곳에 딸을 격리 조치했다.

미조가 반항한 쪽이었다면 체육관에서 만났던 남자아이는 무시한 쪽이었다. 고등학교에 들어가고 나서야 남자아이는 알았다. 자신에게는 목표가 없었다. 대학 외에는 머릿속에 아무것도 없다는 것을 알았다. 다른 아이들도 그랬다. 목적은 있으나 목표는 없었다. 대학 합격이 목표가 될 수는 없었다. 그것은 과정에 불과했다. 그런데 자신을 포함한 대부분의 아이들이 그 과정을 목표로 잘못 알고 살고 있었다. 그 과정에 도달하고 나면 그다음엔? 막막했다. 두려웠다. 난 왜 하고 싶은 게 없지? 고민했다. 성적이 떨어졌다. 부모에게 솔직하게 고민을 털어놓았다. 부모는 이해하지 못했다. 배부른 소리라고 일축했다. 공부하기 싫어서 핑계를 댄다고 했다. 이학기에는 성적이 더 떨어졌다. 부모의 질책은 귀에 들어오지 않았다. 부모가 번갈아가며 억지로 대화를 시도하려고 한다는 것을 알았지만 못 들은 척, 못 본 척했다. 만날 같은 소리였다. 들어봤자 아무런 도움이 안 되는 소리였다. 일학년 겨울방학이었다. 그날 부모는 큰맘 먹고 아들을 앉혀놓고 대화를 시도했다. 대화는 잔소리로 시작되었다. 결론은 공부를 해야 한다는 것이었다. 부모의 말이 끝났을 때, 공부를 왜 해야 하지? 라고 남자아이가 한마디 했다가 이틀 뒤 이곳으로 끌려왔다. 부모는 폭발했다. 부모는 고생을 해봐야 정신을 차린다고 했다. 일 년 꿇는 한이 있더라도 틀려먹은 정신상태를 고쳐 놓아야 한다고 했다.

그리고 미조와 남자아이는 이곳에서 만났다.

인생 상담을 받아야 할 아이들이 게으름치료센터에 가득했다. 미조와 남자아이도 그런 아이들 중 하나였다. 나중에 나는 미조에게, 그때 부모가 가만있었으면 정말 결혼할 생각이었냐고 물었다. 미조가 대답했다.

"하면 하는 거지. 어쨌든 잔소리는 안 듣고 살 거 아냐."

입소 이튿날, 남녀 중년반인 5조와 6조를 제외한 교육생들이 이른 아침부터 강당에 모였다. 현장 체험을 나간다고 했다. 나는 연방 하품을 해댔다. 고등학교 졸업 이후 새벽 여섯시에 일어난 것은 처음이었다. 물론 새벽 여섯시 반에 아침을 먹은 것도 처음이었다. 억지로 몇 숟갈 구겨넣은 밥이 식도 어디쯤에 걸려 있는 듯한 느낌이 들었다. 숨을 쉴 때마다 거북했다. 교장이 단상에 올라가 일장연설을 했다.

"어제도 말했다시피 노동은 신성한 것이며……"

미조도, 미조 옆에 선 아이도 하품을 했다.

"밥이 얼마나 소중한 것인지, 밥을 버는 행위가 얼마나 아름다운 것인지 몸소 체험함으로써……"

"완전 코미디야."

미조가 속삭였다.

"우리가 대여섯 살 먹은 어린앤 줄 아나봐. 웃겨."

교장의 말을, 교장 스스로도 그렇게 생각하지 않으리란 것쯤은 나도 알고 있었다. 그나저나 얼른 연설이나 끝났으면 좋겠다. 이렇게 추운 강당에 가만히 서 있느니 차라리 몸을 움직이는 게 낫겠다. 그뒤로도 교장의 연설은 십 분이나 더 계속되었다. 마침내 연설이 끝나고 작업조가 편성되었다. 1조와 3조가 한 조가 되고 2조와 4조가 또 한 조가 되어 각각 다른 현장으로 투입된다고 했다. 투입되는 곳이 어딘지는 말하지 않았다. 우리는 밖으로 나가 대기중인 미니버스에 올랐다. 우선은 따뜻해서 살 것 같았다.

버스를 타고 이동하는 동안 문득 이런 생각이 들었다. 이 시스템 어디서 많이 본 것 같은데? 혹시 교도소를 벤치마킹한 건 아닐까? 확인할 길은 없었지만 기분이 씁쓸했다. 어제 체육관에서 만났던 남자아이의 이름은 동화였다. 이동화. 버스를 탈 때 뒷자리로 가며 미조에게 슬쩍 쪽지를 건네는 걸 보았다. 동화는 1조였다. 미조가 내게도 쪽지를 보여주었다.

'공공의 적 — 게으름을 죽여라'

무슨 뜻이냐고 물었으나 미조는 대답 없이 웃기만 했다. 식도에 걸린 것 같던 밥알이 내려가면서 배가 고파오기 시작했다. 아직 여덟시도 안 됐는데 이미 아침은 물 건너갔고, 점심은 아직 멀었다. 점점 더, 배가 고파왔다.

우리는 신축 공사중인 빌딩 안으로 들어갔다. 일층은 로비였다. 인솔 선생이 둘, 1조가 열, 3조가 여덟, 인원수는 모두 스물이었다. 우리를 이열 종대로 세운 뒤 인솔 선생이 말했다.

"이 빌딩은 지상 십오층, 지하 삼층으로 총 열여덟 개 층이 있다. 오늘 우리가 맡은 구역이다. 보다시피 지금은 몹시 지저분하다. 우리는 이 빌딩을 목숨 걸고 윤나는 거울처럼 만들어놓는다. 다들 잘 알 테니 긴말 않겠다. 몇시가 됐든 이 일이 끝나야 우리는 돌아갈 수 있다. 여러분은 지금 게으름을 버리기 위한 훈련중이라는 걸 기억하기 바란다. 구체적인 작업은 여기 반장님의 지시를 따르도록. 이상."

인솔 선생들은 난로가 피워진 사무실로 들어갔다. 일의 분담은 이곳 작업반장이 맡았다. 남자아이들에게는 유리창 닦기와 쓰레기를 치우는 일이, 여자아이들에게는 바닥과 계단 청소가 맡겨졌다. 크게 구분해서 그렇다는 것이지 막 공사가 끝난 빌딩 안에는 치우거나 쓸거나 닦거나 뜯어내야 할 잔일들이 무진장 많았다. 게다가 얼마나 넓은지. 또 사무실은 얼마나 많은지, 마흔다섯까지 세다가 포기했다. 걸음을 옮길 때마다 먼지가 풀썩 일었고 기침이 났다. 무엇보다 추워서 견딜 수가 없었다. 몇 명 되지 않았지만 진짜 인부도 있었다. 그들은 미처 끝내지 못한 내부 마무리작업중이었는데 가끔은 그들의 호기심 어린 시선을 아무렇지 않은 듯 받아내야 하기도 했다.

"현장 체험이라는 거 자주 나오니?"

나는 묻지 않을 수 없었다.

"일주일에 한 번쯤?"

대걸레로 바닥을 닦던 미조가 허리를 폈다. 손과 얼굴이 퍼렇게 얼어 있었다. 아마 나도 그럴 것이다.

"일당은 주나?"

"꿈도 크다. 여기서 나오는 수입으로 센터에 필요한 거 산대. 교장이 그렇게 말했는데 모르지, 안 봤으니까."

억울한 일이다. 추위에 떨면서 죽도록 고생하고 일당도 없다니. 할머니 갖다드리면 좋아하실 텐데. 이런 무임금 노동을 앞으로 일곱 번이나 더 해야 한다! 기가 찼다. 경제관념이 철저한 할머니니까 이런 사실을 알면 나를 빼내줄지도 모른다. 아니다. 일당 내놓으라고 센터를 한바탕 뒤집어놓을 것이다. 억울한 일이긴 하지만 할머니에게는 숨기기로 했다.

점심식사를 빼고는 휴식시간도 없이 작업이 계속되었다. 놀라운 일은, 아이들이 아무도 게으름을 피우지 않는다는 것이었다. 하던 일이 끝나면 다른 일을 찾아서 했고, 그 일이 끝나면 또다른 일을 했다. 큰 소리로 떠들거나 장난을 치는 아이도 없었다. 열심히들 하고는 있었지만 생기가 있는 것은 아니었다. 그것은 차라리 자포자기의 몸짓처럼 보였다. 아이들은 마치 잘 조직된 청소전담반 같았다. 한 사람을 빼고는. 동화가 가끔 미조를 찾아와 우스갯소리를 늘어놓고 돌아갔다. 그럴 때면 퍼렇게 얼었던 미조의 얼굴에도 깜짝 화색이 돌았다.

작업은 저녁 일곱시에 끝났다. 도저히 끝날 것 같지 않아 보이던 일이 결국은 끝났다. 그것도 일곱시에. 감격스러웠지만 감격하고 싶은 기분은 아니었다. 너무 지쳐서 쓰러질 것 같았다. 밥을 버는 행위는 전혀 아름답지 않았다. 비참했다. 나 자신이 하찮은 벌레처럼 여겨졌다. 노동의 신성함이나 정신의 고귀함 따위는 말할 계제가 아니었다. 육체의 따뜻함을, 육체의 배부름을, 육체의 편안함을 요구하는 일차원적인 본능에 시달리느라 그런 것들은 생각할 겨를도 없었다. 그리고 그런 나 자신을 보는 일은 결코 쉽지 않았다. 교장의 의도를 알 것 같았다. 결국은 공부였고, 경쟁이었고, 물질적인 성공이었다.

미니버스에서 내내 눈을 감고 있었다. 눈을 떴을 때, 내가 코를 골았다며 미조가 놀렸다. 잠도 안 잤는데 무슨 코를 골았다는 거야? 나는 반박했다. 버스가 멈췄다. 동화가 지나가며 내 어깨를 툭 쳤다.

"누나 코 고는 소리 저 뒤에까지 들리던데?"

4

센터의 휴게실에는 서가 코너가 따로 마련돼 있고, '공공의 적'으로 분류된 책들로만 꽂힌 칸도 있었다. 나뿐 아니라 적도 함께 알아야 한다는 교장의 지론에 의해서였다. 예를 들면 이런 책들이었다. 토마스 호헨제의 『당당한 게으름』, 폴 라파르그의

『게으를 수 있는 권리』, 버트런드 러셀의 『게으름에 대한 찬양』, 피에르 상소의 『게으름의 즐거움』. 반면 일반 서가에는 '공공의 적'과는 뚜렷한 대조를 보이는, 『부지런한 일꾼들』 『부지런한 습관만이 인생의 기적을 낳는다』 『드나드는 개가 꿩을 문다』 『게으름을 죽여라』 등의 책들이 꽂혀 있었다.

나도 모르게 웃음이 나왔다. 책등에다 '공공의 적'이라고 일일이 써붙인 것도 그랬고, 애써 구분해놓았지만 교육생들의 외면을 받아 여전히 종잇날 빳빳한 새 책으로 남아 있는 것도 그랬다. 그러다 문득 낯익은 문장을 발견했다. 나는 이분법적으로 분류해놓은 서가를 번갈아 보며 각각의 칸에서 낯익은 문장을 가져와 조합해보았다.

'공공의 적 — 게으름을 죽여라'

그것은 동화가 미조에게 보낸 쪽지 내용이었다. 『게으름을 죽여라』를 뽑아들었다. 책날개에 교장의 얼굴이 커다랗게 인쇄돼 있었다. 약력이 화려했다. 자리가 부족할 지경이었다. 나는 빙그레 웃었다. 동화의 익살이 귀여웠다. 그제야 눈에 들어오는 것들이 있었다. 나는 고개를 들고 사방을 둘러보았다.

'하루 만 걸음을 걸으면 돈이 쏟아진다'

'행동 하나에 인생이 달라진다'

'그대가 멈출 때마다, 주저앉을 때마다, 엎드릴 때마다 부모님은 십 년씩 늙어간다'

격언이나 명언을 흉내낸 문구들이었다. 그것들이 사방에 붙어 있었다. 그러고 보니 침실 벽에도 붙어 있던 것이 생각났다. 식당에도 있었고 강당에도 있었다. 다만 지금까지 인식하지 못했을 뿐이었다.

"찾았잖아. 종 울렸어, 가자."

미조였다. 입소 사흘째, 다시 정신강화교육 시간이 돌아와 있었다. 우리는 강의실로 가 맨 뒷자리에 앉았다. 나는 중간을 좋아했으나 미조의 손에 끌려 마지못해 앉았는데, 뒷자리는 온통 남자아이들뿐이었다. 큰 덩치들에 둘러싸여 우물 속에 갇힌 형국이었다. 흑판도 안 보이는데……, 내가 중얼거렸다.

"우리한테 흑판이 안 보인다면 선생한테도 우리가 안 보인다는 거지."

미조가 쾌활하게 말했다. 딴은 그렇기도 하다. 그래도 나는 어색하기만 했다. 이곳에 온 지 이제 사흘째였고 아는 얼굴보다는 모르는 얼굴이 많았다. 특히 남자들과는 조가 달라서 얼굴을 익힐 기회가 많지 않았다. 그나마 동화가 옆에 있어 조금 위안이 되었다.

교장이 들어와 교탁 앞에 섰다. 그는 먼저 강의실을 한번 둘러보더니 흑판에다 '황소가 된 게으름뱅이'라고 썼다. 설마, 했다. 설마가 사람 잡는다는 말이 있다. 꼭 그 짝이었다. 교장은 『황소가 된 게으름뱅이』의 내용을 장황하게 설명하기 시작했다. 선조들의 가르침은 어느 것 하나 틀린 것이 없다며 주위에서 보거나 들은 예를 들기까지 했다. 게을러서 대학 진학에 실패하고,

게을러서 백수가 되고, 게을러서 비참한 말년을 맞고…… 한숨이 나왔다.

그다음 얘기는 『개미와 베짱이』였다. 눈보라 치는 한겨울, 처참한 몰골의 베짱이가 개미의 집을 방문할 무렵 나도 모르게 피식, 웃음이 나왔다. 웃음소리가 좀 컸던 모양이었다. 교장이 갑자기 입을 다물고 교육생들을 노려보기 시작했다.

"웃은 놈 나와."

교장의 눈에 독기가 서려 있었다. 나는 감히 나갈 수가 없었다. 제발 그냥 넘어가주길 빌며 고개를 푹 숙였다.

"거기 뒤쪽! 거기 어느 놈이 웃은 거 다 알고 있다. 얼른 나와."

교장의 얼굴이 일그러졌다. 몇 초만 더 버틴다면 뭐라도 집어던질 것 같은 표정이었다. 그냥 넘어가기는 글렀다. 강의실은 손목시계의 초침 소리까지 들릴 만큼 조용했고, 긴장감이 돌았다. 버티면 버틸수록 손해다. 그것은 불변의 진리였다. 일어나야 했다. 그런데 다리가 후들거렸다. 안 나와, 하고 교장이 버럭 고함을 질렀을 때 나는 정말 일어나려고 했다. 다른 교육생들을 위해서라도 자수하려고 했다. 그런데 간발의 차로 동화가 벌떡 일어나더니 앞으로 나갔다. 동화도 웃었나?

"이눔의 새끼! 사고뭉치 네놈일 줄 알았다. 좀더 버텨보지 그랬냐? 그럼 일일 금식인데. 너는 오늘 저녁과 내일 아침을 굶는다. 배가 고파봐야 정신을 차리지. 들어가."

동화도 웃었나 생각했지만, 동화는 웃지 않았다. 우선 웃음소리가 하나였고, 동화는 나를 가운데 두고 미조와 쪽지를 주고받느라 바빴다. 아마 교장의 말은 듣지도 않았을 것이다. 그렇다면 왜? 동화는 자리로 돌아와 앉으며 나를 향해 싱긋, 미소를 날렸다. 나 대신 나갔구나. 동화의 얼굴을 바로 쳐다볼 수가 없었다. 내가 부끄러움에 고개를 숙이고 있자 미조가 쪽지 하나를 건넸다.

'괜찮아. 늘 있는 일인데 뭐.'

그래도 나는 괜찮지 않았다. 교장의 말은 이제 하나도 귀에 들어오지 않았다. 나 대신 동화가 전체 교육생들 앞에서 망신을 당했다. 교장에게 찍혔다. 좋은 평가를 받지 못할 것이다. 거기다 또 두 끼를 굶어야 한다. 열여덟 살인 동화에게 두 끼를 굶기란 결코 만만한 일이 아닐 것이다. 무슨 방법이 없을까…… 내가 그런 고민에 빠져 있는 와중에도 미조와 동화는 쪽지를 주고받느라 정신이 없었다. 내 눈앞으로 쪽지가 휙휙 날아다녔다. 둘의 원활한 서신 교환을 위해 다음에는 미조를 가운데에 앉혀야겠다고 생각했다.

그날 저녁이었다. 무거운 마음으로 식당에 가니 먼저 와 있던 동화가 미조와 나를 보고 손을 흔들었다. 그 모습이 너무 태연해서 의아함마저 들었다. 금식 벌칙이 풀렸나? 미조가 또 태연히 마주 손을 흔들었다. 식판에 밥을 받아 동화가 앉아 있는 식탁으로 갔다. 동화 옆에는 선생이 하나, 저녁을 먹고 있었다. 동화 앞에는 아무것도 없었다. 미조가 밥을 먹기 시작했다. 동화가 과장되게 쩝쩝 입맛 다시는 소리를 냈다.

"오늘 미역국 되게 맛있다. 제육볶음도 죽여줘."

미조가 놀리자 동화가 반격했다.

"미역국 먹고 빙판길에서 미끄러져라."

둘은 티격태격 말장난을 시작했고 나는 무거운 마음으로 지켜보았다. 이런 벌칙이었구나. 참 잔인하다는 생각이 들었다. 차마 숟가락을 들 수가 없었다.

"괜찮아요, 누나. 드세요. 난 눈으로 먹고 냄새로 먹을 수 있어요. 초능력자거든요."

동화가 의기양양하게 말했다. 내가 대꾸할 말을 찾지 못하고 가만히 있자 이번에도 미조가 상대했다.

"그 초능력 어디 보여봐."

"지금 보이고 있잖아. 벌써 배불러."

"하나도 안 줄었는데?"

"기만 빨아들이는 거야. 말하자면 누나는 기는 다 뺏기고 껍데기만 먹는 거지. 헛배만 부르는 거야."

"배고파서 정신이 오락가락하니? 음식에 기가 어딨어?"

"껍데기 먹고 살이나 쪄라."

"거짓말한 죄로 넌 십 일 금식이다."

그때까지 잠자코 있던 선생이 한마디 했다.

"그러게 빨리 나가지 왜 쓸데없이 개겨가지고 사서 고생이냐."

동화가 멋쩍게 웃으며 그러게요, 했다. 나는 어쩔 수 없이 숟가락을 들었다. 식사시간이 길수록 동화의 벌칙시간도 길어진다. 어차피 이렇게 된 거 벌칙이라도 빨리 끝내주고 싶었다.

머리맡의 전등을 껐다. 방 안이 캄캄해졌다. 자정이 조금 안 된 시각이었다. 다른 아이들은 진작부터 자고 있었다. 새벽 여섯 시에 일어나려면 나도 이제 자야 했다. 그러나 생각만 그럴 뿐 좀처럼 잠이 찾아와주지는 않았다. 이곳의 시스템에 완전히 적응하기 위해서는 좀더 시간이 필요할 듯했다. 아직도 일찍 잠들고 일찍 깨어나는 게 죽을 맛이었다. 내가 부스럭거리며 돌아눕는데 미조가 자니? 하고 물었다.

"화장실 안 갈래?"

가고 싶지 않았다. 하지만 나는 잠시 생각하고는 가자, 하고 말했다. 몸을 일으켰다. 조용히 방을 빠져나왔다. 복도는 침묵 속에 잠겨 있었다. 희미한 불빛이 비추고 있어 아주 어둡지는 않았지만 그래도 혼자 화장실에 다녀오기는 무서울 만도 했다. 뒤늦게 따라 나온 미조가 일층으로 나를 끌었다. 그러고 보니 미조는 외투를 입고 있었고 내게도 카디건을 건네주었다. 화장실에 간다고 보기에는 지나치게 두꺼운 옷차림이었다. 뭔가 있구나, 짐작했다.

현관문은 잠겨 있었다. 열쇠가 있어야 열고 나갈 수 있는 문이었다. 미조는 나를 돌아보며 생긋 웃더니 열쇠를 꺼내 문을 열었다. 대단하다! 나는 감탄했다.

"현장 체험 나갔을 때 복사했지. 선생들은 아무것도 몰라."

"멋지다!"

우리가 멈춘 곳은 체육관이었다. 동화가 먼저 와 있었다. 손전등 불빛 안의 동화는 몇 시간 만에 퀭한 얼굴을 하고 있었다. 다시 미안해졌다. 미조가 외투 안에서 뭔가를 주섬주섬 꺼내놓았다. 과자와 빵, 초콜릿 같은 간식거리였다. 역시.

"이게 마지막이야."

미조의 말이 끝나기도 전에 동화는 벌써 입안으로 빵을 밀어넣고 있었다. 걸신들린 모습은 다 연출하면서, 누나들도 먹어, 했다.

"이거 먹었다간 살아남지 못할 거 같은데?"

"눈치 하난 빠르네. 암튼 누나한텐 못 당해."

5

미조와 동화가 떠났다. 나만 남겨두고 가버렸다. 그애들이 사라지자 나는 외톨이가 되었다. 위험인물들과 어울린 내게 아무도 말을 걸지 않았다. 사고능력을 거세당한 교육생들은 교장의 말을 곧이곧대로 믿었다. 의심하지 않았다. 한술 더 떠 불온한 생각은 전염된다는, 얼토당토않은 믿음까지 가지고 있었다. 그들에게 나는 위험분자가 옮았을지도 모르는 준위험인물이었다. 그들은 내게 말을 걸지 않았고 옆으로 다가오지 않았다. 그들에게 나는 존재하지 않는 사람이었다. 나의 존재는 무시당했다. 선생들도 모른 척하기는 마찬가지였다. 괴롭히지는 않았지만 관심을 보이지도 않았다. 선생들은 방관했다. 선생들은 눈을 감아버렸다. 미조와 동화가 궁지에 몰렸을 때도 그랬다. 미조의 침대는 내가 센터를 떠날 때까지 빈 채로 남아 있었다.

무엇이 잘못이었을까? 남들 자는 시간에 자지 않았다는 거? 교육시간에 빠진 거? 군것질하고 술 조금 마신 거? 그 아이들의 반항이라는 게 고작 그 정도였다. 교장의 말처럼, 센터를 불태우는 것은 아니었다. 센터의 질서를 파괴하는 것은 아니었다. 그런 정치적인 것에는 관심도 없는 아이들이었다.

입소 보름쯤 되는 어느 날이었다. 자고 있는 나를 미조가 깨웠다. 왼쪽 팔이 살며시 흔들리다 그 강도가 세져 급기야 침대 아래로 팔이 떨어질 정도가 되었지만 나는 몸을 일으킬 수 없었다. 감기몸살 때문이었다. 감기는 일주일쯤 되었고 몸살은 전날 현장 체험을 나갔다가 얻은 것이었다. 눈 치우는 작업이었는데 날씨는 춥고 눈은 치워도 치워도 끝이 없었다. 한곳의 눈을 다 치우면 또다른 장소로 이동하는 식이었다.

"나가자. 오늘 파티할 거야."

미조가 내 귀에다 대고 속삭였다. 나는 미안하다고 말했다. 아파서 꼼짝도 할 수 없다고 했다.

"그럼 잠깐만 있다가 가. 네가 꼭 참석해줬으면 좋겠어."

미조의 목소리는 제법 간절한 것이었다. 평소와 다른 모습이었다. 그러나 나는 끝까지 일어나지 않았고 결국 미조 혼자 나갔다. 그때 무슨 파티냐고 물었어야 했지만 나는 묻지 않았다. 평소와 다른 간절한 목소리에 귀 기울였어야 했지만 나는 그러지 않았다. 오히려 아프다는데 자꾸만 일어나라고 보채는 미조를 귀찮아했다. 병자 대접을 해주지 않아서 섭섭해했다.

나중에 알게 된 사실이지만 그날은 미조의 생일이었다. 그러니까 미조는 여느 날과는 다른, 생일파티를 계획하고 있었다. 내가 빠진 가운데 미조와 동화 둘이서 파티를 열었다. 파티에 술이 빠질 수는 없었다. 소주와 맥주가 등장했다. 생일파티이므로 동화는 좀 색다른 안주를 준비하고 싶었다. 용케 오징어를 구했다. 마른 오징어를 굽지 않고 그냥 먹을 수는 없었다. 식당 찬장에 있던 버너와 일회용 라이터가 체육관으로 옮겨졌다. 이왕 식당에 간 김에 동화는 냄비와 미역과 약간의 양념도 가져왔다. 나중에 이것들 중 몇 개는 교장의 주장을 뒷받침하는 증거물이 되었다. 오징어와 냄비와 먹다 남은 미역국은 언급되지 않았다. 오로지 술과 버너와 일회용 라이터만이 조명을 받았다.

캠프파이어를 주장한 것은 동화였다. 처음에 미조는 반대했지만 곧 재밌겠다는 생각이 들었다. 둘은 평소보다 좀 과하게 술을 마셨다. 얼마간 이성이 마비되었다. 게다가 그날은 미조의 생일이었다. 체육관 밖으로 나갔다. 나뭇가지 몇 개를 주워왔다.

불은 붙지 않고 연기만 났다. 일회용 라이터로는 어림도 없었다. 버너를 이용해 불을 붙였다. 화력이 세서인지 이번에는 금방 붙었다. 어렵게 불 피우는 데 성공하자 동화는 신이 났다. 좀 멀다 싶은 곳까지 가서 나뭇가지들을 모아왔다.

바람이 불지 않았으면 아마 그것으로 불장난은 끝났을 터였다. 미조와 동화는 미처 깨닫지 못했지만 바람이 불고 있었다. 게다가 체육관과 너무 가까웠다. 불을 크게 피울 생각이 아니었으므로 멀리 떨어질 필요가 없었다. 하지만 타오르는 불꽃에 신이 난 미조와 동화가 자꾸만 나뭇가지를 던져넣었고 불꽃은 점점 커졌다. 체육관으로 불꽃이 날아가 앉은 것은 순식간이었다.

가장 먼저 뛰어나온 사람은 교장이었다. 체육관이 불타고 있었다. 체육관 옆에는 모닥불이 피워져 있었다. 사람은 보이지 않았다. 교장은 다시 센터 안으로 뛰어들어가 벨을 울렸다. 방송도 했다. 선생들이 놀라 뛰쳐나오고 교육생들도 일어났다. 소방차가 올 때까지 기다릴 수 없었다. 누군가는 호스로, 누군가는 양동이로 물을 퍼날라 뿌렸다. 교육생들은 일사불란하게 움직였다. 평소 현장 체험에서의 노동으로 다져진 민첩함과 단결력이었다. 그때 미조와 동화가 돌아왔다. 손에는 나뭇가지가 들려 있었다. 둘은 한동안 벌어진 입을 다물지 못했다. 때마침 소방차가 도착했지만 불은 이미 잡힌 상태였다. 일찍 발견한 덕에 큰불로 이어지지 않고 체육관의 지붕과 벽이 조금 탄 정도에서 그쳤다. 소방차는 돌아갔고 미조와 동화는 멱살을 잡힌 채 사무실로 끌려갔다.

방화가 아니었다. 고의가 아니었다. 과실이었다. 방화와 과실은 엄청난 차이였다. 두 단어 사이에는 건널 수 없는 강이 존재하고 있었다. 벌금과 합의금으로 끝날 문제가 범죄행위로 치닫고 있었다. 분노한 교장이 미조와 동화의 뺨을 한 차례 후려친 후 그래도 화가 풀리지 않자 동화의 뺨을 서너 번 더 후려쳤다. 욕설을 퍼부었고 평소 착실하지 못했던 생활을 들먹이며 폭언을 했다. 그런 뒤 질문이 시작되었다. 대답은 미조가 했다. 처음에 미조는 사실대로 말했다. 생일이라는 것과 파티를 했다는 것, 불이 난 것은 실수라는 것. 그러나 그것은 교장이 듣고 싶은 말이 아니었다. 듣고 싶은 말이 아니었으므로 듣지 않았다. 그래서 미조는 교장의 질문에 이번에는 무조건 네, 라고 대답했다. 센터를 불태울 계획이었냐? 네. 들킬까봐 체육관에다 먼저 붙였고? 네. 짝. 미조의 뺨이 오른쪽으로 휙 돌아갔다. 사람들이 다 타죽든 말든 상관없고? 네. 다시 짝. 그러고 도망갈 생각이었구나. 네. 계획이 실패했으니 내가 원망스럽겠네? 네. 복수할 거니? 네.

그사이 선생들은 미조와 동화의 옷장에서 새로운 증거물들을 찾아냈다. 현관문, 식당, 체육관의 열쇠와 미조와 동화가 주고받은 쪽지들, 일기장 따위였다. 그중에서도 교장은 '공공의 적 — 게으름을 죽여라'라고 적힌 쪽지를 한참 들여다보더니 목표는 나였군, 하고 중얼거렸다. 목표는 나였어.

"그런데 너희들, 실수했다. 불을 지르기 전에 먼저 현관문을 잠갔어야지. 물론 열쇠도 챙겨가고 말야. 그걸 깜빡했구나."

미조와 동화는 몸수색을 당한 뒤 체육관에 감금되었다. 경찰에 넘기기에는 시간이 너무 늦었다. 인계는 다음날로 미뤄졌다. 체육관 문에는 평소 보지 못한 커다란 자물쇠가 채워졌고, 교육생들에게는 돌아가 취침하라는 지시가 내려왔다. 그러나 나는 잠들지 못했다. 내가 같이 있기만 했어도 일이 이렇게까지는 안 됐으리라는 생각 때문에 잠이 오지 않았다. 후회와 자책으로 밤새 뒤척이다 일어나보니 센터가 다시 한번 발칵 뒤집혀 있었다.

미조와 동화가 사라졌다. 그애들과 친했던 내가 잠시 의심을 받았지만 이번에는 물증이 없었다. 자물쇠는 그대로 채워져 있었다. 열쇠는 교장만이 갖고 있었고 그것은 여전히 교장의 허리에서 대롱거리고 있었다. 경찰들까지 와서 조사했지만 탈출 경로를 밝히지는 못했다. 그렇게 미조와 동화의 탈출은 미제사건으로 남고 말았다. 그러나 나는 알고 있었다. 체육관 구석에 조그만 구멍이 있었다. 다만 매트리스가 사람 키 높이까지, 그것도 여러 겹으로 쌓여 있어 보이지 않을 뿐이었다. 체육시간에도 앞쪽의 몇 겹만 사용할 뿐 뒤쪽의 것은 거의 손대지 않으므로 사람들이 모를 뿐이었다. 미조와 동화만 알고 있던 비밀을 내가 공유하게 된 것은 입소 첫날 함께 술을 마시면서였다. 그 애들이 사라진 지 하루가 지나고 이틀이 지나도 나는 구멍 얘기를 하지 않았다. 미조와 동화가 멀리멀리 도망갔기를 빌 뿐이었다. 둘을 잡기 위해 혈안이 된 교장의 눈에 띄지 않기를 빌 뿐이었다.

이후 한 달 보름 남짓의 센터생활은 말 그대로 지옥이었다. 몇 번인가 할머니에게 꺼내달라고 했다가 거절당한 뒤로는 묵묵히 남은 시간을 견뎠다. 하라면 하고, 자라면 자고, 가라면 갔다. 그리고 마침내 두 달이 다 채워졌을 때 집으로 돌아왔다.

"아까운 돈만 버렸다. 저 꼴 보려고 내 피 같은 돈을 쏟아부었냐? 참 해도 너무한다."

할머니의 넋두리였다. 할머니가 그렇게 말할 만도 했다. 집으로 돌아온 뒤 나는 주로 잠을 자며 시간을 보냈다. 모든 게 다 시들했다. 구직활동도 하지 않았다. 그러나 그렇다고 해서 내 마음이 편했던 것은 아니었다. 몸은 잠을 자고 있어도 마음은 늘 불안했다. 아무것도 하지 않고 있다는 것 때문에 안절부절못했다. '무능력'과 '게으름'이라는 단어가 머릿속에서 떠나지 않았다. 하지만 그러면 그럴수록 아무런 의욕이 생기지 않았다. 이 이율배반적인 심리상태를 설명할 길이 없어서 아예 입을 닫아버렸다.

3월 중순, 어느덧 봄이 다가와 있었다.

새로운 삶

"삶이 내게 말을 걸고 있다는 생각이 들었소.

할 말이 있구나 하는. 무슨 말이 하고 싶었을까?

무슨 말이 하고 싶어서 이런 해프닝까지 벌여야 했을까?"

"왜 나한테 강요하는 거요?"

불쑥 그가 말했다.

"강요가 아니에요. 제대로 된 방법을 알려드리는 거지."

"제대로 된 방법 필요 없소. 내 마음대로 칠 거요."

"마음대로 치기 위해서는 배워야 해요."

"그건 또 무슨 궤변이오?"

"안 그러면 금방 싫증날걸요."

"아직 싫증나지 않았소."

"곧 그럴 거라구요."

그는 대꾸하지 않았다. 세트 맞은편에 선 여자의 얼굴을 건너다보았다. 키가 컸고, 표정은 없었다. 오늘 처음 본 여자였다. 이 여자는 누구지? 하고 그는 생각했다. 마침내 그가 대답했다.

"그건 내 문제요."

"우리 문제이기도 해요."

"우리라고 했소?"

"우리 밴드 말이에요. 이렇게 엉터리로 가르친다고 소문나면 누가 배우러 오겠어요?"

소문. 그도 소문의 희생자가 된 적이 있었다. 시청 교통계획과에 근무할 때였다. 결혼 팔 년차인 그에게는 아이가 없었다. 아내와의 합의하에 계획적으로 갖지 않은 것이었다. 그것이 그의 결혼조건이었다. 그러나 그의 계획을 알 리 없는 직원들 사이에서는 말들이 있었던 모양이었다.

"소문 안 낼 테니 걱정 마시오."

"베이스 드럼과 탐만 마음에 드는 모양이죠?"

"그런데 당신은 누구요?"

"저는 김혜정이라고 해요. 베이스 기타를 맡고 있죠."

"누가 그걸 물었소? 왜 나한테 이래라저래라 하는 거요?"

"그럼 제대로 물으셔야죠. 대진씨가 오늘만 봐달라고 불렀어요."

"대진씨는 어디 가고?"

"집에 호출돼 갔어요. 큰애 생일인데 외박했나봐요."

"호출돼 갈 거면서 외박은 왜 하는 거요?"

"내가 그걸 어떻게 알겠어요. 궁금하면 전화해서 물어보시든지."

그는, 최대진, 밴드 시대정신의 리더, 드럼 주자, 턱수염, 꽁지머리, 우람한 체격, 하고 생각했다. 그가 드럼 주자에 대해 알고 있는 전부였다. 아니 또 있었다. 사용처는 알 수 없지만 드럼 주자는 비상금이 필요했다. 첫날 그에게 강습비를 현금으로 달라고 했다. 온라인 송금을 생각하고 있던 그는 그러겠다고 선선히 대답했다. 이유는 묻지 않았다.

알고 있는 게 또하나 있군, 하고 그는 생각했다. 역시 사용처는 알 수 없지만 드럼 주자는 시간이 필요했다. 첫날 그에게 악보 하나를 건네며 자신이 먼저 시범을 보였다. 그리고 따라 하라고 했다. 그는 악보를 볼 줄 몰랐다. 단 한 번의 시범은 바람처럼 흩어졌다. 악보를 볼 줄 모르오, 하고 그가 말했지만 드럼 주자는 상관없다고 했다. 자꾸 보다보면 보일 것이므로 계속 보라고 했다. 그런 뒤 연습실을 나갔다. 혼자 남겨진 그는 아무리 보아도 보일 것 같지 않은 악보를 보지 않고 마음대로 두드렸다. 드럼세트도 두드리고 앰프도 두드리고 전자기타도 두드리고 마이크도 두드리고 의자도 두드렸다. 한참 두드리고 났을 때 드럼 주자가 돌아왔다. 흡족한 얼굴로, 보니까 보이지요? 드럼 주자가 물어서 그는, 보지 않아서 모르겠소, 하고 대답했다. 산적 같은 얼굴의 드럼 주자가 웃었다. 그리고 말했다. 다음에 보면 되지요. 그래서 그는 다음에 봅시다, 하고는 연습실을 나섰다.

보자는 사람은 보이지 않고 대신 엉뚱한 여자가 그를 내려다보고 있었다.

"언제까지 보고 있을 거요?"

"알았어요. 사라져줄 테니 마음대로 하세요."

"화났소?"

그 말에는 대답하지 않고 베이스 주자는 소파에 앉아 전자기타를 뜯기 시작했다. 그는 이제 마음놓고 텔레비전에서 본 대로 스네어와 탐을 다다다다 두드렸다. 소리의 강약이나 빠르기는 일정하지 않았다. 역시 텔레비전에서 본 대로, 적당하다 싶을 때 한 번씩 심벌즈를 때렸다. 그 소리가 어찌나 큰지 귀가 먹먹하고 가슴이 울렁거렸다. 머리가 어질어질했다. 그는 두 팔을 내리고 가만히 있었다. 아직 팔의 근력이 다 붙지 않았다. 소음이 가라앉자 모기 소리만큼이나 작아서 가소롭기까지 한 전자기타 소리가 들려왔다. 앰프에 연결하지 않은 전자기타는 장난감 같았다.

그는 자리에서 일어나 소파로 다가갔다. 잘 보면 약간씩 다리를 전다는 것을 알 수 있었다. 왼쪽 손 역시 완전히 자유롭지는 않았다. 그래도 생활하는 데는 크게 지장이 없었다. 의사는 회복이 빠른 편이라고 놀라워했다.

"보다시피."

소파 앞에 선 채 그가 말했다.

"두 손 두 발을 다 써야 하는 드럼이 내게 적당하다고는 할 수 없지."

베이스 주자가 전자기타 뜯기를 멈추고 그를 쳐다보았다.

"그러나, 그렇기 때문에 내게 적당하다고도 할 수 있지."

"무슨 뜻이에요?"

"석 달 전에 뇌색전증으로 쓰러졌었소. 다행히 금방 병원으로 옮겨져서 전신마비 신세는 면했소. 원상회복이 힘들다는데, 난 이렇게 멀쩡하오. 거짓말처럼. 꾀병처럼. 이게 무슨 뜻일까?"

"무슨 뜻이라뇨?"

"쓰러졌다가 오뚝이처럼 벌떡 일어난 것."

"운이 좋은 거죠. 아니면 젊어서거나 평소 관리를 잘했다거나."

"삶이 내게 말을 걸고 있다는 생각이 들었소. 할 말이 있구나 하는."

그는 베이스 주자와 멀찍이 떨어져 소파에 앉았다. 천천히 걷고 싶었지만 지하의 침체된 공기가 걷기에 적당하지 않았다.

"무슨 말이 하고 싶었을까?"

그가 중얼거렸다. 그는 한 달 동안 그 생각에 매달려 있었다. 쓰러진 직후엔 검사받고 치료받느라 그 어떤 생각도 할 여유가 없었고, 그다음엔 모든 사람의 예상을 깨는 너무 빠른 회복에 놀라워하느라 역시 여유가 없었다.

"무슨 말이 하고 싶어서 이런 해프닝까지 벌여야 했을까?"

그가 다시 중얼거렸다. 해프닝은 그의 삶을 완전히 바꿔놓았다.

"그럼 드럼은 물리치료용인가요?"

"그렇진 않소."

"그럼 음악에 입문하는 건가요?"

"그렇지도 않소."

"그럼 취미생활인가요?"

"꼭 이유가 있어야 하오?"

"있으면 편하니까요. 가르치기에."

"꼭 가르쳐야 하오?"

"아아, 맘대로 하세요."

그는 자신이 왜 드럼을 시작한 것인지 생각했다. 음악에 뜻이 있어서는 아니었다. 그는 생각이 하고 싶었고, 그러기 위해서는 시간이 필요했고, 시간을 벌기 위해서는 뭔가를 해야 했는데, 어느 날 텔레비전에서 콘서트 장면을 보다 드럼이 좋겠다고 결정했다. 세트에 둘러싸여 있어 혼자 있을 수 있고, 무엇보다 드럼 소리가 다른 소리들을 삼켜버리므로 소음 때문에 방해받지는 않을 것 같았다.

"내게는 생각할 시간이 필요하오. 그 시간을 벌기 위해 드럼을 치는 거요."

"무슨 생각을 할 건가요?"

"삶이 내게 건네고 있는 말을 알아내고 싶소."

"원래 그렇게 집요하세요?"

"무슨 뜻이오?"

"아니에요. 전 이만 가봐야 해요."

"난 가기 싫은데."

그러자 베이스 주자가 벌떡 일어나 책상 앞으로 갔다. 책상 위에 회색 전화기가 있었다. 그는 말리지 않았다. 베이스 주자가 드럼 주자와 잠시 통화를 하더니 그에게 바꿔주며, 좀 보자는데요, 하고 말했다. 그래서 그는, 이거 화상전화기였소? 대꾸하며 수화기를 받았다.

드럼 주자가 말했다. 왼쪽으로 몸을 조금 돌려보세요. 그는 왼쪽으로 몸을 돌렸다. 앞에 냉장고 보이죠? 그는 그렇다고 했다. 냉장고 옆으로 까만 벽 보이죠? 그는 또 그렇다고 했다. 이제 머릿속에 있는 저를 꺼내 까만 벽을 스크린 삼아 펼쳐보세요. 저 보이죠? 그는 안 보인다고 말하고 얼굴도 까맣고 벽도 까매서 구별이 안 된다고 덧붙였다. 오호! 드럼 주자가 감탄하며 말했다. 그럼 다시 시작해볼까요? 뒤로 돌아보세요. 그는 뒤로 돌아섰다. 그곳에는 하얀 벽이 있었다. 그는 됐다고 말했다. 솔직히 얼굴이 또렷하게 기억나는 건 아니라고 고백했다. 그 말에는 아랑곳없이 드럼 주자가, 자신은 지금 집 밖으로 한 발짝도 나갈 수 없으며, 각자 가지고 있는 열쇠 외 여분이 없고, 만약 연습실 문을 잠그지 않는다면 악기들을 다 도둑맞을 게 틀림없으며, 악기가 없으면 밴드활동이고 뭐고 그만둘 수밖에 없는데, 자신들은 앨범 하나 내보지 못했다고 했다. 그래서 그는, 왜 집 밖으로 한 발짝도 나올 수 없느냐, 원래 이 시간은 연습실에서 나를 상대하고 있어야 하는 게 아니냐, 그러므로 당신의 현재 시간은 당신 것이 아니라 내 것이 아니냐, 당신 시간의 주인은 내가 아니냐, 말했다. 드럼 주자가 다시 오호! 하고 감탄했다. 그러더니 갑자기 소리를 낮춰, 지금 집에 비상이 걸렸다, 창우 엄마가 눈에 불을 켜고 덤빈다, 비상시국이다, 지금 나갔다가는 끝장이다, 한 번만 살려달라, 했다. 그는 베이스 주자에게 창우 엄마가 누구냐고 물었다. 정임, 이라는 짤막한 대답이 건너왔다. 다시 그가 정임은 누구냐고 물어서야 정임이란, 중학교 선생이자 창우와 영우의 엄마이고, 베이스 주자의 친구이자 드럼 주자의 아내라는 것을 알아낼 수 있었다. 알아냈다기보다 베이스 주자가 한달음에 설명했다. 원래 그렇게 핵심만 피해 대답하는 버릇이 있소? 그가 물었지만 베이스 주자는 어깨만 으쓱할 뿐이었다. 그때 드럼주자가 오호! 하고 세번째로 감탄했다. 두 분이 언제 그렇게 친해지셨냐, 대화가 아주 잘 통한다, 그럼 혜정씨에게 모든 걸 맡기겠다, 하고는 재빨리 전화를 끊었다. 그는 수화기를 내려놓고 돌아섰다.

"혜정씨에게 모든 걸 맡기겠다는데 이건 무슨 뜻이오?"

베이스 주자가 폭 한숨을 내쉬었다.

"비상시국이라는 건 또 뭐요? 창우 엄마가 눈에 불을 켜고 덤빈다니, 쌍라이트라도 달았나?"

"꼬리가 밟혔겠죠. 대진씨는 게임광이거든요. 돈은 못 벌어와도 좋으니 게임은 안 된다는 게 정임이의 생각이에요."

"아무튼 대진씨 생각은 아니잖소. 창우 엄마는 왜 자기 생각을 남에게 강요하는 거지?"

그러자 베이스 주자가 좀 전보다 더 깊게 한숨을 내쉬었다.

"이제 정말 일하러 갈 시간이에요. 여덟시부터 열두시까지 카페에서 술을 팔아요. 금요일, 토요일만. 유일한 생계수단이에요. 어떡할 건가요?"

"왜 직장생활을 하지 않고?"

"그럼 음악을 포기해야겠죠."

"직장인들 중에도 음악 하는 사람 많지 않소?"

"글쎄요. 나름대로의 삶이 있으니까. 어떡할래요?"

"그 사람들은 취미생활이라는 소리로 들리는걸."

베이스 주자가 소파에서 벌떡 일어나 가방을 들었다. 탁자 위를 정리하고 열쇠를 건네는데 그가, 나도 따라가겠소, 하고 말했다. 베이스 주자는 말없이 손을 거두고는 보안장치를 가동시키고 불을 끄고 문을 잠갔다. 베이스 주자가 그 일을 하는 동안 그는 미리 밖으로 나와 기다렸다.

"버스요, 지하철이요?"

"둘 다 아니에요."

"그럼 택시?"

역시 물음에는 대꾸 없이 베이스 주자가 앞서 걷기 시작했다. 그도 걸음을 빨리했지만 점차 간격이 벌어졌다. 그는 숨을 헐떡였고 간혹 멈춰서 왼쪽 다리를 주물렀다. 베이스 주자가 집으로 돌아가라고 했지만 그는 싫다고 했다. 이렇게 돌아다니는 게 더 좋소, 하고 말했다. 집에서 걱정하지 않느냐는 말에는 걱정할 사람은 집에 있지 않다고 대답했다. 그랬다가, 걱정할 사람이 없기도 하고, 만약 아내가 걱정할 거라고 생각한다면 그녀는 아직 직장에 있을 거라고 덧붙였다.

"늦게 퇴근하시나봐요?"

"거의."

"집에는 아무도 없나봐요?"

"내가 들어가거나 아내가 퇴근하기 전까지는."

결국 베이스 주자는 버스를 타기로 결정했다. 버스는 금방 도착했고 버스를 타자 또 금방 목적지에 닿았다. 두 정거장 거리였다. 베이스 주자는 이 두 정거장 거리를 걸으며 작곡도 하고 새로운 곡의 코드를 외우기도 한다고 했다. 그가, 나 때문에 작곡도 못 하고 새로운 곡의 코드를 외우지도 못 했으니 미안하게 됐소, 하고 말했지만 베이스 주자는 대꾸하지 않았다. 그는 약간 화가 났다. 그래서, 핵심만 피해 대답하는 버릇뿐 아니라 아예 대답을 안 하는 버릇도 있군, 하고 중얼거렸다.

"다 왔어요."

베이스 주자가 열쇠로 가게 문을 여는 동안 그는 집으로 돌아갈까 말까 망설였다. 그러나 망설임은 오래가지 않았다. 가게 문을 연 베이스 주자가 들어오라는 말도 없이 혼자 안으로 들어가자 그도 따라 들어갔다. 집으로 돌아가기에는 이른 시간이었고 아직 생각을 끝마치지도 않았다. 생각을 하기에는 조용한 카페만큼 적당한 장소도 없을 것 같았다. 그는 스툴에 앉아 베이스 주자의 움직임을 지켜보았다. 조용하던 카페에 음악이 흐르고 간판에 불이 들어오고 공기가 환기되었다. 탁자들의 먼지가 닦이고 빈 잔들이 치워지고 커피 향이 퍼졌다.

"언제부터 일했소?"

"정확하게는 모르겠고 몇 달 됐어요."

"손님은 많소?"

"많을 때도 있고 적을 때도 있어요. 대개는 적어요."

"주인은 안 오는 모양이지?"

"올 때도 있고 안 올 때도 있고. 특별한 경우가 아니면 이틀 중에 한 번은 와요."

"오면 뭘 하오?"

"술을 마시기도 하고 카운터를 지키기도 하고."

"오늘은 올 것 같소?"

"모르죠. 올 수도 있고 안 올 수도 있고."

"당신은 이 일이 마음에 드오?"

"마음에 들 때도 있고 안 들 때도 있고."

"마음에 들 땐?"

"손님이 적을 때."

"그럼 안 들 땐?"

"손님이 많을 때."

"대개는 마음에 들겠군."

"그렇죠."

"그런 마음으로 일하면 주인이 싫어하지 않소?"

"주인이 내 마음속을 어떻게 알겠어요."

"그렇군."

더 물어볼 말이 없어서 그는 입을 다물었다. 여덟시 사십분이었고 손님은 없었다. 바 앞의 스툴이 세 개, 탁자가 세 개, 작은 카페였다. 희한하게도 탁자에는 의자가 세 개씩이었고 탁자와 탁자 사이 간격도 좁았다. 가족적인 분위기를 원하거나 단골이 아니면 감히 들어올 수 없을 것 같았다. 아직 교통계획과에 다니던 때의 그였다면 이렇게 작아서 그의 내면을 훤히 들킬 것 같은 카페에는 들어오지 못했을 것이다. 그는 소심했고 타인과의 소통을 원하지 않았다. 남들의 눈엔 소심함이 자기 관리가 철저한 것으로, 소통을 원하지 않는 것이 성실함으로 비쳤을 뿐이었다.

궁금한 게 있는데, 하고 그가 입을 열었다.

"이 카페에는 특이한 점이 있소. 바로 '3'이라는 숫자요. 우리가 내린 버스 번호 끝자리가 3이었소. 카페 앞 계단이 세 개, 당신이 문을 따는 데 걸린 시간이 삼 초였고, 창문이 세 개, 커튼도 세 개, 스툴 세 개, 탁자 세 개, 그 탁자에 딸린 의자도 세 개요. 선반에 피라미드 모양으로 정렬된 잔이 스물세 개, 위스키 브랜디 보드카 모두 합해 열세 병, 그리고 오늘은 6월 3일이오. 혹시 3에 대해 어떤 특별한 감정을 가지고 있는 거요?"

"아! 대단한 발견이네요. 전 전혀 몰랐어요."

"전혀 몰랐단 말이오?"

"네."

"어떻게 그럴 수가 있지? 그럼 주인의 취향이란 말이오?"

"취향인지 우연인지는 모르겠어요. 주인이 들르면 물어볼게요."

"그런데 말이오, 주인이 끝자리가 3이 아닌 다른 번호의 버스를 타고 6월 3일이 아닌 4일에 오면 어떡하오?"

"스물세 개의 잔 중 오늘 하나를 깨뜨릴 수도 있구요?"

"손님이 브랜디 한 병을 다 마셔버릴 수도 있지."

"재수 없게 의자 하나가 부서질 수도 있죠."

"그러고 보니 내가 앉은 스툴이 삐걱거리는 것 같군."

"앞으로는 문을 따는 데 십 초가 걸릴 수도 있어요. 자물쇠가 조금씩 녹슬고 있거든요."

"그렇다면 이건, 주인의 취향이 아니라 우리의 우연이로군."

"우리의 우연이라구요?"

"그렇잖소. 이렇게 완벽한 3의 세계는 오늘 이후 다시는 찾아오지 않을지도 모르오. 아니, 지금 이 시간 이후 다시는 찾아오지 않을지도 모르지. 그러니까 '지금 이 시간'에 속해 있는 우리의 우연이라는 말이오."

"그게 무슨 의미가 있죠?"

"내가 그걸 어떻게 알겠소? 이제 생각해봐야지."

"열심히 생각하세요."

그는 알았다고 말한 뒤 정말 열심히 생각했다. 하지만 곧, 나한텐 아무것도 안 주는 거요? 하고 물었다. 그러자 베이스 주자가 브랜디 한잔 드릴까요, 해서 그는 가능하다면 샌드위치를 달라고 했다. 샌드위치가 안 된다면 뭐 다른 먹을 거라도, 하고 덧붙였다. 시간은 벌써 아홉시가 훌쩍 넘었고 배가 고픈 것은 당연한 일이었다. 다행히 샌드위치 메뉴가 있었다. 베이스 주자가 잠깐만 기다리세요, 하더니 주방으로 갔다. 그가 앉은 자리에서는 주방이 자세히 보이지 않았다. 베이스 주자의 등과 손놀림만 간혹 보일 뿐이었다. 심심해진 그가 길게 목을 빼고 주방을 들여다보는데 휴대폰이 울렸다. 아내였다.

그가 전화를 받자 아내가 어디냐고 물었다. 집은 아니고, 납치당한 것은 아닌데 이곳이 어딘지 자신도 정확하게 모른다고 그가 대답했다. 다시 아내가 아프냐고 물어서 그는 팔도 다리도 무사하고 신체부위 중 어느 한 곳도 이상증후를 보이지 않는 걸로 봐서 아픈 것 같지는 않다고 했다. 그랬음에도 아내는 미심쩍은 목소리로 머리를 부딪히지는 않았냐고 물었다. 매일같이 반복되는 질문이었으므로 그는 아내의 이같은 물음에도 전혀 당황하지 않고, 머리를 부딪히지 않았음은 물론 그 어느 곳보다 말짱하다고 대답했다. 그러자 아내가, 정말 어딘지 모르느냐, 주위에 다른 사람이 있으면 바꿔라, 내가 데리러 가겠다, 했다. 그래서 그는, 어딘지 모르는 것도 맞고 주위에 다른 사람이 있는 것도 맞는데 바꾸지는 않겠다, 야근중인 당신이 어떻게 데리러 오겠다는 거냐, 나도 입이 있고 다리가 있고 택시비도 있으니 집 정도는 찾아갈 수 있다, 하고 당당하게 말했다. 또 아내가 몇

시에 올 거냐, 해서 그는 모르겠다고 한 후, 지금의 경우는 당신도 밖에 있으므로 올 거냐, 가 아니라 갈 거냐, 가 맞는 표현이라고 정정해주었다. 이 정정에는 한숨으로 대꾸한 후 아내는, 언제쯤 집으로 갈지 왜 모르냐고 이번에는 정확하게 물었다. 그는, 마음먹은 대로, 뜻한 대로, 의지대로 되는 것이 어디 그리 흔하더냐, 내가 집으로 갈 마음이 있다는 전제하에 몇시를 기해 몸을 움직이리라고 지금 결심해도 미래의 일을 어떻게 장담할 수 있겠느냐, 도처에 복병이 도사리고 있다, 하고 친절하게 설명했다. 그의 설명이 끝나자마자 아내는, 도대체 무슨 소리를 하는지 모르겠다, 당신 말은 이제 진절머리가 난다, 들어오든지 말든지 맘대로 하라고 소리치고는 전화를 끊었다. 저녁은 먹으면서 일하라고 말하려던 그는 대신, 여전히 다혈질이군, 하고 중얼거렸다.

"그런 상황이라면 누구라도 화를 냈을 거예요. 다혈질이 아니라."

베이스 주자가 말했다. 베이스 주자는 어느새 주방에서 나와 그 앞에 서 있었다. 손에 커다란 접시를 들고 있었는데, 그에게 줄지 말지 망설이고 있는 듯했다. 엿듣는 건 나쁜 버릇이오, 하고 그가 말했다. 마침내 베이스 주자가 접시를 내려놓았고 상큼한 샌드위치 향내가 그의 콧속을 파고들었다. 샌드위치는 한입거리로 알맞게 잘려 있었고, 빵과 빵 사이에 다양한 야채와 과일이 들어 있었다.

"들렸어요. 엿들은 게 아니라."

나는 도대체, 샌드위치 하나를 입에 넣고 씹으며 그가 말했다.

"이해할 수가 없소. 왜 화를 내는 거지?"

"화가 날 만하니까요."

베이스 주자도 샌드위치를 입에 넣고 씹으며 말했다.

"부인은 미래의 결정이 아니라 확신을 원하는 거예요."

"말에 어폐가 있소. 미래의 결정과 확신은 서로 상반되는 거요."

"그럼 그냥 확신이라고 해두죠. 부인은 당신의 정확한 귀가시간이 아니라 확신을 원해요. 원하는 것을 얻지 못했으니 화내는 건 당연하죠."

"하지만 아직 벌어지지 않은 미래를 두고 내가 어떻게 확신을 준다는 거요?"

"원래 그렇게 인생을 피곤하게 사나요?"

"그건 또 무슨 뜻이오?"

베이스 주자는 더이상 대꾸하지 않고 샌드위치를 먹었다. 접시가 비었을 때 그가 불쑥 말했다.

"내게 뭔가를 선택할 수 있는 기회를 주는 게 아닌가 싶소."

"누가요?"

"내 삶의 해프닝."

"아, 또."

"지금까지 난 내 삶에서 스스로 선택한 게 하나도 없었소. 사실은 하나도 없다는 것조차 몰랐지."

조금 전까지 그는 자신의 의지에 따라 아이를 낳지 않는 거라고 생각하고 있었다. 그러나 곰곰이 생각해보니 아이 문제 역시 그의 의사는 아니었다. 아이를 낳고 싶지 않다고 최초로 발언한 사람은 아내였다. 연애 시절 아내가 알게 모르게 주입한 것을 그가 결혼조건으로 선포했고 그래서 자신의 선택이라고 착각하고 있었다. 그 오랜 착각을 샌드위치를 먹다 문득 깨달았다.

"그것을 깨닫게 하려고, 그래서 한 번이라도 선택할 수 있도록 기회를 주려고 한 것이 아닐까."

그가 거기까지 말했을 때 문이 열리고 약간 비틀거리며 사내 하나가 들어왔다. 사내는 들어오자마자 계단에 발이 걸려 넘어질 뻔했다고 말했다. 그러나 아무도 대꾸하는 사람이 없자 얌전히 탁자로 가 앉았다. 사내의 등장으로 말이 끊긴 그는, 말이 끊겼을 뿐만 아니라 베이스 주자의 관심까지 뺏겨버려서 실망했다.

베이스 주자는 바빠졌다. 술병과 잔을 꺼내 사내에게 갖다주고 주방으로 들어갔다. 역시 그에게는 등과 잠깐잠깐 손놀림만 보였다. 뭘 만드는지는 알 수 없었다. 그는 이제 생각이 아니라 말을 하고 싶었으나 상대가 없었다. 예전의 그는 이렇지 않았다. 너무 과묵해서 심심한 사람이었다. 말은 주로, 직장에서는 동료들이, 집에서는 아내가 했다. 그는 조용히 듣고 가끔 장단을 맞춰주었다. 그는 늘 바빴다. 필요한 말만 하기에도 시간이 빠듯했다. 그가 수립한 교통정책이나 개편사업 들을 윗사람들에게 또는 하청업체 사람들에게 설명하느라 하루를 다 보내기도 했다.

그러고 나면 완전히 진이 빠졌다. 자신의 얘기를 할 만한 여력이 남지 않았다. 그가 교통계획과로 옮긴 삼 년 내내 그랬다. 그 삼 년 동안 대중교통 체계가 완전히 개편되었고, 어떤 지역에는 새로운 교통수단을 도입하기로 결정했다. 그가 그 사업들을 모두 추진한 것은 아니지만 그렇다고 전혀 개입하지 않았다고도 할 수 없었다. 그의 의견이나 기획안이 받아들여지든 아니든 그는 열심히 생각하고 연구해서 의견을 내고 기획안을 만들었다. 아무리 열심히 일해도 돌아오는 것은 질책뿐이었다. 그는 지난 음력설 명절 연휴가 끝나고 며칠 뒤 쓰러졌다. 누군가는 긴장이 풀려서라고 했고, 또 누군가는 명절에 과음을 한 게 아니냐고 농담처럼 묻기도 했다. 현재 그는 휴직중이었다. 휴직 신청은 아내가 했다. 아무리 그래도 공무원이 좋긴 좋아, 하고 아내가 말했다. 일 년 동안 푹 쉰다고 생각해. 그는 안면근육 마비로 발음이 어눌했으므로 아무런 말도 하지 않았다. 심하지는 않았지만 생전 처음 내뱉는 어눌한 발음이 어색했다. 그래서 일 년 뒤 직장으로 돌아갈지 어쩔지 모른다는 말을 하지 못했다.

베이스 주자가 주방에서 나왔다. 사내의 탁자에 접시를 내려놓으며 맛있게 드세요, 하고 말한 뒤 그에게로 돌아왔다.

"선택 문제 말인데요."

그는 베이스 주자를 쳐다보았다.

"당신이 스스로 선택한 게 하나라도 있다는 걸 증명해 보일게요."

"어떻게 말이오?"

"질문에 대답하세요."

"꼭 해야 하오?"

"고등학교 때까지는 특별한 기회가 없었을 테고, 대학은 누가 선택했죠?"

"성적에 맞췄소. 굳이 말하자면 성적이 선택했다고 할 수 있겠지."

"그럼 과는요?"

"또 어쩔 수 없이 사회라고 할 수밖에 없겠군. 지금은 달라졌지만 예전엔 그랬소. 사회가 원하는 이상적인 전공이 여자의 경우 가정학과였듯이 남자는 공과계열이었소."

"그럼 직업은요?"

"취직이 되지 않았소. 수요와 공급의 불균형이 심했거든. 어느 날 신문에서 공무원 채용공고를 봤고, 선택의 여지가 없었소."

"그럼 결혼은?"

"아내가 프러포즈했소."

"그럼 집이라든가 차를 살 때 누가 결정하죠?"

"역시 아내요."

"연애한 적은? 저 여자다 찍고 접근한 적은 없나요?"

"없소. 나한테 접근한 여자는 몇 명 있었지만."

"아, 하나 생각났어요. 드럼을 시작한 건 당신 선택이잖아요."

"그건 텔레비전에서 가르쳐줬소."

"실례지만 몇살이에요?"

"나 말이오? 마흔하나요."

"사십일 년 동안 바보같이 살았군요."

"나도 지금 막 그걸 깨닫는 중이오."

베이스 주자가 한숨을 쉬었고, 그의 등뒤에 앉아 혼자 술잔을 기울이던 사내가 뭐라고 웅얼거렸다. 자신도 사십삼 년 동안 바보같이 살았다고 말하는 것 같았다. 그 말에 아무런 반응도 없자 사내는 또, 자신이 이 카페의 단골임에도 전혀 단골 대접을 해주지 않는다고 투덜거렸다. 사내는 전작이 있었던지 발음이 불분명했다. 집에서는 가장 대접을 해주지 않고 회사에서는 사람 대접을 해주지 않는다고 했다. 저렇게 불평을 하는데 계속 대접을 해주지 않을 수가 없어서 그가, 나는 죽다가 살아났소, 했다. 그러자 사내는, 나는 죽지 못해 사오, 화답했다. 술 마신 취객과 술 안 마신 취객이 똑같군요, 베이스 주자가 한마디 했다.

도대체 어떤 대접을 해달라는 거요? 그가 물었다. 나한테 관심을 가져줘요. 아무도 나한테 관심이 없어. 사내가 중얼거렸다. 난 당신에 대해 아무것도 모르오. 그러니 관심이 없는 건 당연하지 않소. 그가 다소 변명처럼 말했으나 사내는, 착각을 하셨나본데 당신 말고 그 여자분 말이오, 하고 말했다. 이 여자분이 어떤 관심을 가져주길 원하는 거요? 이번에는 다소 퉁명스럽게 그가 물었으나 사내는, 당신이 그 여자분 대변인이오? 하고 도발적으로 되물었다. 그랬다가 곧 풀이 죽어, 나는 그 여자분과 사귀고 싶소, 했다. 그건 아마 쉽지 않을 거요, 그가 사내의 얼굴을 내려다보며 말했다. 왜요? 이 여자분은 이미 사귀는 사람이 있소. 정말이오? 사귀는 사람이 누구요? 바로 나요. 그가 그렇게 말하고는 베이스 주자에게 조그만 소리로, 우리의 우연을 알아냈소, 했다. 사내가 흐릿한 눈을 들어 그의 얼굴을 바라보았다. 실망하는 것 같기도 하고 안도하는 것 같기도 한 미소를 흘렸다. 한 사람만 사귀라는 법 있소? 마침내 사내가 말했다. 그러자 베이스 주자가 더 참지 못하고, 두 분 다 조용히 하세요, 하고 소리쳤다. 내가 누구와 사귀고 말고는 내 자유예요, 말하고는 주방으로 들어갔다. 사내가 목소리를 낮춰, 정말 저 여자분과 사귀는 거요? 물었다. 그렇소. 이번에는 사내가 부러운 듯이 그를 바라보았다. 어떻게 하면 저 여자분과 사귈 수 있소? 사내가 애원조로 물어서 그는, 맨입으로 가르쳐줄 수 없소, 했다. 내가 술을 사겠소. 이제 사내는 필사적이었다. 나는 술을 마시지 못하오. 뭔가를 선택할 수 있기 전에 내가 먼저 쓰러질 거요. 아, 그렇다면 오늘 이 자리 계산은 내가 하겠소. 사내의 벌겋게 충혈된 눈을 보며 그는 냉정하게, 오늘 이 자리에서는 먹은 게 없어서 계산할 것도 없소, 하고 말했다. 그럼 지금부터 마음껏 드시오. 지금은 먹고 싶은 생각이 없소. 아! 사내가 탄성을 내지르며 탁자에 이마를 박았다. 그러고 있는 사내가 안돼 보여서 그는, 혹시 아내가 없소? 하고 물었다. 있소. 사내가 대답했다. 혹시 아이도 있소? 그렇소. 그런데 왜 사귀려고 하오? 그것까지 당신한테 말해야 하오? 사내가 발끈했다. 그는 그만 할 말이 없어서 가만히 있었다. 이번에는 사내가, 당신은 아내가 없소? 물었다. 그는 역시 할 말이 없어서 대답하지 않았다. 사내가 집요하게, 아내가 있소 없소? 대답을 재촉했다. 그래서 그는, 그것까지 당신한테 말해야 하오? 하고 사내에게 당한 것을 그대로 갚아주었다. 사내는 입을 다물었고 때마침 주방에서 베이스 주자가 나왔다. 그는 베이스 주자에게 주방에서 뭘 했느냐고 물었다. 베이스 주자는 대답하지 않았다. 그는 질문을 바꿔 화장실이 어디냐고 물었다. 이 물음에는 베이스 주자도 대답하지 않을 수 없었다. 밖으로 나가서 오른쪽 건물 일층에 있어요. 그는 알았다고 말하고 움직이지 않았다. 열쇠 가지고 가세요. 그는 또 알았다고 말하고 움직이지 않았다. 열쇠는 카운터 위에 있어요. 알았소. 마지못한 듯 그가 대답했다. 화장실 안 가요? 내 맘이오.

"그래서 뭘 선택하겠다는 건가요?"

"뭘 선택할 수 있을지 지금 생각하고 있소."

"혹시 휴지 필요하면 카운터 위에 있는 걸 가지고 가세요."

"혹시 휴지 필요하면 카운터 위에 있는 걸 가지고 가세요."

"왜 따라 하는 건가요?"

"내 맘이오."

"그렇게 할 일이 없나요?"

"아! 내가 뭘 선택할 수 있을지 생각났소."

"관심 없어요."

"그렇다면 화장실에 가지 않겠소."

"여기서 실례라도 하겠다는 건가요?"

"못 할 것 같소?"

"귀는 뚫려 있으니 말하면 들릴지도 몰라요."

"태어난 건 어쩔 수 없다 치고, 돌아갈 시기는 내가 선택할 수 있지 않겠소."

"말은 들렸으나 뜻은 들리지 않네요."

"머리가 나쁘군. 회귀 말이오."

"죽다가 살아났다면서요."

"그렇소."

"그런데 또 죽어요?"

"또는 아니지. 죽다가 살아났다는 건 죽었다는 뜻이 아니니까."

"어쨌든요."

"그러니 더 통쾌하지 않소. 가까스로 되찾은 걸 엿 먹어라 하고 놓아버리는 거요. 멋진 반전이잖소."

"선택이 아니라 복수로 보이는걸요."

"두 가지를 한꺼번에 할 수 있으니 더 좋지 않소. 지금까지는 내 삶이 나를 끌고 다녔지만 이제는 내 차례요."

"그런데 꼭 선택을 해야 하나요?"

"선택을 하지 말아야 할 이유도 없지 않소."

"있어요."

"그게 뭐요?"

"당신은 우리 밴드의 유일한 강습생이에요. 열 개 중에서 하나가 없어지는 건 그다지 의미가 없지만 유일하다는 건 다르죠. 대진씨가 슬퍼할 거예요."

"비상금 때문에?"

"강습생 없는 강습소는 웃기잖아요."

"선생 없는 강습소는 웃기지 않고?"

"대진씨에게 그렇게 전해줄게요."

그 강습생 내가 하겠소, 그때까지 조용하던 사내가 말했다. 사내의 존재를 잊고 있던 그는 가슴이 뜨끔했다. 그래서, 당신은 죽지 못해 산다고 하지 않았소? 하고 말했다. 그렇소. 사내가 대답했다. 죽지 못해 사는 것만큼 불행한 것도 없지. 내가 당신의 동반자가 되어주겠소. 그가 결의에 차서 말했다. 어차피 죽지 못해 사는 건데 좀더 연장한들 뭐 어떻겠소. 사내는 호락호락하지 않았다. 의미 없는 삶을 왜 연장한단 말이오? 연장하다보면 의미가 생길지도 모르지 않소. 그는 양손에 쥔 것을 뺏기기라도 한 듯 차츰 화가 나기 시작했다. 그래서, 처음부터 의미가 없었는데 나중에 의미가 생기기를 바란다는 것은 바늘로 땅굴을 파는 것만큼이나 무의미한 일이오, 하고 말했다. 사내는 잠시 대답을 못 하고 그의 얼굴만 쳐다보았다. 저게 무슨 뜻일까 생각하는 듯 멍한 표정이었다. 마침내 사내가 물었다. 왜 하필 땅굴이오? 그도 잠시 생각하다 대답했다. 교육의 효과요. 아! 그렇지.

우리 어릴 땐 땅굴 얘기 참 많이 했었는데. 사내가 감탄하며 말했다. 교과서에도 나왔소. 그가 말하자 사내가, 텔레비전에도 심심찮게 나왔었소, 했다.

베이스 주자가 다시 주방으로 들어가서 한참 동안 나오지 않았다. 그도 사내도 아닌 척하며 주방을 흘끔거렸지만 베이스 주자의 모습은 보이지 않았다. 저 여자분이 주방에서 뭘 할까요? 이번에는 사내가 먼저 물었다. 호기심이 가득한 얼굴이었다. 내가 어떻게 알겠소. 그가 퉁명스럽게 대꾸했다. 그는 사내가 자신보다 유리한 위치에 있다는 생각을 했다. 그는 이미 선택을 했고 사내는 하지 않았다. 혹시 울고 있는 건 아닐까요? 그의 퉁명스러움에는 아랑곳없이 다시 사내가 물었다. 안절부절못하는 얼굴이었다. 왜 운단 말이오? 마지못해 그가 되물었다. 이유야 모르지요. 혹시 술을 마시고 있는 게 아닐까? 이번에는 그가 의견을 내놓았다. 왜요? 사내가 물었고, 이유는 생각 안 해봤소, 그가 대답했다. 베이스 주자가 나왔다. 안에서 뭘 했소? 사내가 묻기 전에 그가 얼른 물었다. 예상대로 베이스 주자는 대답하지 않았다. 그는 이제 아무렇지 않았다. 베이스 주자가 첫 물음에는 잘 대답하지 않는다는 것을 알았고, 익숙해졌다. 혹시 술 마셨소? 하고 좀 전에 생각한 것을 물었다. 얼음찜질했어요. 베이스 주자가 대답했다. 의외의 답변이어서 그는 약간 놀랐다. 그래서, 이유가 뭐요? 하고 물었다.

"열선이 얼굴로 퍼지고 있어요."

“얼굴에 전선 깔았소?”

“그게 아니라 열 받고 있다구요!”

그는 뜨끔해서 아무런 말도 하지 않았다.

“열선이 얼굴로 다 퍼진 걸 화병이라고 한대요.”

그는 또 이유를 묻고 싶었지만 베이스 주자가 정말 화병에 걸릴까봐 참았다. 사내는 자기와 상관없는 일이라는 듯 술을 홀짝거리고 있었다.

그는 사내의 존재를 의식하지 않을 수 없었다. 사내가 카페에 있다는 것 자체가 거슬렸다. 열한시가 넘었소. 집에 안 가오? 그가 뒤를 돌아보며 말했다. 사내는 그의 얼굴을 마주 쳐다보긴 했지만 대답하지는 않았다. 아내와 자식이 기다리고 있잖소. 이 말에는 사내도, 아내는 자고 있을 거고 자식은 독서실에 있을 거요, 하고 대답했다. 집 생각은 안 하는 모양이지? 그가 입을 삐죽이며 말했다. 집? 집 말이오? 술을 홀짝이던 사내가 의아한 표정을 지었다. 그렇소. 무생물에게도 감정이라는 게 있소. 이 말에는 사내도 할 말이 없는지 가만히 있었다. 그랬다가 불쑥, 당신은 왜 집에 가지 않소? 물었다. 그는 잠시 생각했다. 사내가 가지 않았으므로 그도 갈 수 없었다. 사내가 있으므로 그도 있어야 했다. 그러나 그렇게 대답할 수는 없었다. 나는 갈 집이 없소, 하고 말했다. 집이 없다고? 정말이오? 정말이오. 그는 재빨리 생각했다. 퇴거 명령을 받았고 오늘쯤 철거반원들이 다 부쉈을 거요. 아, 안됐구만. 사내는 잠시 사이를 뒀다가 덧붙였다. 그럼 우리 집으로 가시오. 빈방이 있을 거요. 내가 당신 집을 어떻게 아오? 그러자 사내가 베이스 주자에게 종이와 펜을 달라고 해서는 뭔가를 쓱쓱 그렸다. 여기, 주소와 약도요. 그는 말문이 막혔다. 그러나 이대로 물러설 수는 없었다. 내일 출근해야 할 사람이 이렇게 늦게까지 술을 마셔도 되는 거요? 그의 예상은 적중해서 사내가 움찔했다. 직장인의 '직장'이라는 것은 강점이자 또한 약점이었다. 상관없소. 그렇다고 할 일을 못 하진 않소. 회심의 일격에도 사내가 끄떡없었으므로 그는 수위를 높일 수밖에 없다고 생각했다. 그래서, 그러니 회사에서 사람 대접을 못 받는 거요, 하고 말했다. 알코올 기운 때문인지 좀 멍한 얼굴로 사내가, 당신은 회사에서 사람 대접을 받소? 물었다. 그는 또 재빨리 생각했다. 나는 프리랜서요. 다음 말은 일부러 천천히 발음했다. 말하자면 출근의 의무가 없다는 뜻이지. 그러자 사내가 힘없이, 내겐 퇴근의 의무가 없지, 했다. 그 말에는 그도 공감했다. 그도 한때 퇴근의 의무가 없는 생활을 했다. 사내가 측은한 생각이 들어 그는, 이제 퇴근하시오, 당신에게 퇴근의 의무를 주겠소, 하고 말했다. 그 말에는 대답하지 않고 사내가, 당신은 뭘 할 거요? 물었다. 나는 이 여자분을 지켜야 하오. 그 여자분은 내가 지키겠소. 사내는 물러서지 않았다. 당신은 이미 취했소. 그는 술을 마시지 않았으므로 취하지 않았다. 사내보다 유리한 위치에 있었다. 그러나 사내가, 당신은 삶에서의 퇴근을 택하지 않았소, 하고 웅얼거리듯 말해서 그의 우쭐한 기분에 찬물을 끼

얹었다.

두 사람 다 나가요! 그때 베이스 주자가 바를 쾅 내리치며 말했다. 나는 내가 지킬 수 있어요! 정말 화가 난 듯 보여서 그는 베이스 주자의 눈치를 보았다. 남자들은 왜 하나같이 이 모양인지. 베이스 주자가 중얼거렸다. 그는 얼른 시계를 보았다. 열한 시 삼십분이었다. 그가, 손님을 이렇게 몰아내도 되는 거냐고 항의했지만 손님 같지 않은 손님은 손님 대접을 못 받는 법이라고 베이스 주자가 대꾸하는 바람에 할 말을 잃었다. 상심한 그가 좀 전의 강경한 태도를 버리고 삼십 분만 더 있게 해달라고 애원했으나 역시 소용없었다. 사내는 자기와 상관없는 일이라는 듯 병에 남은 마지막 술을 따라 마지막 잔을 비웠다.

결국 그와 사내는 베이스 주자에게 쫓겨났다. 다리가 불편한 그와 취한 사내는 카페를 나서자마자 미처 계단을 발견하지 못해 차례로 비틀거렸고 하마터면 넘어질 뻔했다. 그가 계단에 엉덩이를 걸치고 앉자 사내도 따라 앉았다. 왜 앉는 거요? 역시 그가 먼저 묻고, 삼십 분만 쉬었다 갈 거요, 트림을 하며 사내가 대답했다. 왜 하필 삼십 분이오? 삼십 분 뒤면 저 여자분 퇴근시간이오. 싫다지 않소. 사내는 알고 있다는 듯 크게 고개를 끄덕였다. 그러면서, 당신은 왜 가지 않소? 물었다. 그는 잠시 생각한 뒤, 당신이 가면 갈 거요, 하고 말했다. 그러자 사내가, 어디로 갈 거요? 해서 그는 또 잠시 생각한 뒤, 퇴근할 작정이오, 했다. 허공에서 그와 사내의 눈빛이 마주쳤다. 사내가, 정말이오?

해서 그는 그렇다고 했다. 또 허공에서 눈빛이 마주쳤다. 같이 퇴근합시다, 사내가 말하고, 그럽시다, 그가 동의했다. 그들은 끙, 소리를 내며 계단에서 일어났다. 그리고 서로서로 어깨를 빌린 채 무작정 앞으로 걷기 시작했다.

은자와 함께

이것은 여행이다. 보통의 여행과 다른 점이 있다면
떠나온 곳으로 함께 돌아가는 게 아니라는 것이다.
나는 돌아가고 동호는 남는다. 그뿐이다.

1

동호는 즐거워하고 있다, 그런 생각이 들었다. 배의 출렁임과 동호의 기쁨이 비례한다는 느낌마저 들었다. 배가 가라앉기를 바라는 걸까. 물어볼 수는 없었다. 동호에게는 대답할 입이 없다. 동호는 작아졌다. 손바닥만한 지퍼백에 쏙 들어갔다. 지퍼백에 들앉아 키들키들 웃고 있다, 그런 생각이 들었다. 터무니없는 생각은 아니었다. 이곳으로 돌아오기를 원한 것은 동호였다. 그런데 왜지? 이곳에 있을 때 동호는 늘 떠나기를 갈구했다. 간간이 구타와 기합이 없다면 참으로 무료한 나날이었다. 그렇다고 했다.

놀이기구 못지않았다. 들렸다 떨어지기를 반복했다. 그뿐만이 아니었다. 동시에 좌우로 흔들렸다. 들리면서 오른쪽 왼쪽, 떨어지면서 오른쪽 왼쪽, 좌석 팔걸이에 옆구리를 부딪혔다. 많이 아프지는 않았다. 힘을 빼고 배의 리듬에 몸을 맡겼다. 멍이 덜 들기 위해서는 그편이 나았다. 여기저기서 쉴새없이 터지는 비명소리는 그러므로 몸의 힘을 빼지 않아서이다. 그리고 두려움. 침몰할지도 모른다는, 죽을지도 모른다는 두려움.

나 역시 두렵지 않은 것은 아니었다. 주민등록증을 배낭에서 코트 주머니로 옮겨 넣은 것은 만약의 경우를 대비해서였다. 나를 지키기 위해 내가 할 수 있는 일은 아무것도 없었다. 내 목숨은 이미 내 손을 떠났다. 내가 두려워하든 말든 상관없이 살아남거나 혹은 죽을 것이다. 그런 이유로 나는 두려워하지 않기로 했다. 흔들리면 흔들리는 대로 나를 내버려두었다. 승무원도 그다지 긴장한 빛은 아니었다.

세 시간 전, 그 승무원이 말했다.

못 나갑니다, 안 됩니다, 이 배는 여객선이지 유람선이 아닙니다.

승무원은 전혀 웃지 않았다. 오히려 화가 난 것처럼 보였다. 승무원의 그같은 말은, 잠시만 나갈게요, 일 분이면 되는데, 왜요? 라고 내가 물은 데 대한 대답이었다. 승무원은 꿈쩍도 하지 않았다. 직업정신이 투철했다. 마치 승무원의 직업정신을 떠보기 위해서였다는 듯 나는 금방 포기하고 고개까지 끄덕이며 자리로 돌아왔다.

다 알고 있는 사실이었다. 승객은 객실 밖으로 나가지 못한다는 것, 사정해도 소용없다는 것, 객실과 갑판 사이 통로를 지키는 승무원은 웃지 않는다는 것. 그리고 객실에는 화투 치는 사람이 꼭 있고, 술 마시는 사람이 꼭 있고, 술 마시며 화투 치는 사람이 꼭 있다는 것도. 또한 몇 년 전 이 배를 처음 탔을 때 내가 꼭 그렇게 묻고, 승무원이 똑같이 대답했다는 것도 기억하고 있었다.

자리로 돌아온 뒤 동호에게는 이렇게 변명했다.

반가워서 그랬어. 괜히. 낯익은 얼굴을 보니까 반가워서.

내게는 낯익은 얼굴이었지만 승무원에게는 아니었는지 모른다. 나를 봐도 표정에 변화가 없었다. 섭섭하지는 않았다. 여전히 단답형의 대답을 하고, 여전히 퉁명스럽고, 여전히 융통성이 없다는 것이 오히려 나를 안심시켰다. 나는 긴장을 풀었다. 오늘 배가 침몰하는 일은 없겠구나, 그런 생각이 들었다.

2

"그거 한 줌만 주세요."

내가 말했다. 떨지 않으려고 노력했다. 그들이 어떻게 받아들일지에 대해서는 생각하지 않기로 했다. 그러기 위해 최선을 다했다. 마주 보던 눈빛을 아래로 떨어뜨렸다. 그편이 나을 것 같았다. 너무 당돌해 보여서도 안 되었다. 모친으로 보이는 여인이 물었다.

"이게 뭔 줄 알고……?"

다행히 화를 내지는 않았다.

"동호잖아요."

떨어뜨렸던 눈빛을 들었다가 금방 다시 내렸다. 주변의 공기가 어깨를 짓누르는 것 같았다. 누구도 선불리 입을 열지 않았다. 침묵이 이어졌다. 그들 중에 내가 알거나 나를 아는 사람은 없었다. 그것은 동호의 친구가 하나도 없다는 뜻이었다. 이곳까지는 부르지 않았다는 뜻이기도 했다.

"동호하고 어떤 사이죠?"

나는 대답하지 않았다. 친구보다는 훨씬 가깝고 애인보다는 조금 멀었다. 만날 때마다 서로의 근황을 시시콜콜한 것까지 얘기했다. 둘 중 한 사람의 고민을 앞에 놓고 진지하게 토론을 벌이기도 했다. 가끔은 같이 잘 때도 있었다. 그럴 때라도 동호도 나도 사랑한다는 말은 하지 않았다. 곧잘 장래 계획을 세우고 떠벌리기도 했지만 딱히 그 속에 서로가 있다고는 할 수 없었다. 그러나 그렇게 말할 수는 없었다. 나는 고개를 숙였다. 아마 이것이 암시가 될 수 있을 것이다. 내가 준 암시로 그들이 알아서 판단하기를 바랐다.

"우리 동호 잘 알아요?"

이런 질문이라면 자신 있게 대답할 수 있다. 나는 고개를 들었다.

"네."

"이거 한 줌으로 뭘 하려고 그러죠?"

"돌아가고 싶어하던 곳이 있어요. 데려다주려고요."

그들은 고개를 끄덕였다. 순순히 유골함을 내려놓았다. 내가 내미는 지퍼백에 동호를 한 줌 덜어 담았다. 그러는 동안 가족이거나 친척으로 보이는 누군가는 담배를 피웠고 누군가는 창가로 가 섰다. 밀봉한 동호를 건네주며 모친이 말했다.

"고마워요."

그들이 차를 타고 떠날 때까지 나는 자리에서 움직이지 않았다. 물어줬으면 했다. 고맙다는 말 대신 그들이 물어주기를 기대했다. 동호가 왜 강도로 돌변했는지, 어떤 심경의 변화가 있었는지 아느냐고 물었다면 나는 솔직하게 말해주었을 것이다. 그래서 어리석다는 새로운 인식은 얻을지라도 범죄자라는 오해는 풀 수 있었을 것이다. 그랬다면 그들의 마음도 조금은 가벼워졌을 텐데. 그러나 안타깝게도 그들이 묻지 않아서 나는 대답할 수 없었다. 그들은 동호를 부끄럽게 여기고 있었다. 내게서 범죄와 관련된 어떤 얘기라도 나올까봐 서둘러 떠난다는 느낌을 받았다. 동호가 돌아가고자 했던 곳이 어딘지도 묻지 않은 채.

3

안내방송이 나왔다. 하선 준비를 하라는 내용이었다. 방송이 나오기 전부터 사람들은 비틀거리며 일층으로 내려가고 있었다. 초췌한 모습들. 늘 이렇게 파도가 센 것은 아닌데, 사람들은 날을 잘못 택했다. 조금만 기다렸다가 봄에 왔다면 평화로운 바다를 볼 수 있었을 것이다. 평소 네 시간 거리가 오늘은 파도 때문에 다섯 시간이 넘게 걸렸다.

선착장에 내려선 나는 비틀거렸다. 허리 높이의 방파제에 기대서서 이제는 동호가 없는 섬을 바라보았다. 아니다. 동호는 내 코트 주머니 속에 있다. 예전에는 동호를 만나기 위해 내가 찾아왔다면 오늘은 함께 왔다. 그리고 우리는 곧 헤어질 것이다. 이것은 동호와 함께하는 마지막 여행이다. 이별여행이다.

참 신파적이다. 헛웃음이 났다. 깨진 유리 조각 같은 바람이 불었다. 머리를 깎기 잘했다. 날뛰는 머리카락을 잡기 위해 애쓰지 않아도 되어서 좋았다. 얼굴에 척척 달라붙지도, 눈앞을 가리지도 않아서 좋았다. 이럴 줄 알았다. 이럴 줄 알고 미리 머리를 깎았다. 내 머리는 고등학교를 졸업한 이후 처음으로 귀를 덮을까 말까 하게 짧아졌다. 머리 모양에 따라 인상도 바뀌었다. 강해 보였다. 실제로도 내가 강해진 것처럼 느껴졌다. 한두 살 어려 보이기도 했다. 칼바람 속에 머리카락을 휘날리며 서 있으니 마치 전사가 된 기분이었다.

그때 나에게 다가오는 사람이 있었다. 어쩌면 다가온 게 아니라 지나는 길이었을 수도 있었다. 마침 옆을 지나다 내가 방파제에 기대서 있는 걸 보고 말을 걸었을 수도 있다. 어디 아파요? 하고 물었다. 생각대로 입이 따라주지 않았다. 나는 고개만 저었다. 속이 안 좋은가보네. 옆의 일행이 다시 말했다. 나는 또 고개만 저었다. 경계심 때문에 그런 것은 아니었다. 오랫동안 말을 하지 않다보면 입을 열어 목소리를 내는 것이 힘들게 느껴질 때가 있다. 게다가 상대가 낯선 사람이라면.

"가는 데까지 태워줄까요?"

처음 말을 걸었던 사람이 다시 물었다. 그녀는 나중에 나를 '영언'이라고 부르게 된다. 그때는 이미 그녀가 오십대 후반이라는 것과 독신이라는 것과 그녀의 일행으로부터 '은자야'라고 불린다는 것을 내가 알고 난 뒤이다. 나는 한두 번 '영언'이 아니라 '영은'이라고 고쳐주다가 곧 포기하게 될 것이다.

"불편하게 자꾸 말 시키지 말고 얼른 가자. 너 같으면 처음 본 사람이 차 타란다고 덜렁 타겠냐."

그렇게 말한 사람은 나중에 나를 '미스 최'라고 부르게 된다. 그녀가 육십대 초반이라는 것과 자식이 셋이라는 것, 성격이 깐깐하다는 것을 내게 귀띔해줄 사람은 '은자'이다. 그때는 이미 두 사람이 자매라는 것을 내가 안 뒤이다. 전혀 닮지 않았음에도 나는 '은자'가 '언니야'라고 부르는 소리를 듣고 짐작한다. '은자'는 평균보다 키도 덩치도 컸고, '은자'의 '언니야'는 평균보다 키도 덩치도 작았다. 그때쯤이면 그들은 자신들이 불리고 싶은 호칭을 강요할 줄도 알게 된다. '은자'는 '작은언니'를, '은자'의 '언니야'는 '큰언니'를 탐낼 것이다. 그러나 부모님과 동급인 그들을 나는 차마 '언니'라고 부르지 못하고 그냥 '저기요' 하고 통틀어 칭함으로써 그들을 서운하게 만들 것이다.

"나라면 좋아라 하고 냉큼 타지."

"그러니까 그 나이가 되도록 철없다는 소리를 듣는 거야. 마중 나온 사람이 있을지도 모르는데 타라니 마라니 해쌓냐. 정신 좀 차려라."

"아, 그렇구나. 그 생각을 못 했네."

"얼른 가자. 렌터카 기다리겠다."

내게서 멀어지며 그들이 주고받은 말이었다. 분홍색 등산복 두 벌이 눈앞에서 사라질 때까지 나는 움직이지 않았다. 재밌는 사람들이다, 그치? 주머니 속의 동호를 툭 치며 내가 말했다.

어딘가로 가기는 해야 했다. 혹은 아무 데도 가지 않을 수도 있었다. 선착장에도 바다는 있었다. 이곳에다 은근슬쩍 동호를 놓아주고 타고 들어온 배로 되돌아 나갈 수도 있었다. 하지만 그렇게 하기에는 나는 너무 양심적이었다. 사람으로 북적거리는 선착장에다 동호를 버릴 수는 없다는 생각이 들었다. 일단 걸었다. 까만 얼굴의 여인들이 '새댁' 하고 부르며 호객행위를 했다. 조금만 방심해도 팔을 잡혔다. 나는 방심했고 아니나 다를까 팔을 잡혀 좌판 앞으로 끌려갔다. 내게 건네진 것은 페트병에 담긴 굴이었다. 굴이 얼마나 작은지 십팔 포인트 크기의 'Q'만했다. 페트병 하나를 채우는 데 하루 온종일이 걸렸을 것이다. 하지만 지금 이걸 살 수는 없었다. 나는 떠날 때 꼭 '여기'에서 사겠다고 다짐을 주었다. 팔이 풀렸다. 걸었다.

몇 번인가 뒤에서 다가온 차가 속도를 늦추며 클랙슨을 울렸다. 그때마다 나는 고맙지만 사양한다는 뜻으로 손을 흔들어주었다. 경계심 때문은 아니었다. 다만 나는 좀 걷고 싶었고 마을까지는 충분히 걸을 수 있는 거리였다. 세상은 아직 따듯해. 정이 살아 있어. 봐, 맞지? 동호는 대답하지 않았다. 내가 실수했다는 것을 깨달았다. 나는 힘없이 덧붙였다. 네가 있던 곳만 빼고. 그래도 동호는 잠잠했다. 너 마음 상했구나? 미안해, 깜빡했어.

때때로 살갗을 찢어놓을 것 같은 바람이 불었다. 나는 돌아서서 바람이 지나가기를 기다렸다가 다시 걸었다. 걷다보니 부아가 났다. 주위를 둘러보았다. 간간이 지나는 차 외에는 도로 위에 아무것도 없었다. 나는 팩 소리쳤다. 깜빡할 수도 있지! 내가 스물네 시간 너만 생각해야 하냐고! 그거야말로 변태가 아니고 뭐야! 스토커! 집착이지! 속이 후련했다. 목소리가 멀리 퍼지는 걸 바람이 적절히 막아주었다. 너무 일찍 죽어버려서 미처 하지 못했던 잔소리도 했다. 거봐. 내가 하지 말랬잖아. 그만두랬잖아. 내 말 들었으면 좋았잖아. 다 네 잘못이야. 황소고집 같으니라고! 고지식 대마왕!

도로 옆으로 바다가 펼쳐졌다. 바다와 도로 사이에는 철조망이 쳐져 있었다. 곧 바다가 사라지고 야트막한 산이 나타났다가 또 곧 들판이 시작되었다. 들판을 조금만 더 지나면 이제 마을이었다. 예전에도 이 도로를 걸은 적이 있었다. 그때는 동호와 함께였다. 배 시간까지 여유가 있어서 마을에서 선착장까지 걸었다. 걷는 동안 동호는 세 번인가 네 번쯤 멈춰 서서 거수경례를 했다. 차를 타고 지나던 부대 고참들이 알은체를 했던 것이다. 두 번인가는 경례뿐만 아니라 짧게 얘기를 나누기까지 했다. 그렇게 시간을 지체했는데도 선착장까지는 금방 닿았다. 혼자 걷는 것은 처음이었다. 예전보다 좀 멀게 느껴졌다.

반을 요구했어도 되지 않았을까, 하는 생각이 들었다. 한 줌을 가지고 있으니 마치 내가 동호에게 한 줌의 가치밖에 되지 않았던 것처럼 생각되었다. 반을 요구할 근거는 얼마든지 있었다. 만난 지 칠 년밖에 되지 않았지만 동호에 대해서라면 동호의 부모님보다 더 많이 안다고 자신할 수 있다. 게다가 꼭두새벽에 일어나야만 올 수 있는 이 머나먼 곳에 나는 다섯 번이나 면회를 왔다. 내가 다섯 번 올 동안 동호의 부모님은 딱 한 번 왔다고 했다. 뿐인가. 동호가 고민하고 있는 문제에 대해 상담과 충고를 해주느라 내 청춘이 다 갔다. 동호의 문제를 함께 고민하느라 정작 내 문제는 생각할 겨를이 없었다. 문제가 있는지도 모르고 지났다. 대리만족 때문인지 나는 우울과 고독에의 유혹도, 질풍노도의 시기도 없이 편하게 이십대 초반을 건넜다. 이게 다행인지 아닌지는 아직 말하지 못하겠다. 어쨌거나 내가 동호에게 도움이 되었던 건 사실이다. 마지막 순간만 빼고는.

관계 규정을 명확히 했어야 했는지 모른다. 친구보다는 훨씬 가깝고 애인보다는 조금 멀다는 게 도대체 말이 되는 소린가. 이 어정쩡함이라니. 나는 아, 하고 신음소리를 냈다. 지금 와서 이게 다 무슨 소용이지, 하고 중얼거렸다.

들판 끝으로 이층짜리 건물들이 보였다. 마을이었다. 주머니에서 지퍼백을 꺼냈다. 봐. 보여? 나는 지퍼백을 흔들었다. 네가 돌아오고 싶다던 곳이잖아. 너는 이곳을 기억했어도 이 섬은 너를 기억하지 못할 거야. 네가 알던 사람들은 떠났거나 널 잊었을 테니까. 나는 걸음을 재촉했다. 마음이 급했다. 리조텔의 그 방이 남아 있지 않을까봐 불안했다. 하지만 나는 알고 있었다. 그 방은 누구도 들지 않고 빈 채로 남아 있으리라는 걸. 그 방은 크지 않았다. 그 방은 바다나 산, 들판으로 창이 나지 않았다. 그 방에서 보이는 것은 봄이면 개나리가 피는 돌담과 뒷마당이었다. 뒷마당에는 커다란 양철통이 있었고 양철통은 뭔가를 태우는 용도로 쓰였다. 창문을 열어놓으면 연기와 재가 방 안으로 날아들었다. 게다가 오늘은 주말도 아닌 평일이었다. 그 방에 손님이 들 이유가 없었다. 그럼에도 나는 걸음을 재촉했고 방이 없을까봐 불안한 척했다. 이것은 여행이야, 하고 나는 중얼거렸다. 이것은 여행이다. 보통의 여행과 다른 점이 있다면 떠나온 곳으로 함께 돌아가는 게 아니라는 것이다. 나는 돌아가고 동호는 남는다. 그뿐이다. 나는 어느새 휘파람을 불고 있었다.

4

신호를 기다리며 서 있었다. 빨간불이긴 했지만 굳이 신호를 지키지 않아도 되었다. 사거리를 지나는 차가 하나도 없었다. 몸에 밴 습관은 잘 고쳐지지 않는다. 나는 정지신호 앞에 멈춰 섰다. 맞은편 인도에는 오토바이 한 대가 나처럼 신호를 기다리며 서 있었다. 양심적이군, 하고 중얼거리다가 입을 다물었다. 동호를 생각한다면, 적어도 나만은 그렇게 말해선 안 되는 것이었다.

모든 것은 오토바이로부터 비롯되었다, 고 믿는다. 동호가 변하기 시작한 것도, 동호의 말에서 수식어가 부쩍 늘어나기 시작한 것도 그때부터였다. 다시 말하면, 동호는 변하고 있었고, 그 첫번째 조짐이 수식어의 남발이었다. 그리고 그 모든 것의 원인에는 오토바이가 있었다.

학교 앞이었다. 반경 이백 미터 안에 대학교와 주상복합아파트와 병원과 술집 들이 자리잡고 있었다. 그러므로 평소 낮 시간에도 유동인구가 많은 곳이었다. 저녁이면 더 말할 것도 없었다. 앞서 가는 사람의 발뒤꿈치를 밟지 않기 위해 신경을 곤두세워야 할 정도로 붐볐다.

그날 동호는 친구를 만나러 가는 길이었다. 학교 앞 사거리에서 신호를 기다리고 있었다. 퇴근시간과 맞물리는 바람에 인도도 도로도 '극심한' 정체를 빚고 있었다. 보행자 신호에는 파란불이 잘 들어오지 않았다. 사람보다는 자동차가 먼저였다. 교통

경찰에게는 사람보다 자동차가 더 소중했고 교통의 원활한 흐름이 더 중요했다. 그렇게 편의를 봐줬어도 자동차의 신호 대기시간은 평소보다 길었다. 사거리 역시 어디랄 것 없이 사람들로 들어차 있었다.

신호가 바뀌었다. 이번에도 보행자와는 상관없는 자동차끼리의 방향전환이었다. 대각선 도로 자동차 대열 맨 앞줄에서 부릉부릉 열을 올리고 있던 오토바이 한 대가 '쏜살같이' 튀어나왔다. 그리고 그 속도 그대로 좌회전을 시도했다. '엄청난' 속도로 코너를 돌던 오토바이는 결국 속도를 이기지 못해 균형을 잃고 넘어졌다. 오토바이는 넘어졌어도 '엄청난' 속도는 기세가 꺾이지 않았다. 바닥에 쓰러진 채 '무시무시한' 마찰음과 불꽃을 일으키며 신호를 기다리는 사람들을 향해 돌진했다. 동호는, '어마어마하게' 큰 바퀴 두 개, 라고 말했다. '어마어마하게' 큰 바퀴 두 개가 눈앞으로 밀려왔다고 했다. 사람들은 눈앞으로 다가드는 바퀴를 보고서도 피할 수 없었다. 옆에도 뒤에도 사람들로 가득 차 있어서 피할 길이 없었다. 그렇게 오토바이가 사람들을 덮치고, 뒤따르던 자동차는 오토바이의 잔해를 피하려다 바로 옆 인도를 덮치고, 또 뒤따르던 자동차는 가로수를 들이받고, 또 뒤따르던 자동차는 가로수를 들이받은 자동차를 들이받고……

그 사고로 다섯 명이 죽고 서른 명가량이 다쳤다. 서른 명 중에서도 중상자가 절반이나 되었다. 오토바이 운전자는 살아남았다. 동호도 살았다. 부상자 명단에 올라가기는 했지만 심각한 정도는 아니었다. 운이 좋았다. 사망자 대부분이 앞줄에서 나왔고 동호 역시 맨 앞줄에 서 있었다는 점을 감안한다면, 가벼운 부상은 기적과 같은 일이었다. 전역한 지 이 년이 채 안 된 때였으므로 날렵한 운동신경이 동호를 살렸을지도 모른다고 생각하지만 이건 어디까지나 내 짐작일 뿐이다. 사람으로 가득 찬 좁은 공간에서 얼마나 운동신경을 발휘했을지는 신만이 알 일이다. 사고 순간 동호는 자신이 어떻게 행동했는지 기억하지 못했다.

"현실이 더 무서워. 각종 사건사고들을 봐봐. 소설이 따라갈 수가 없어. 대중에게 알려지지 않은 일은 훨씬 더 많을 거야. 상상을 초월하는 일들이. 독한 소설을 써야 해. 소설은 현실을 담아내는 그릇이니까. 이건 소설의 사명이고 숙명이야."

일주일 만에 퇴원해서 한다는 말이 그런 것이었다. 나는 좀 놀랐다. 말의 내용이 아니라 눈빛 때문이었다. 동호가 소설에 뜻을 두고 있다는 건 알고 있었다. 누구보다 열렬히 등단을 원한다는 것도 알았다. 하지만 그런 눈빛은 처음이었다. 나는 동호의 눈에서 증오와 열등감과 초조와 절망, 채워지지 않는 욕망에 대한 갈구를 보았다. 그때 나는 이런 말을 해주고 싶었다.

원하는 걸 숨기지 말고 드러내 보여. 지금이라도 전공을 바꾸고 함께할 친구들도 찾아. 도움을 받아. 손을 내밀어. 그건 부끄러운 일이 아냐.

하지만 나는 말하지 못했다. 소설에 대해서라면 특히 예민해지는 동호의 자존심을 건드리지 않기 위해서였다. 동호는 한 번도 내 앞에서 소설에 대한 열망을 드러내지 않았다. 그러나 열망이란, 드러내지 않는다고 해서 드러나지 않는 것은 아니었다. 오히려 드러내지 않으려고 노력할수록 더 드러나는 게 열망이었다. 그런 건 곁에 있다보면 저절로 알아지는 것이다. 그냥 느껴지는 것이다. 나는 소설에 대한 동호의 갈망을 어느 순간부터 저절로 알게 되었다. 나를 비롯한 다른 사람들 앞에서는 아닌 척 행동했지만 누구보다 열심히 읽고 쓴다는 것을 알았다. 문학과는 전혀 상관없는 전공을 택한 것은 남들이 방심하고 있을 때 짜잔, 하고 화려하게 등장하고 싶은 욕망 때문이라는 것도 알았다. 천재 흉내를 내고 싶기도 했겠지만, 이것은 바꿔 생각하면 그만큼 자신이 있었다는 뜻이기도 하다. 그러나 자신감은 성공했을 때는 약이 되지만, 실패했을 때는 오히려 독이 되기도 한다는 것을 나는 동호를 통해 깨달았다. 스무 살 동호의 자신감은 스물여섯 살 동호에게는 열등감으로, 자신을 알아주지 않는 세상에 대한 증오로 변질돼 있었다. 오토바이 사고는 동호의 잠재돼 있던 열등감과 증오를 일깨운 것일 뿐이었다. 그런 이유로 나는 동호에게 아무런 말도 해줄 수 없었다.

그때부터 동호는 소설의 사명을 다하기 위해, 그래서 독한 소설을 쓰기 위해 독한 소재를 찾아다니기 시작했다. 독한 소설이 꼭 독한 소재에서 탄생하는지는 모르겠다. 하지만 동호는 그렇게 믿었다. 사실 여부를 떠나 동호가 그렇게 믿는다는 게 중요했다. 나는 소설에 대해 아는 게 없었다.

눈앞의 신호등이 파란불로 바뀌었다. 횡단보도를 건넜다. 파란불로 바뀌기 직전 오토바이는 핸들을 틀어 어딘가로 가버렸다.

슈퍼에 들러 리조텔로 가는 길을 물었다. 밖으로 나가서 오른쪽 골목으로 가다가 왼쪽으로 꺾으라고 했다. 없어지지 않았구나. 고맙다고 말하고 빵과 음료수를 샀다. 가게를 나서는데 주인 남자가 따라 나왔다. 손가락으로 방향을 가리키며 그가 말했다. 이쪽으로 쭉 가다 왼쪽으로 꺾어서 좀만 더 가요. 바로 보여. 나는 다시 고맙다고 말하고 오른쪽 골목길로 들어섰다. 딱 한 번 배달시켜 먹었던 치킨집을 지났다. 감자탕집도 지나고 중국집도 지났다. 다들 어딘가 모르게 폐업 분위기를 풍기지만 그들은 영업중이었다. 낮은 문을 열고 들어서면 텅 빈 줄 알았던 실내에 어디에선가 남자거나 여자가 스윽 나타나 나 여기 있으니 보라는 듯 말없이 앉아 있곤 했다.

하나도 안 변했어.

속은 어떨지 몰라도 겉모습은 변하지 않았다. 가게들도, 골목길도, 리조텔도 그대로였다. 열쇠 뭉치를 든 주인 여자가 앞장섰다. 처음 안내된 곳은 301호였다. 그 방에서는 바다가 보였다. 나는 다른 방을 보여달라고 했다. 빛 때문에 늦잠을 못 잘 것 같아서요, 하고 덧붙였다. 그래요 그럼. 여자가 대답했다. 다음으로 안내된 곳은 302호였다. 그 방에서는 마을이 한눈에 내려다보였다. 욕실도 방도 301호보다 넓었다. 나는 다시 다른 방을 보여달라고 했다. 혼자 쓰기에 너무 넓어서요. 여자는 303호를 건너뛰고 이층도 건너뛰고 일층으로 내려갔다. 101호와 102호의 문을 열어놓고 고르라고 했다. 103호는 단체손님용 방이었다. 101호에서는 뭔가가 심겨 있는 푸릇한 밭과 약간 경사진 앞마당이 보였다. 102호에서는 거뭇한 돌들로 쌓아올린 담이 보였다. 양철통은 한쪽으로 치워져 있었다. 여기로 할게요. 102호를 가리키며 내가 말했다. 여자는 열쇠를 빼서 건네주고는 리조텔 밖으로 나갔다.

방은 차가웠다. 따뜻해지려면 시간이 걸릴 것이다. 배낭을 내려놓고 주머니에서 동호를 꺼냈다. 그때보다 더 좁아진 것 같아. 왜지? 방 안을 둘러보았다. 그때처럼 침대도 하나, 텔레비전도 하나, 냉장고도 하나, 화장대도 하나였다. 달라진 것은 없었다. 코트를 벗고 침대에 앉았다. 화장대 서랍을 하나하나 열어보았다. 아무것도 없었다. 냉장고를 열었다. 물병이 하나 들어 있었다. 커튼이 철커덕철커덕 소리를 내며 휘날렸다. 창문을 닫았다. 텔레비전을 켰다. 전파가 잘 잡히지 않는지 네 개의 채널 중 두 개가 지직거렸다. 오늘이 무슨 요일인지 생각하다가 휴대폰을 꺼내 보았다. 금요일. 금요일 밤에는 무슨 프로가 하지? 딱히 떠오르는 게 없었다. 텔레비전을 껐다.

빵과 음료수를 먹고 이를 닦았다. 배낭은 두고 간단한 소지품만 챙겨 방을 나섰다. 시멘트 바닥으로 질펀하게 햇살이 쏟아지고 있는 앞마당을 지나 뒷마당으로 갔다. 돌담에는 이끼가 끼어 있었다. 가지만 남은 개나리가 바람에 휘청거렸다. 다행히 뒷마당은 맨흙 그대로였다. 휴대용 칼을 꺼내 돌담 밑을 파고 동호를 조금 덜어 묻었다. 동호는 오래된 이 돌담을 좋아했다.

버스시간을 정확하게 아는 사람은 아무도 없었다. 시간표는 있었다. 그러나 꼭 그 시간에 버스가 온다는 보장은 없었다. 들쭉날쭉한다, 는 게 섬사람들의 공통된 의견이었다. 집집마다 자동차나 트럭, 오토바이 같은 탈것들이 있어서 버스를 이용하는 사람은 아이들과 노인들뿐이었다. 버스는 하루 다섯 차례 운행했다. 시간표대로라면 십 분 뒤에 와야 했다. 음식점 주인은 회의적이었다. 택시를 타라고 했다. 택시기사가 가이드처럼 설명을 다 해준다고 했다. 예전에는 늘 택시를 탔다. 버스노선을 몰랐고 마음도 급했다. 기다리는 한이 있더라도 부대 앞에서 시간을 죽였다.

안에서 기다리라는 음식점 주인에게 고맙다고 말하고 밖으로 나왔다. 춥긴 했지만 죽을 정도는 아니었다. 바람이 불긴 했지만 배가 못 뜰 정도는 아닌 것처럼. 엄지와 검지로 동호를 조금 집어 바람 속에 놓아주었다.

5

부모님과 동급인 '은자'를 '은자'로 부를 수 없으므로 편의상 '은자'를 A로, '은자'의 '언니야'를 B로 부르기로 한다. A와 B를 다시 만난 것은 연화리 해안에서였다. 그곳은 동호의 부대가 인접해 있는 곳이면서 또한 동호가 하루 종일 바다를 바라보며 서 있던 곳이기도 했다. 가끔 뜻하지 않은 일이 생겨 몇 시간씩 기다려야 했을 때 내가 찾던 곳이기도 했다. 파도의 움직임에 따라 자갈 쓸리는 소리가 제법 들을 만했지만 더 좋은 해안이 많아서 관광객이 거의 들르지 않는 곳이었다. 그런데 그곳에 A와 B가 있었다.

그들이 먼저 아는 척하지 않았으면 나는 해안가 구석에 조용히 앉았다가 일어섰을 것이다. 그들이 내게 다가온 것은 사진을 부탁하기 위해서였다. 가까이 와서야 A가, 아까 그 아가씨네, 하고 놀라며 말했다. 나는 고개를 조금 숙여 보였다.

"봐, 어차피 여기서 만날 거 같이 왔어도 됐잖아."

그렇게 말한 사람도 A였다. 그리고 그것은 내가 아니라 B에게 하는 말이었다. B는 못 들은 척했다. 카메라를 건네받은 나는 서로 어깨동무를 하고 나머지 손은 척 하니 허리에 얹은 A와 B의 사진을 찍어주었다. 나도 찍어주겠다는 걸 사양했다. 그들이 멀어졌을 때 나는 동호를 꺼내 또 조금 덜어 바다에 놓아주었다.

자갈 위를 달리던 A가 넘어졌다. 뒤에서 걸어가던 B가 뭐라고 잔소리를 했다. A는 대충 옷을 털고 바다를 향해 섰다. B가 또 뭐라고 잔소리를 하더니 A의 옷을 꼼꼼하게 털어주었다. 그동안 A는 〈타이타닉〉의 로즈처럼 두 팔을 활짝 벌리고 심호흡을 했다. 잠시 후에는 B의 뒤로 가서, 싫다는 B의 팔을 억지로 들어올리고 고개를 잡아당겼다. B는 투덜거리고 A는 깔깔거리며 웃었다. 그러고 있는 A는 전직 교수였고 B는 전직 공무원이었다. 전직 교수와 전직 공무원은 일 년이면 칠팔 개월은 길 위에 있을 정도로 여행을 좋아했다. 처음부터 여행을 다닌 것은 아니었다. A와 B 다 여느 직장인들처럼 숨가쁜 세월을 보냈다. 그러다 몇 년 전 암으로 수술을 받은 뒤부터 B는 인생철학을 일에서 여행으로 바꿨고, A에게 퇴직을 강요, 여행 동지로 만들었다. 하지만 연화리 해안에서의 나는 그들에 대해 아무것도 모를 때였고, 그래서 동호에게 이렇게 말했다.

순수한 건지 모자라는 건지 잘 모르겠어. A 말야. 네가 보기엔 어때?

지퍼백을 열고 동호의 일부를 손바닥에 놓았다. 그러자 동호가 대답할 새도 없이 바람이 먼저 데려가버렸다.

영화 찍기를 끝낸 A와 B가 다가왔다. B는 나와 좀 떨어진 곳에 앉았고 A는 내 앞에 섰다. A가 물었다.

"여기 더 있을 건가요?"

나는 잠시 생각해보고 나서 아니라고 대답했다. A가 다시 물었다.

"어디로 가요? 혼자 여행 온 거 같은데 방향이 같으면 같이 갈까요?"

나는 대답하지 못했다. 우선은 어디로 갈지 결정하지 못했고,

그러므로 방향이 같은지 어떤지도 모르겠으며, 무엇보다 그들과 함께 가고 싶은지 아닌지를 판단할 수 없었다. 내가 머뭇거리는 사이 B가 결론을 내렸다.

"방향이 같으면 어떻고 다르면 어때. 먼저 가고 나중에 가는 차이뿐인데. 우리 의심 안 해도 돼요. 그저 늙은이 둘이 다니려니 심심해서 그러니까."

나는 일어섰다. 더 사양한다면 결례가 될 것 같았다. B의 말이 맞기도 했다. 어차피 그들은 섬 일주를 할 테고 그렇다면 먼저 가고 나중에 가는 차이뿐이었다. 내게는 버스를 타는 대신 렌터카를 탄다는 것뿐이었다.

운전은 A가 했다. 대부분의 질문과 대답도 A가 했다. 조수석에 앉은 나는 가끔씩 대답을 하고 A가 하는 말에 추임새를 넣어주었다. B는 뒷자리에 앉아 주변의 갈대밭을 구경하다가 툭하면 A에게 퉁을 주었다. 쓸데없이 물어쌓지 마라, 상대 피곤하다. 그래도 A의 질문을 멈추게 할 수는 없었다. A가 물었다. 왜 혼자 여행 왔느냐, 몇살이냐, 뭘 하는 사람이냐. 그러면 나는, 그냥요, 스물일곱이요, 회사 다녀요, 하고 대답했다. 그들에 대해서는 물을 필요가 없었다. 묻지 않아도 A가 다 말했다. B는, 쓸데없는 소리 하지 말라고 핀잔을 주다가도 A가 말한 내용에 틀린 부분이 있으면 즉각 정정해주었다. 그런 B에 대해 A는, 고지식하고 깐깐해서 그래, 하고 속삭이듯 말했다. 고지식이라는 단어를 듣는 순간 나는 동호를 떠올리지 않을 수 없었고 그러자 마음이 착잡해졌다.

동호의 여러 특징들 중에서 단연 두드러지는 것이 고지식함이었다. 그 대표적인 사례가, 소설을 쓰기 위해서는 직접 경험을 해봐야 한다는 것이었다. 동호는 이미 독한 소설을 쓰기로 마음먹은 뒤였고, 독한 소설을 위한 독한 소재는 독한 사람들과 험난한 현장에 있었지 평범한 우리들 주변에 있지 않았다. 그러므로 동호가 찾아다니는 현장도 얼마간 위험하고 퍽 고생스러운 곳이었다. 동호가 한 달간 새벽시장에서 배추를 나르고 앓아누웠을 때 나는 다만 이렇게 말했다.

"이제 평생 배추는 보기도 싫겠구나."

얼마쯤은 농담이었다. 그러나 나이트클럽에 웨이터로 위장취업한 뒤 손님들의 시비에 휘말려 옆구리에 칼을 맞았을 때는 농담이 쏙 들어갔다. 나는 진지하게 말했다.

"간접경험을 하면 되잖아. 책을 읽든지 자료를 찾아보든지. 아니면 취재를 해도 되고. 그거 다 해보고 소설은 언제 써? 작가들도 너처럼은 안 할 거야."

마지막 말은 안 하느니만 못하게 되었다. 동호가 말했다.

"작가들도 못 하는 걸 나는 하고 있어."

미쳐도 단단히 미쳤다. 나는 진정으로 동호가 걱정되었다. 하지만 내 입에서 나가는 말은 걱정이 아니라 격정이었다.

"너 바보 아냐? 할 필요가 없으니까 안 하는 거잖아!"

"은자야, 니 미쳤나?"

B가 애써 목소리를 낮추며 A를 꾸짖었다. 걱정과 불만 가득한 눈을 부라리기도 했다. A는 못 들은 척 아랑곳없이 선주와 흥정을 계속했다. 처음에 선주는 파도 핑계를 대며 출항을 거부했다. 오전보다 잦아들기는 했지만 그렇다고 안전을 장담할 정도는 아니었다. A가 평소 대여비의 두 배를 제시했다. 잠시 고민하는 듯하던 선주가 그렇다면, 하더니 좋다고 했다. 이번에는 A가 여유를 부릴 차례였다. 혹시 있을지 모를 사고를 걱정하자 선주는, 이것보다 더한 날씨에도 바다로 나갔다며 문제없다고 했다. 바닷물이 차가워서 고기가 안 잡히면 어쩌냐는 A의 말에는, 여름보다는 못하겠지만 아예 안 잡히기야 하겠냐고 했다. 그런 흥정이 삼십 분째 계속되고 있었다.

"은자야, 니 죽을라고 환장했나?"

B가 다시 끼어들었다. 웬일로 A는 잠자코 있었다. 망설이는 것처럼 보이기도 했다. 그런 A와 B를 번갈아 보던 선주가 대여비를 두 배에서 조금 깎아주겠다고 했다. 그 말을 기다린 모양이었다. A가 환호성을 지르며 팔짝팔짝 뛰었다. B가 마지막 태클을 걸었다.

"나는 못 탄다. 탈라면 니 혼자 타라."

"이 큰 배를? 언니 두고 혼자 타라고?"

"낚시는 다음에 하고 오늘은 산책이나 하자. 나는 늙어서 뼛속까지 시리다."

"그럼 언니는 여기서 산책하든지. 나는 영언이하고 낚시하고 올게."

"내가 니 때문에 미친다. 그렇게 하고 싶으면 죽든지 살든지 일단 가보자 마."

결국 A가 이겼다. A는 알고 있었다. 아무리 싫어도 B가 위험한 바다로 자신을 혼자 내보내지 않을 거라는 걸. 그래서 B의 말을 무시하고 흥정을 계속했던 것이다. B가 선주에게 말했다.

"두 배로 쳐줄 테니 우리 잘 좀 돌봐주소."

그제야 A가 내게도 의향을 물었다. 처음의 계획은 낚시가 아니었다. 계획 자체가 없었다. 고작해야 사진을 찍고 해안가를 산책하는 게 다였을 것이다. 그런데 어쩌다 길을 잘못 들어 목표로 했던 해안가가 아니라 바닷가 마을로 빠지고 말았다. 마을 앞 포구에 옹기종기 묶여 있는 낚싯배를 보는 순간 A가 고집을 부렸고 막무가내로 흥정을 시작했다.

자칫 목숨을 잃을 수도 있는 상황이었지만 나는 배를 타겠다고 했다. 구명조끼를 입고 배에 올랐다. 낚싯대와 미끼는 선주가 준비했다. 배가 출발하는 순간 A가 야호! 하고 소리쳤다.

"진짜로 니가 환장했는갑다."

말은 그렇게 하면서도 B의 표정은 조금 전보다 많이 풀려 있었다.

6

그것만큼은 결사반대하지 않을 수 없었다. 새벽시장 인부나 나이트클럽 웨이터는 극성 정도로 봐줄 수도 있었지만 그것은 도저히 찬성할 수 없었다. 미쳐도 단단히 미쳤구나! 나의 일갈에도 동호는 조용하기만 했다.

"다시 생각해봐. 이건 위장취업하고는 차원이 달라. 앞으로 평생 직장을 못 가질 수도 있어. 가지고 싶어도 못 가지는 상황을 생각해봐."

동호의 초조함은 극에 달해 있었다. 독한 소설을 쓰겠다 공언한 이후 몇 달이 흘렀지만 그 동안 글이라고는 한 줄도 못 쓴 눈치였다. 고된 노동으로 앓아눕고 옆구리에 칼을 맞아도 글은 나오지 않았다. 급격하게 살이 빠져서는 보기에 안쓰러웠다.

"길게 봐. 정말 소설이 좋다면. 서두르지 말고."

내가 정말 하고 싶은 말은 욕심을 버리라는 것이었다. 마음속에 욕심이 가득한데 글이 나오겠냐, 는 것이었다. 동호가 중얼거리듯 말했다.

"더 독한 현장이 필요해. 이 정도론 어림도 없어. 그러니까 글이 나오지 않는 거야."

나는 원인을 알겠는데, 동호는 알지 못했다. 습작 부족을, 기초 부족을, 혹은 재능 부족을 현장 탓으로만 돌렸다. 나는 조심스럽게 대꾸했다.

"창작수업을 좀 들어보는 게 어때? 혹시 도움이 될지도 모르잖아."

동호가 의외로 선선히 고개를 끄덕였다. 잠시 후에는 알았다, 고 대답했다. 이제 좀 말이 통하는구나, 어느 정도 안심이 되었다.

시간이 지나고 나서야 이런 의문이 들었다. 만약 그때 내가 창작수업 얘기를 꺼내지 않았다면 어떻게 되었을까? 내 얘기가 오히려 동호를 자극하는 결과가 된 건 아닐까? 배우지 않고도 할 수 있다는 걸 보여주기 위해 무리수를 둔 건 아닐까?

내 탓이 아니라는 건 안다. 그것은 초조함과 열등감이 빚어낸 작품이었다. 나는 회사 일로 너무 바빴다. 예전처럼 동호 일을 내 일처럼 생각할 여유가 없었다. 현실을 살고 있는 내 눈에는 가끔 동호의 고민이 투정으로 보일 때도 있었다.

내가 설마, 하는 사이 동호의 의지는 기필코, 로 발전했다. 뉴스를 보고서야 나는 기어코, 하고 바닥을 쳤다. 이렇게 멍청한 강도는 처음 본다, 고 스튜디오의 앵커가 말했다. 사건을 취재한 기자도 어쩐지 비웃는 얼굴이었다. 기자는, 동호가 왜 범행장소로 대부분 카드결제를 하는 대형마트를 택했는지, 그것도 가장 붐비는 저녁 시간대를 골랐는지 의문이라는 점을 내비치기는 했지만 깊이 파고들지는 않았다. 게다가 마트에는 건장한 판매요원들이 다수 포진해 있었다.

나이프를 들긴 했지만 너무 작았고, 카운터의 직원을 위협하기는 했지만 너무 어설펐다. 강도행각을 벌인 지 오 분도 안 돼 제압당하고 말았다. 그것도 너무나 간단하게. 바로 그 때문에 동호는 '역사상 가장 멍청한 강도'라는 별칭을 얻었고 제법 유명세를 탔다. CCTV에 찍힌 동호의 동영상이 한동안 인터넷을 떠돌기도 했다.

처음으로 면회를 갔을 때 동호는 힘들지만 새로운 환경에 만족한다고 했다. 내가 원하던 현장이 바로 이런 거야. 동호는 들떠 보였다. 내가 물었다.

"후회 안 할 자신 있어?"

"응."

"끝까지?"

"아마도."

"그런데 얼굴이 왜 그래?"

짧게 깎은 머리에는 피딱지가 엉겨붙어 있었다. 얼굴도 상처투성이였다.

"어쩌다보니 재수 없는 놈으로 찍혔어."

"어떻게 했는데?"

"본업에 충실했지. 읽고 쓰고 틈틈이 취재하고. 그랬더니 나보고 재수 없대."

"죄수들을 상대로 취재까지 했다고?"

"당연하지. 이 사람들을 언제 또 만나보겠어?"

안 봐도 뻔했다. 뒤를 졸졸 쫓아다니며 집요하게 물어댔을 것이다.

“적당히 해. 너무 튀지 말고.”

핏기 없이 앙상한 얼굴로 동호가 웃었다.

그게 마지막이었다. 두번째 면회는 갈 필요가 없었다. 두번째 면회 날짜를 잡기도 전에 동호가 죽었다는 소식이 들려왔다. 그 순간 제일 먼저 떠오른 것은 머리에 엉겨붙어 있던 피딱지와 얼굴의 상처들이었다. 하지만 사인은 심장발작이라고 했다. 부검은 없었다. 심장발작이 아닐지도 모른다는 생각이 머리에서 떠나지 않았다. 아니, 정말 심장발작이 맞다고 하더라도 그 기저에는 간과할 수 없는 원인들이 있을 텐데, 제대로 된 조사 한번 없이 진실은 묻히고, 모든 일은 신속하게 처리되었다. 시신의 상태를 봤음 직한 동호의 부모마저 이의를 제기하지 않았다. 내게는 아무런 권한이 없었다. 내가 할 수 있는 일은 고작 동호가 그 안에 있으면서 쓴 글이 있는가 알아보는 것 정도였다. 그것만이라도 찾아서 빛을 보게 해주고 싶었다. 동호는 분명 ‘읽고 쓴다’고 말했다. 그곳으로 들어가기 전 몇 달 동안은 한 줄도 못 썼는데, 하는 생각이 들었지만 곧 털어버렸다. 쓰면서 안 쓴다고는 해도 안 쓰면서 쓴다고 할 성격은 아니었다. 비록 그것이 흘러가는 말일지라도. 하지만 유품에는 어떠한 글도 없었다.

뭔가를 적는 걸 본 일이 있는가?

한 공간에 살았던 동료는 모른다고 했다. 또다른 동료는 못 봤다고 했다가 그런 또라이 따위는 관심 없다고 했다. 더이상은 알아볼 방법이 없었다. 결국 나는, 원고가 분실됐는지 혹은 고의로 유품에서 누락시켰는지, 아니면 애초부터 없었는지 그것조차 알아내지 못하고 말았다.

지금 나는 동호가 무료함에 몸부림치며 바라보던 바다에 나와 있다. 떠나지 못해 안달하고 버려지는 시간이 아까워 죽을 지경이라고 했으면서 왜 돌아오고 싶었을까. 나는 알 수 없다. 아마 영원히 알 수 없을 것이다. 그리고 이제는 몰라도 상관없게 되었다. 우리는 이곳에서 헤어진다. 이것은 이별여행이다. 이별여행 뒤에는 잊는 일만이 남아 있다. 배가 달리는 동안 나는 동호를 꺼내 조금씩, 바다로 보내주었다.

선실에 누워 있던 B가 고물 쪽의 A에게로 가며 배 이곳저곳에 부딪쳤다. 너울의 크기에 비해 지나치게 배가 흔들린다는 느낌이 들었다. 가만히 서 있어도 균형을 잡기가 힘들었다. 그런 와중에서도 A는 낚시에 여념이 없었고 실제로 노래미 몇 마리를 잡기까지 했다. A에게 다가간 B가 소리쳤다.

"내가 니 때문에 아주 죽겠다. 놀자고 왔더니 죽자고 덤비네, 이 가시내가. 자궁암 수술할 때보다 더 힘들다."

"그 큰 수술도 이겨냈는데 이깟 파도 갖고 뭘 그래."

"멀미 때문에 그러지. 고만 잡고 가자, 은자야."

"기왕 나온 거 한 접시는 만들어야지."

"내가 사주고 만다. 두 접시 세 접시 사줄 테니까 배 터지게 먹어라, 가시내야."

"회만? 소주는?"

"이게 술꾼이 다 됐나, 왜 밤마다 술타령이고? 그래, 알았다, 알았어. 먹고 지랄을 하든지 말든지 상자떼기로 사줄 테니 이제 가자."

A가 나를 돌아보았다. 영언 생각은 어때? 하고 소리쳐 물었다. 무슨 뜻인지 알면서도 나는 짐짓 뭐가요? 하고 되물었다. 소주 잘 마셔? 그때 배가 출렁, 했고 나는 엉덩방아를 찧으며 대답했다. 네, 좀 마셔요. 그러자 A가 B에게 말했다.

"영언이가 가기 싫다는데?"

"아주 쌍으로 지랄들을 한다."

말은 그렇게 하면서도 B는 더 재촉하지 않고 선실 안으로 들어갔다. 그때 A가 소리쳤다.

"언니는 뛰어봤자 내 손바닥 안이다!"

오른손으론 낚싯대를 잡고 왼손은 허리에 얹은 A가 출렁이는 바다를 향해 캬하하, 하고 통쾌하게 웃었다.

잠자는 고양이

그는 자신이 죽을 날짜와 시간을 예고했다.

예고대로라면 그는 십 분 전에 약을 먹어야 했고

지금은 죽음 같은 잠에 빠져 있어야 했고 잠은 곧 죽음으로 나아가야 했다.

그는 죽었다. 이렇게 말해도 되는가?

그는 죽어가고 있다. 아직은 잠에 가까운 상태일 테지만 잠은 곧 그를 죽음으로 인도할 것이다. 그는 자신이 죽을 날짜와 시간을 예고했다. 예고대로라면 그는 십 분 전에 약을 먹어야 했고 지금은 죽음 같은 잠에 빠져 있어야 했고 잠은 곧 죽음으로 나아가야 했다. 자신의 예고대로 실행했다면.

나는 이번에야말로, 라는 생각이 든다. 그는 이번에야말로 제대로 실행에 옮겼을 것이다. 그런 생각이 들었다. 이번에는 아무런 방해물이 나타나지 않았다. 아무런 사건도 없었다. 갑작스럽게 변심하지 않았다면 그는 지금쯤 아주 깊은 잠에 들어 있을 것이다. 그럴 것 같다는 생각이 든다.

그를 깨우러 가야 할지 망설여졌다. 잘해봐라, 하고 말은 했지만 나는 망설였다. 일주일치 식료품을 사들고 갔을 때 그가 말했다.

"이제 오지 마라. 먹을 거 없어도 될 것 같다."

"그래? 언젠데?"

"먹을 거 떨어지면. 그러니까 일주일 뒤."

"그래? 잘해봐라."

일주일 뒤가 바로 오늘이었다. 12월 31일. 그리고 자정.

지금 막 열두시 십일분이 되었다. 그러므로 아직은 잠을 자고 있을 것이다. 그의 잠을 방해해야 하는가? 그가 잘해봤으면 하는 마음인 것도 같고 잘 못했으면 하는 마음인 것도 같았다. 나는 아직 결정을 내리지 못했다. 결정을 내리지 못했으므로 집으로 갈 수 없었다. 만약 그를 깨우기로 결정한다면 집으로 갔다 다시 오는 데 시간이 걸릴 것이다. 재수 없는 새끼. 나는 힘없이 중얼거렸다.

호프라고 쓰인 곳으로 들어가 오백 한 잔을 주문했다. 화장실 앞 자리였다. 빈자리는 그곳뿐이었다. 화장실 앞이어서 남아 있다 고밖에 볼 수 없었다. 찬바람이 새어들어오고 역한 냄새가 났다. 이인용이지만 의자는 하나였다. 다른 테이블에서 가져간 것 같았다. 그런저런 이유로 대목임에도 쫓겨날 염려는 없어 보였다.

팝콘에 의지해 오백 한 잔을 오래 마셨다. 그럴 리는 없겠지만 팝콘에서도 역한 냄새가 나는 것 같았다. 역시 그럴 리는 없겠지만 맥주에서도 역한 냄새가 나는 것 같았다. 찬바람 속에 앉아 차가운 맥주를 마시자 온몸이 떨렸다. 한 모금씩 목구멍으로 맥주를 넘길 때마다 진저리가 쳐졌다.

재수 없는 새끼, 잠은 진절머리나게 자겠네.

그는 평소 오랜 시간 잠을 잤다. 열네 시간이나 열다섯 시간. 깨어 있는 시간은 고작 열 시간이나 그 이하였다. 깨어나봐야 할 일이 없었다. 하고 싶은 일도 없었다. 할 일이 없다는 것, 하고 싶은 일이 없다는 것이 그를 괴롭혔다. 할 일도 없고 하고 싶은 일도 없으면서 자신이 쓸모없는 인간일지도 모른다는 생각이 또한 그를 괴롭혔다. 그는 괴로워서 잠을 잤고 잠이 잠을 불러왔다. 잠을 자는 동안은 괴로움을 잊을 수 있었다. 잠을 자는 동안에는 다소 행복해할 수도 있었다.

깨어 있을 때 그는 세 번에 나눠 소량의 식사를 했다. 세 번의 식사 준비에는 의외로 많은 시간이 들었다. 설거지는 한 번 했다. 설거지는 금방 끝이 났다. 그의 식사는 대개 다듬고 씻고 썬 음식재료를 프라이팬에 쓸어넣고 볶은 것이었다. 설거짓거리는 숟가락 세 개와 그릇 세 개가 전부였다. 그는 꼬박꼬박 세수를 하고 머리를 감았다. 이도 하루에 세 번 닦았다. 캔맥주라도 마시는 날에는 네 번 닦았다.

수염도 매일 깎았는데 그러나 코밑의 수염 여섯 가닥은 남겨두었다. 양쪽으로 세 가닥씩 남기고 수염을 깎기란 대단히 어려운 일이었다. 섬세함을 필요로 했고 시간이 많이 걸렸다. 그러나 점차 여섯 가닥의 수염이 자라 주변의 수염과 뚜렷한 구별을 보일 무렵부터는 섬세함과 시간을 덜 필요로 하게 되었다.

"나 고양이 같지 않냐?"

언젠가 그가 물었다. 여섯 가닥의 수염이 입술꼬리까지 늘어져 있었다. 나는 좀 과장되게 코웃음을 치며 말했다.

"웃기지 마라."

아닌게 아니라 그는 고양이를 닮았다. 그의 얼굴은 하얗고 조그맣고 거기다 동안이었다. 서른셋이면서 스물몇으로 보였다. 웅크리고 자는 모습도, 보기에 따라서는 고양이를 닮았다고 할 수 있었다. 그러나 또 보기에 따라서는, 고양이를 닮기 위해 노력하는 것처럼 보이기도 했다. 그는 고양이처럼 먹고 고양이처럼 세수하고 고양이처럼 자고 이제 고양이 수염까지 가졌다.

"미친 새끼. 왜 하필 고양이냐?"

"개나 돼지보다는 낫잖아."

그러나 나는 알고 있었다. 그는 어릴 때 고양이를 키운 적이 있었다. 돼지저금통을 깨서 산 고양이였다. 고양이는 일평생 그의 보호 아래 근심걱정 없이 편안하게 살다가 늙어서 죽었다.

"고양이는 담배 안 피운다. 술도 안 마시고."

"기회가 없었던 거지."

깨어 있는 나머지 시간에 그는 인터넷에서 다운받은 오래된 영화를 보았다. 몇백원만 투자하면 영화 한 편을 볼 수 있었다. 꼼짝 않고 앉아 두세 편을 보고 나면 다시 잠잘 시간이 되었다.

"나 간다. 돈이나 주라."

돈이란 일주일치 식료품비를 말하는 것이었다. 그가 밖으로 나오지 않으므로 매주 일요일 먹을 것을 사들고 내가 그의 집으로 갔다. 마트에는 그날그날 세일하는 품목이 있었다. 나는 그런 것들로만 골라 샀고 그는 불평하지 않았다. 영수증이 첨부돼 있음에도 그가 내놓는 돈은 늘 많이 부족하거나 조금 부족했다. 매주 일요일 그의 집으로 가는 것을 불평하지 않듯 나는 그 점에 대해서도 불평하지 않았다. 나는 혼자 먹고살기에는 다소 과분한 월급을 받고 있었다.

물론 그도 혼자 먹고살기에는 다소 과분한 월급을 받았다. 이 년 전까지는 그랬다. 이 년 전 가을 그는 직장을 그만두었다. 산다는 게 무슨 의미가 있는지 모르겠다고 고민하던 무렵이었다. 그가 대책 없이 직장을 그만두었지만 나는 별로 놀라지 않았다. 왜 회사에 다녀야 하는지 모르겠다는 말을 또한 여러 차례 들은 바 있었다. 살아가는 의미와 왜 회사에 다녀야 하는지, 두 가지 고민을 짊어진 그의 어깨에 손 하나의 무게를 더 얹으며 내가 말했다.

"그래, 놀아봐라. 놀다보면 뭔가 깨닫게 되겠지."

내가 기대한 것은 삶으로의 추동력이었다. 사회생활의 중요성, 돈의 필요성을 깨닫는 것이었다. 수입과 사회생활이 없다는 것은 퍽 외로운 일이었다. 어찌어찌해서 바위산을 올랐는데 무서워서 내려오지 못하는 것과 같았다. 바위산에서 밤을 맞는 것과 같았다. 나는 그가, 바위산에서의 밤 같은 현실을, 절실하게,

깨닫기를 기대했다. 놀다보면 깨달아지리라 생각했다. 딱히 맘에는 안 들지만 한 수 접어준다, 나라고 뭐 별수 있겠냐, 육십오억 인구가 그렇게 사는데. 그런 말들을 기대했다. 자조와 허탈, 체념이 적당히 섞인 목소리의. 사는 게 사는 게 아니다, 는 아니었다. 이 무의미한 삶을 왜 견뎌야 하지, 는 아니었다.

나는 마지막 맥주 한 모금을 마시고 일어났다. 이천원. 천원짜리가 없어서 만원짜리를 냈다. 거스름돈으로 받은 팔천원을 넣어 더 불룩해진 지갑을 가슴에 품고 술집을 나섰다.

내 생각은 그렇다. 그를 섣불리 니트족이라 불러선 안 된다. 그는 마음만 먹으면 언제든지 밖으로 나갈 수 있었고 사람을 만날 수 있었고 직장을 가질 수도 있었다. 그러나 그는 그러고 싶지가 않았다. 다만 그러고 싶지 않다, 가 스스로를 유폐시킨 이유의 전부였다. 그러고 싶지 않아서 그는 밖으로 나가지 않았고 사람을 만나지 않았고 일을 하지 않았다. 그러고 싶지 않은 것은, 그럴 이유를 찾지 못했기 때문이다. 바꿔 말해보자. 이것은 즉, 그럴 이유만 찾는다면 언제든지 밖으로 나갈 수 있고 사회에 유익한 존재가 될 수 있다는 뜻이 된다. 그러나. 나는 한숨을 쉬었다.

이제 이유 따위는 아무려면 어때, 상관없는 것이 되었다. 되어가고 있다. 나는 그냥 지켜봐야만 하는가? 백 걸음 너머에 그가 누워 있다. 계획 취소에 대한 말이 없었으니 아마 누워 있을 것이다. 나는 열한시 무렵부터 그의 동네로 와서 서성거리고 있다.

지금 시각이 열두시 사십분. 아직 늦지는 않았다. 아직 늦지는 않았을 거라고 나는 중얼거렸다. 그렇게 중얼거리자 마음이 다급해지는 것 같았다. 하지만 내 걸음은 천연덕스럽게 그의 집과는 반대방향으로 향했다. 그곳에 공원이 있었다.

눈이라도 왔으면 결정을 내리기가 한결 쉽지 않았을까. 야, 눈 온다, 일단 이거나 보고 생각해. 그렇게 말할 수 있을 것이다. 그러나 눈은 오지 않았다. 눈과는 거리가 먼 맑은 날씨였다. 고개를 숙여도 별빛의 잔영이 한동안 눈앞에 남아 있었다. 대신 날은 추웠다. 영하 이십 도는 되는 것 같았다. 눈에 보이는 모든 것들이 추워 보였다. 이파리 없는 나뭇가지가 특히 더 그래서 나는 공원에 온 것을 후회했다. 나뭇가지에 달린 꼬마전구에는 불이 들어와 있지 않았다. 불 꺼진 꼬마전구는 멀리서는 나무의 열매처럼 보였지만 가까이에선 나무를 옥죄고 있는 것처럼 보였고 지저분해 보였다. 나는 그런 나무들 아래서 그들을 만났다.

그들은 키스를 하고 있었다. 얼마나 열중했던지 내가 다가가도 알아채지 못했다. 나는 꺼억 소리내어 트림을 했다. 맥주의 쉰 맛이 올라왔다. 여자는 좀 놀라는 것 같았으나 남자는 짜증스럽다는 표정을 지었다. 남자는 나를 힐끗 보더니 다시 눈을 감았다. 나는 정장 차림이었고 꽤 비싼 코트를 걸치고 있었다. 얼굴 역시 평범해서 위험인물로 보이지 않는 것 같았다. 나는 기분이 상했다. 오늘 같은 날 내게도 키스할 여자가 있었으면 좋겠다고 생각했다.

남자는 벤치에 앉아 있었고 여자는 남자의 무릎 위에 앉아 있었다. 여자가 몸을 비틀더니 남자의 무릎에서 내려왔다. 나는 여자 옆에 앉았다. 벤치가 얼마나 차가운지 맥주를 마실 때보다 더 심한 진저리가 쳐졌다. 여자가 꿈틀, 했다. 어색한 침묵이 흘렀다. 코에서 뿜어져나오는 김이 눈앞을 가렸다. 세 명이 나란히 앉아 있으니 마치 일행처럼 여겨졌다. 나는 다시 한번, 오늘 같은 날 내게도 키스할 여자가 있었으면 좋겠다고 생각했다.

남자가 먼저 일어서고 여자가 따라 일어났다. 떠나기 전, 남자가 나를 내려다보았다. 그들은 멀어졌고 나는 벤치에 남았다. 그러나 역시 추워서 오래 앉아 있지는 못했다. 그들이 보이지 않을 때쯤 벤치에서 일어났다. 따뜻한 것이 먹고 싶었다. 왔던 길을 되짚어 걸었다.

맥주를 마셨던 곳 옆에 만두가게가 있었다. 여러 개의 찜솥을 가게 앞에 내놓고 만두를 찌는 바람에 새하얀 김으로 겨울하늘을 뒤덮곤 하던 가게였다. 처음 그 가게를 봤을 때 나는 불이 난 줄 알았다. 그게 연기가 아니라 김이라는 걸 알고 난 뒤에도 나는 그 길을 지날 때마다 매번 연기 흩날리는 시골의 굴뚝을 떠올렸다.

한시 십분. 열었을까? 만두가게는 기대를 저버리지 않았다. 오늘 찜솥은 제설기처럼 힘차게 눈을 뿜어내고 있었다. 보는 것만으로 몸이 따뜻해졌다. 나는 가게 안으로 들어갔다.

그는 자살의 위기를 여러 번 넘겼다. 첫번째 자살 결심은 스물일곱 살 때였다. 취직이 되지 않았다. 자살을 꿈꿨다. 꿈을 현실로 옮기기 위해 진지하게 방법을 모색하기 시작했다. 최후의 순간이 되었다. 그 최후의 순간 한 통의 전화가 그를 살렸다. 합격통보 전화였다. 마술처럼, 기적처럼 취직이 된 것이다. 그날 저녁 그가 말했다.

"전화가 몇 시간만 늦었어도 넌 지금쯤 피눈물을 흘리고 있을 거야. 그러니 나한테 감사해라. 내 능력이 아까운 네 피와 눈물을 막았다."

당연히 나는 그의 말을 이해하지 못했다. 그가 설명했다. 고백투로 해야 할 말을 설명 투로 했다. 이미 직장인이었던 나는 '쓸모없는' '전략' '잉여물' '밥벌레'라는 단어 앞에서 잠시 숙연해졌다. 하지만 내 반응은 이런 것이었다.

"미친 새끼."

"정말 신기해. 그렇지 않냐?"

"졸업한 지 몇달이나 됐다고. 너를 위해서라면 피는 고사하고 눈물 한 방울도 아깝다."

그는 내 말을 듣지 않고 그 절묘한 타이밍만 신기해했다. 혹 '무엇인가'의 개입은 아닐까 생각했다. 그는 신을 믿지 않았으므로 '무엇인가'에 신을 대입하지는 않았다. 대신 절대의 힘, 정체불명의 기운, 초자연 따위를 들먹였다. 이후 그는 버릇처럼 자살을 꿈꾸게 되었다.

두번째로 자살을 꿈꾼 이유는 직장생활이 너무 권태로워서였다. 그의 말을 빌리자면 그랬다. 그러나 그것은 정확하다고 할 수 없었다. 그가 드러내놓고 말하지는 않았지만 나는 알고 있었다. 그는 직장에서의 존재감 없는 자신을 부끄러워했다. 월급명세서에 찍힌 '사원'을 무엇보다 끔찍해했다. 그러므로 '권태'는 '변화 없음'으로 바뀌어야 했고 '변화 없음'은 다시 '회사 내에서 그의 위치의 변화 없음'으로 수정해야 했다. 그렇게 권태롭다면 직장을 옮겨보라는 내 충고에 꿈쩍도 하지 않은 이유가 바로 그것이었다. 그는 귀찮다고 했지만 다른 곳으로 가봐야 여전히 사원일 것이므로.

그가 한껏 에둘러 권태라고 표현한 것은 자존심 때문이었다. 그가 자존심 때문에 솔직하게 드러내지 않아서 나 역시 그의 자존심을 건드리지 않으려고 솔직하게 충고할 수 없었다. 진작부터 대리였던 나는 결국 승진 노하우를 전수해주지 못했다.

이번처럼 그때도 날짜와 시간을 예고했다. 8월 15일. 자정.

"죽기에는 너무 덥지 않냐?"

"그럼 그 무더위를 다 견디고 상쾌한 가을에 죽으란 소리냐?"

딴엔 맞는 말이었다.

"여름휴가는?"

"당연히 써야지. 연차까지 몽땅."

여름휴가와 연차를 한꺼번에 쓰기 위해 우리는 여행을 떠났다. 비장한 결행을 앞둔 그는 어땠는지 모르겠지만, 나는 한창

바쁠 시기에 여름휴가와 연차와 월차를 당겨쓰기 위해 어머니가 위독하다는 핑계를 대었다. 내 핑계가 설득력이 부족했던지 동료들의 따가운 시선과 부장의 못마땅해하는 얼굴로도 모자라 다음해 1월 나는 인사고과에서 불이익을 받았다.

내 중고차에 짐을 싣고 우리는 도시를 떠났다. 달리다 마음에 드는 곳이 나타나면 하루나 이틀쯤 머물렀다. 그렇게 죽음의 달콤한 유혹을 즐겼다. 떠났던 도시로 돌아온 것은 8월 13일이었다. 이튿날 나는 회사로 출근했고 그는 무단결근의 고소함을 누렸다.

"내일이면 죽을 몸인데 출근하면 뭐 해?"

그가 말했다. 맞는 말이었다. 나는 그의 죽음을 기정사실로 받아들이면서 동시에 전혀 현실감을 느끼지 못했다. 그래서 그와 웃고 떠들며 농담을 주고받을 수 있었다. 14일 퇴근한 나는 그의 집으로 갔다. 달리 할 일이 없었다. 텔레비전을 켜놓고 술을 마셨다. 신발장에 붙여진 스티커에서 맛있어 보이는 안주는 다 배달시켰다. 계산은 그가 했다. 그는 이제 돈이 필요 없었다.

"정말 맛 한번 더럽게 없다."

내가 말했다. 그와의 마지막 밤에 먹는 음식이 너무 맛없어서 화가 났다.

"그러게. 내가 만들어도 이것보다는 낫겠다. 이런 솜씨로 어떻게 음식장사를 한다는 거지?"

그가 114에 전화를 걸었다. 그가 사는 동네와 옆 동네 이름을 불러주고 그곳에 소속된 음식점 전화번호를 모두 받아적었다. 열시 삼십분이 막 지난 시각이었다. 취한 목소리로 그가 말했다.

"마지막 파티니까."

"이거 재밌겠다."

우리는 전화번호를 반으로 나눠서 전화를 걸었다. 멀어서 배달이 안 된다는 곳에는 떼를 썼다. 그래도 안 되면 깨끗하게 포기했다. 이미 배달주문을 마친 음식만 해도 열 가지가 넘었다. 그러는 와중에 그의 휴대폰이 울렸다. 전화기를 귀에 댄 채 그가 큰 소리로 내게 말했다.

"왜 계속 통화중이냐고 막 소리치는데?"

"누가?"

"모르지."

"물어봐."

"누구세요? 어? 누나? 누나가 웬일이야?"

통화는 짧았다. 이 분도 안 돼서 전화를 끊은 그가 가자, 했다.

"어디로?"

그러자 그가 갈래? 하고 고쳐 물었다.

"어디냐니까."

"우리 집."

"왜?"

"아버지가 위독하시대. 아마 오늘밤 넘기기도 힘든가봐."

우리는 안주그릇과 술병 들을 그대로 두고 튀어나갔다. 그의 집은 차로 세 시간쯤 걸리는 강원도 어디였고, 그의 아버지는 폐암 말기 환자로 몇 달째 투병중이었다. 그의 아버지가 투병중이었다는 것은 택시 안에서 처음 알았다.

"내가 좀 무심했지. 폐암이라는 걸 알고 나서는 집에도 거의 안 갔어. 아버지 얼굴을 보는 게 힘들어서. 뼈만 남아서는…… 꼭 해골 같았거든."

모처럼 그가 진지하게 말했다. 그러나 말의 여운이 채 가시기도 전에 그의 휴대폰과 내 휴대폰이 동시에, 또는 번갈아 자지러졌다. 음식 배달원들이었다. 그와 나는, '우리 아버지'가, 혹은 '친구의 아버지'가 위독해서 강원도로 가는 중이라고 설명하고 용서를 구했다. 음식값은 돌아와서 치르겠다고 했지만 배달원들은 믿지 않았다. 거친 욕설이 쏟아졌다. 나는 조용히 전화를 끊고 종료 버튼을 길게 눌렀다. 그는 거친 욕설로 응수했다. 이 새끼야, 지금 아버지가 위독해서 집으로 가는 중이라는데 그깟 음식이 대수냐, 하는 소리가 택시 안을 쩌렁, 울렸다. 기사가 눈을 치켜떠 룸미러로 우리를 훔쳐보았다. 그러더니 라디오 소리를 줄였다. 나는 그의 휴대폰을 빼앗아 역시 종료 버튼을 눌렀다. 대상 없는 그의 식식거림은 한 시간이나 더 계속되었다.

결론부터 말하자면 그는 자살하지 못했다. 아버지의 죽음으로 그는 자살할 이유를 잃었다. 권태롭다는 핑계가 더이상 통하지 않았던 것이다. 장례는 피곤했고 사후 절차도 까다로웠다. 아버지와의 추억을 떠올리고 슬퍼하고 불효에 대해 자책하느라 자살을 생각할 여유가 없었다. 자살하지 못했으므로 회사도 계속 다녔다.

그러는 동안 몇 달이 훌쩍 지났고 해가 바뀌었다. 그리고 1월, 그는 대리로 승진했다. 위로 차원인지 그의 능력 때문인지는 모르겠지만 그는 '사원'을 벗어남으로써 죽음과는 완전히 결별했다. 그는 다시 회사에 충성하는 인간이 되었고 월급의 삼분의 일을 꼬박꼬박 저축하는 인간이 되었다.

그 모든 일이 끝났을 때 그는 재차 신기해했다.

"이러니 맘대로 죽지도 못한단 말야."

잘난 척은 거기서 멈추지 않았다.

"나를 보호하는 뭔가가 있는 것 같아. 그렇지 않냐? 만약 내가 자살을 결심하지 않았어도 일이 이렇게 되었을까?"

나는 '일이 이렇게 되었을까'를 '승진을 할 수 있었을까'로 해석했다. 그는 자존심 때문에 여간해서는 '자살'과 '승진'을 하나의 문장에 나란히 사용하지 않았다.

"그래서? 걸핏하면 자살을 결심하겠다고? 그러다 아무 일도 일어나지 않으면? 시늉뿐이었는데 결심을 철회할 핑곗거리가 생기지 않으면? 그땐 어쩔 거야?"

만두가 목에 걸렸다. 물을 한 컵이나 마셨다. 또 만두가 목에 걸렸다. 이번에는 물을 두 컵 마셨다. 더 먹을 엄두가 나지 않았다. 먹고 싶지 않았다. 손님이라곤 나 하나뿐인 가게에서 기침을 하는 것도, 추운 날씨에 차가운 물을 연신 들이켜는 것도 내키지 않았다. 반 이상 남은 만두를 두고 일어났다.

"포장해드릴까요?"

주인 여자가 물었다. 나는 괜찮다고 했다. 만두는 그가 좋아했다. 나는 아니었다. 그가 좋아해서 일요일마다 들러 사갔던 거였다. 새끼손가락보다 작은 만두를 그는 한입에 먹지 않고 서너 번에 걸쳐 잘게 쪼개 먹었다. 당연히 만두 속 내용물이 여기저기 흘렀다. 지저분하다고 핀잔을 주어도 소용없었다.

한시 삼십분. 다들 어디서 쏟아져나왔다지? 거리에는 여전히 사람들이 많았다. 술집들이 밀집해 있다고는 해도 시내 중심가도 아니었다. 한 해를 보내는 게 그렇게 아쉬운가? 혼자 걷는 사람이 없는 건 아니었다. 하지만 그들의 빠른 걸음이, 나는 지금 집으로 가고 있다, 고 말하고 있었다. 나처럼 집으로 가는 것도 아니면서 거리를 돌아다니는 솔로는 없어 보였다.

두 손을 코트 주머니에 넣었다. 힘을 빼고 걸으니 두 팔이 흔들렸다. 두 팔 다는 바라지도 않는다. 한 팔이라도 좋으니 팔짱으로써 꽉 잡아줄 누군가가 있었으면 좋겠다. 그랬으면 좋겠다고 중얼거렸다.

시장 쪽으로 길을 잡았다. 혹시나 했다. 폐장하지 않았으면 시장은 구경거리가 많은 곳이었다. 혼자 시간을 보내기에 좋은 곳이었다. 기대가 너무 컸다. 아니면 너무 어리석었다. 이 추운 새벽에 누가 장을 보겠는가. 시장은 천막으로 무더기진 폐허처럼 보였다. 쓸쓸해 보였고 외로워 보였다. 시장의 두 얼굴이었다.

발밑으로 고양이가 지나갔다. 흠칫 놀랐던 가슴을 쓸어내렸다. 심장이 제 속도를 찾고 나자 화가 났다. 저따위 고양이 녀석까지. 나는 펄럭거리는 천막자락을 걷어찼다. 이 자식 혹시 핑곗거리를 기다리고 있는 거 아냐? 내 입에서 불쑥 그런 말이 튀어나왔다.

불빛으로 휘황한 거리로 나왔다. 공원에서 만났던 커플을 다시 보았다. 그들은 몸을 꼭 붙이고 걸어가고 있었다. 이십대 후반? 그렇게 보였다. 어쩌면 더 어리거나 더 나이들었을 수도 있겠다.

내게도 연인이 있던 시절이 있었다. 일 년 정도 사귀다 헤어졌다. 나는 같이 잠들고 같이 깨어나고 싶었지만 그것은 나만의 꿈이었다. 뚜렷한 이유도 밝히지 않고, 재미가 없긴 하지, 라는 말로 나에 대한 총평을 내리고 여자는 떠났다. 과연 그게 다일까? 나는 두고두고 생각했다. 내가 다니는 직장이 대기업이 아니어서? 일류대학을 못 나와서? 우리 집이 부자가 아니어서? 잘생기지 못해서? 두고두고 생각해도 결론이 나지 않았다. 그 모두일 수도 있고 그 모두가 아닐 수도 있었다. 나는 결국, 내가 좀 재미가 없긴 하지, 하고 결론을 내렸다.

내게 여자친구가 생기기 전에 그가 먼저 연애라는 것을 하고 있었다. 취직도 승진도 조금씩 내가 앞섰는데 연애에서는 그가 빨랐다. 그의 귀염성 있는 얼굴이 한몫했을 것이다. 빠른 게 또 하나 있었다. 내가 여자친구와 헤어졌을 때 그는 한발 앞서 이별을 경험했다. 여기서 또 그의 특기가 발휘되었다. 자살 광기.

그는 수면제를 선호했다. 먹어본 적도 없으면서 그게 가장 고통이 적으리라고 생각했다. 또하나 수면제에 대해 바뀌지 않는 생각은 일 년 이상 묵은 것은 약발이 떨어진다는 것이었다. 그래서 매번 결행 때마다 새로이 수면제를 사러 다녔다.

"같이 갈래?"

그는 형편없이 초췌한 얼굴이었다. 두 눈은 벌겠고 광대뼈 아래는 푹 꺼졌다. 수염을 깎지 않은 지 일주일이었다. 얼굴 그 자체가 리얼한 광고판이었다.

"그래서 주겠냐? 수염이라도 깎지."

그는 고개를 끄덕였지만 움직이지 않았다. 멍하게 정신을 놓고 앉아 있었다. 한밤중 여자네 집으로 찾아가 울부짖고 용서를 구하고 급기야 돌아오지 않으면 죽어버리겠다고 협박하던 모습은 어디에도 남아 있지 않았다.

이별의 충격이 이렇게 큰가, 나는 생각했다. 그때는 여자친구와 잘 지내던 시기여서 그와의 완벽한 감정이입은 힘들었다. 그를 생각해서, 그의 앞에서는 여자친구의 전화를 받지 않거나 받더라도 얼른 끊는 정도였다. 그 문제로 여자친구와 몇 번 다투기는 했지만 아직 이별은 짐작조차 못 할 때였다. 그의 초췌한 얼굴을 보면서 안도의 마음이 아주 없었다고는 말 못 하겠다. 미안한 일이지만.

한동안 그대로 앉아 있던 그가 느릿느릿 수염을 깎았다. 꼼꼼

하지 못한 솜씨였다. 꼼꼼할 수가 없었을 것이다. 그는 일주일 이상 거의 굶다시피 했다. 수면제에 의지하지 않더라도 며칠만 기다리면 굶어죽을 수 있었을 것이다. 하지만 그것은 고통이 따르는 일이므로 우리는 밖으로 나갔다. 약국을 돌아다녔다. 하루 꼬박 걸려서 오십몇 알의 수면제를 모을 수 있었다.

"이거 너무 고전적인 방법 아닌가?"

내가 이의를 제기했다. 그는 대꾸하지 않았다. 나는 한층 자신 없는 목소리로 덧붙였다.

"수면제 말야. 요즘은 획기적인 방법이 많을 텐데."

"지금 고전 현대 따지게 생겼냐? 넌 이게 장난으로 보여?"

그는 화를 냈다. 눈에는 독기마저 품고 있었다. 장난이었으면 좋겠다고 대답하고 싶었으나 참았다. 내가 그렇게 대답하면 지금 장난하냐고 또 화를 냈을 것이다.

내 의도는 이런 것이었다. 독창적이고 획기적인 것을 선호하는 그를 설득해 며칠이라도 죽음을 늦추자는 것이었다. 며칠 더 산다고 해서 방법이 있는 것은 아니었다. 나는 두려웠다. 그가 정말 죽을 것 같아서 두려웠다. 승진 못 함을 그럴싸하게 포장한 권태 때는 느끼지 못한 감정이었다. 그때 그는 지금처럼 심각하지 않았다. 그가 심각하지 않았으므로 나도 심각하지 않았다. 하지만 이번에는 심각했고 나는 도망치고 싶었다. '자살방조죄'라는 단어가 머릿속을 맴돌았다.

나는 내 삶에 불만이 없었다. 특별히 뛰어난 것도 없지만 특별히 모자란 것도 없었다. 바라는 것도 많지 않았다. 장밋빛 미래 같은 것은 꿈꾸지 않았다. 나는 평화로운 일상을 원할 뿐이었다. 내가 그리는 평화로운 일상이란 남들처럼 결혼해서 남들처럼 아이 낳고 사는 것이었다. 그러고 싶은 여자도 있었다. 일이 년 정도는 얼마든지 기다릴 수 있었다. 일이 년 뒤면 그녀도 장밋빛 미래 같은 것은 포기할 터였다. 그리고 내게 안착할 터였다. 나이가 있으므로.

나는 생각했다. 나는 그의 죽음을 바라지 않는다. 나는 자살방조죄라는 죄명을 뒤집어쓰고 싶지 않다. 나는 감옥에 가고 싶지 않다. 나는 회사만 가고 싶다. 나는 회사와 집만 오가고 싶다. 어떻게 해야 하지?

"도와줄래?"

그가 물었다. 나는 펄떡거리는 심장으로 되물었다.

"뭘?"

"청소. 집 꼴 좀 봐라. 이런 이미지로 남고 싶지는 않은데 기운이 없다."

과연 집 안 꼴이 말이 아니었다. 집은 그의 광기의 상흔을 고스란히 보여주고 있었다. 찢긴 책과 종이 들이 나뒹굴고 있었고, 술병들이 엎어진 채 나뒹굴고 있었고, 부서진 비디오플레이어 잔해가 나뒹굴고 있었고, 찢어진 원피스 조각이 나뒹굴고 있었고……

내가 찢어지거나 엎어지거나 부서진 잔해들을 치우는 동안 그는 청소기를 충전시켰다. 내가 청소기를 돌리는 동안 그는 걸레를 물에 적셨다. 내가 걸레질을 하는 동안 그는 옷을 갈아입었다. 내가 부엌을 정리하는 동안 그는 책상 앞에 앉아 뭔가를 끼적였다. 나는 생각했다. 어떻게 해야 하지?

"이번엔 예고 없냐? 시간이나 뭐 그런 거."

"미친놈이나 제 죽을 날을 떠들고 다니는 법이다."

"그럼 그 동안은 미친놈이었냐?"

"아마도."

"잘났다, 미친놈아."

그런 대화들이 조금쯤 내 마음을 가볍게 했다. 그리하여 나는 마침내 결정을 내릴 수 있었다. 그의 얼굴을 보지 않고 나는 말했다.

"나 내일 출장 간다. 새벽에. 짐도 챙겨야 하고 읽어봐야 할 것도 있고……"

"가봐라. 오늘 고마웠다. 또 보자."

"어?"

"사십 년 뒤에. 천천히 와라."

그의 집을 나서는 내 몸은 떨리고 있었다. 비록 몸은 떨렸지만 자책과 함께 홀가분함 역시 느끼고 있었다는 것은 숨기지 못하겠다. 자책과 홀가분함이 똑같은 비중으로 나를 누르고 있어서 정신이 혼란스러웠다. 잊을 수 있으면 잊고 싶었다. 여자친구에게 전화했더니 받지 않았다. 사흘 만에 건 전화였다. 다시 걸어도 받지 않았다. 발신자 번호가 찍혔을 텐데 웬일인지 전화도 걸려오지 않았다.

집으로 돌아갔다. 자다 깨다를 반복했다. 시간이 흐를수록 홀가분함보다는 자책이 더 무겁게 나를 짓누르기 시작했다. 잠시나마 홀가분해했다는 것이 자책의 부피를 키웠다. 그래도 그의 집으로 달려갈 엄두는 나지 않았다. 밤새 악몽에 시달렸다. 가위에 눌리기도 했다. 내 생애 최고로 뒤숭숭한 하룻밤이었다.

다음날 새벽같이 일어나 회사로 갔다. 여자친구에게 전화를 했다. 받지 않았다. 그에게 전화하는 것은 두려웠다. 그래서 십 분에 한 번씩 여자친구에게 전화를 했다. 그렇게 열 번을 하자 여자친구 전화기의 전원이 꺼졌다. 그 순간 이상하게 안도감이 들었다. 더이상 전화하지 않아도 돼서 그랬을까. 그제야 나는 업무를 시작할 수 있었다.

결론부터 말하자. 우습게도 그는 다시 한번 살아남았다. 그 사실을 나는 저녁이 되어서야 알았다. 최악의 하룻밤과 하룻낮을 보내고 나서야 알게 되었다. 화가 치밀어올랐는데 기운이 다 빠져서 화를 낼 수가 없었다.

"어제 열한시 조금 넘어서 집으로 찾아왔지 뭐냐. 헤어져보니 내가 그립더래. 두말하면 잔소리지. 이제야 내 진가를 알아본 거야. 얄밉지만 뭐 어쩌겠냐. 가진 건 정뿐이라고, 애원하니 받아줘야지. 밤새 얘기하고 아침에야 잠들었다."

"잘됐네."

나는 회사를 나서며 중얼거리듯 말했다. 기분이 꺼림칙하면서 처참했다. 그가 살아 있기를 간절히 기도했는데 막상 그의 전화를 받자 상쾌하지만은 않았다. 이유는 잘 모르겠다.

"나 너한테 많이 섭섭하다. 아무리 출장 갔다고 해도 어떻게 전화 한 통이 없냐. 내가 죽었는지 살았는지 궁금하지도 않냐."

속에서 뭔가가 치받아 올라왔다. 울컥, 했다. 역시 이유는 잘 모르겠다. 나는 간신히 감정을 가라앉히고 미안하다고 말했다.

"아 참. 청소해줘서 고맙다. 섭섭한 건 섭섭한 거고 고마운 건 고마운 거니까. 그 집 안 꼴 봤으면 아마 또 도망갔을 거다."

여자친구가 전화를 걸어온 것은 다음날 오전이었다. 전날 역시, 그 전날보다는 덜했지만 뒤숭숭한 밤을 보낸 뒤였다. 여자친구는 헤어지자고 했다. 그 뒷얘기는 생략하자. 모든 연인들이 헤어지는 과정을 우리도 똑같이 반복했다. 묻고 따지고 매달리고.

나는 정말 죽고 싶을 정도로 괴로웠지만, 걸핏하면 자살 운운하는 그 때문에 죽음의 가치가 현저히 떨어진데다, 혹 실패라도 한다면 나까지 광란의 해프닝으로 비칠 소지가 다분해서 시도조차 할 수 없었다. 숨을 쉬기 힘들 만큼 마음이 아팠지만 아픈 내색도 하지 못했다. 병가가 아니라 퇴사라도 하고 싶은 심정이었지만 얌전히 집과 회사를 오갔다. 그가 이미 한발 앞서 다 해버려서 나는 할 수 없었다. 나는 그와 달라야 했다. 나는 그와 다르다고 믿었고 또 다르고 싶었다.

그는 했고 나는 하지 않아서일까? 그는 떠났던 연인이 돌아왔고 나는 돌아오지 않았다. 내가 아파도 아픈 내색을 못 하고 있을 때 그는 연인과 재회 기념 여행을 떠났다. 그는 예전의 명랑한 모습으로 돌아왔다. 병가를 끝내고 회사에도 나가기 시작했다. 그가 오랜만에 회사로 출근하는 날 나는 그에게 장기출장을 가게 됐다고 말했다.

"어 그래? 잘 갔다 와라."

한동안 나는 그와 함께 갔던 식당이나 술집에 들르지 않기 위해, 거리에서 우연히 마주치지 않기 위해 신경을 곤두세워야 했다.

내가 '장기출장'에서 돌아온 것은 그가 다시 연인과 헤어졌을 때였다. 이유를 구구절절 늘어놓았는데 건성으로 들어서 기억은 잘 나지 않는다. 반은 자기변명이고 반은 상대를 탓하는 것이었다는 정도. 그래서 어떻게 됐냐고? 며칠 가지 않아서 또 재회했다. 술에 취한 그가 전화를 했을 때 여자도 술을 마시고 있었다. 그들은 몽롱한 정신 속에서 만났고 재회의 기쁨을 나눴다. 그러므로 나는 이것을 술기운 때문이라고 생각한다. 내 생각이 그다지 틀리지 않았다는 것은 곧 증명되었다. 어느 날 그가 전화를 걸어 말했다.

"이제 완전히 끝났다 싶다. 그런 생각이 든다."

"그럼 또 죽을 거냐?"

정확히 말하자면 그는 죽은 적이 없었다. 죽은 적이 없으니 나와 얘기하고 있는 거겠지만, 마치 그가 여러 번 죽었다 살아난 것 같은 착각이 들었다.

"쳇, 흥도 안 난다."

이미 그 문제로 자살 결행 직전까지 간 바가 있어서 다시 그러기에는 흥이 나지 않는다고 했다. 헤어지고 만나기를 반복하느라 지쳐서 이별이 처음처럼 심각하게 와 닿지 않는 것 같았다. 그리고 일 년 몇 개월 뒤 그는 회사를 그만두었다. 회사를 왜 다녀야 하는지 모르겠다고 했다. 사는 게 무의미하다고 했다.

몇 미터 앞에서 몸을 꼭 붙이고 걸어가던 커플이 걸음을 멈췄다. 남자가 차도로 내려서더니 택시를 잡았다. 여자를 태우고, 남자도 태우고, 택시는 입김 같은 배기가스를 휘날리며 떠났다. 택시 안은 따뜻해 보였다. 그들이 떠나고 나자 온 세상이 텅 빈 것 같았다. 두시 십오분. 이 새끼 정말 죽는 거 아냐?

그는 늘 뭔가 바라는 게 있을 때 자살을 결심했다. 취직이나 승진, 연인. 하지만 이번엔 뭘 바라는지 짐작조차 할 수 없었다. 의미? 의미는 누가 주는 게 아니었다. 스스로 찾는 것이었다. 그 정도는 알 만한 녀석이었다. 짐작할 수 없으니 이번엔 진심이 아닐까 하는 쪽으로 생각이 기울어지기도 했다. 나는 머리를 흔들었다. 무작정 걷기 시작했다.

혹 무미건조한 삶을 견디기 위한 자극제로 또 이런 해프닝을 벌이는 것은 아닐까. 만약 시늉뿐이라면? 결심을 철회할 핑곗거리를 기다리고 있다면? 그 핑곗거리가 혹시 나는 아닐까? 내가 아니란 법은 또 어딨어. 내가 되지 말란 법은 없었다. 나는 좀더 빨리 걷기 시작했다. 두시 이십오분. 그의 집 쪽으로 방향을 잡았다.

걸음을 멈췄다. 나도 모르게 아, 하는 신음소리가 새어나왔다. 정신이 번쩍 드는 느낌이었다. 정말 심각했을 때 그는 날짜와 시간을 예고하지 않았다. 미친놈이나 제 죽을 날을 떠들고 다니는 법이라고 했다. 정말 심각했을 때 그는 거의 밥을 먹지 않았다. 해골바가지 같은 몰골로 넋을 놓고 있었다. 당연히 여섯 가닥의 수염 같은 정신적 사치는 꿈도 꿀 수 없었다.

나는 걸었다. 그러다가 곧 뛰기 시작했다. 날짜와 시간을 예고했다는 것은? 살려달라는 의미 아닌가. 고양이를 닮기 위해 노력한다는 것은? 절망의 최고 수위에 이르지 않았다는 말 아닌가. 이제 그만 밖으로 나오고 싶다는 제스처가 아닌가. 스스로 나올 수 없어서 도움의 손길을 내민 것이 아닌가.

두시 삼십분. 예정대로 약을 먹었다면 벌써 두 시간 삼십 분이나 지났다. 아직 늦지 않았을까. 마음이 급했다. 숨이 차서 목이 따끔거렸다. 뛰다가 걷고 걷다가 뛰었다. 젠장, 왜 이렇게 먼 곳까지 왔다지? 커플을 따라 아무 생각 없이 걷다보니 그의 집에서 너무 멀어졌다. 내가 어리석었다. 왜 더 빨리 깨닫지 못했을까. 미안하다, 친구야.

손잡이를 당기자 문이 벌컥, 열렸다. 집 안은 캄캄했다. 그리고 조용했다. 벽 속에 심어진 수도관에서 그렁거리는 소리가 났지만 그건 이 집이 아니었다. 위층에서 물을 튼 소리였다. 거실까지 더듬더듬 걸어갔다. 방문을 열고, 스위치를 올렸다.

"아, 놀래라! 이 새끼, 도둑인 줄 알았잖아!"

그가 소리쳤다. 그러나 그것은 내가 하고 싶은 말이었다. 나는 놀라서 잠시 숨쉬는 것도 잊었다. 그는 하반신을 이불 아래 묻은 채 침대에 오뚝 앉아 있었다. 상상도 못 한 모습이었다. 그러므로 내 입에서 나온 첫마디는 이런 것이었다.

"수면제 안 먹었냐?"

"먹었지."

"그런데?"

"그런데는 뭐가 그런데야? 잠이 안 오는 걸 어떡해? 아무래도 그 약사 사기꾼인가보다."

"덜 먹은 건 아니고?"

"이 새끼가! 가뜩이나 허리 아파서 신경질나는데."

"평소에 오죽 많이 잤으면 그 나이에 허리가 아프겠냐."

"숨은 왜 그렇게 헐떡이고 지랄이야?"

"너 얼른 치우려고 뛰어왔다. 썩을까봐."

"아주 염장을 질러라. 비 오는 날 모래성 쌓냐. 한겨울에 무슨."

"그 고양이 인형 좀 내려놓을래? 안고 있는 꼴이 낯간지러워서 봐줄 수가 없다."

그렇게 말하고 나는 방바닥에 털썩 주저앉았다. 얼마나 뛰었던지 다리가 풀려서 더이상은 서 있을 수가 없었다. 그가 고양이 인형을 집어던져서 내 머리를 맞혔다. 나는 뒤로 벌러덩 쓰러졌다. 폭신한 고양이 인형에 맞은 충격이 오래갈 것 같았다.

거짓말

지희는 거짓말을 할 때만큼은 현재의 자신이 아닌
다른 사람이 되는 것 같았다. 사람들의 눈과 귀를 붙잡아둘 수 있었고
평소와는 다른 감탄사를 들을 수도 있었다.

1

지희는 시계를 보지 않고도 약속시간이 이미 지났다는 것을 알 수 있었다. 누군가를, 혹은 뭔가를 초조하게 기다릴 때 머리는 커다란 시계가 되고 머릿속 신경은 시곗바늘이 되어 째깍째깍 초 단위로 쉴새없이 움직이는 법이었다. 그곳이 공원이거나 커피숍이라면 그나마 낫겠지만, 대기자 명단에 이름을 올려놓은 예비손님들이 복도 의자에 기다랗게 앉아 있는 시내 중심가의 레스토랑이라면 초조함은 쉽게 불안으로 변질되기 마련이었다. 지희 역시 보통의 경우에서 한 치 어긋남 없이 안절부절못했는데, 윤주가 반드시 나오리라는 확신이 없었기 때문이었다.

물론 약속을 했고 윤주의 대답도 들었고 퇴근 무렵 확인전화까지 했는데도 그랬다. 언제 무슨 일이 벌어져 어디로 튈지 모르는 인간이 바로 윤주였다. 믿거나 말거나지만, 약속장소를 십 미터 남겨두고 갑자기 부모님이 아프거나 친구가 다치는 돌발상황으로 인해 윤주가 발길을 돌린 것만 해도 부지기수였다. 윤주의 주변인들은 예외 없이 환자거나 예비환자였고 지희 역시 누군가의 머릿속에서는 지금 이 시각 병상에 누워 끙끙 앓고 있을지 몰랐다. 정말 믿거나 말거나지만.

지희가 휴대폰을 꺼내 단축번호를 길게 누르는데 입구에 낯익은 모습이 나타났다. 지희는 손을 들어 두리번거리는 윤주에게 위치를 알렸다.

"좀 늦었지? 아 미안미안. 나오려는데 갑자기 과장이 부르잖아. 그 인간은 꼭 그런다니까. 도대체 정이 안 가."

아주 먼 곳에서부터 달려온 것처럼 윤주는 숨까지 헐떡이며 말했다. 그러나 사실 윤주가 달리다시피 걸은 곳이라고는 출입문에서부터 지희가 앉아 있는 테이블까지뿐이었다. 지희도 모르지 않았다. 지희가 모르지 않는다는 것을 윤주 역시 알고 있었다. 그럼에도 윤주가 헐떡거리는 것은, 이렇게 낯 뜨거운 연기까지 해가며 반성하고 있으니 어여삐 여겨 좀 봐달라는 뜻이었다. 지희는 안도 섞인 한숨을 내쉬었다.

약속을 잊은 것도 아니고 거리감각을 상실한 것도 아닌데 윤주는 늘 일어나야 할 시간보다 늦게 일어났고 당연히, 나타나야 할 시간보다 늦게 나타났다. 그럴 때마다 윤주를 귀애해 윤주의 시간을 빼앗고 본의 아니게 윤주로 하여금 헐떡이게 만드는 인간은 과장이었다가 팀장이었다가 가끔은 본부장이 되기도 했다.

"얘가 평소답지 않게 조신하네. 너 무슨 일 있지?"

윤주가 지희의 얼굴빛을 살피며 물었다. 한바탕 보복성 잔소리가 쏟아져야 하는데 지희가 잠잠했던 것이다.

"저, 그게……"

"아, 일단 주문부터 하자. 배고파 쓰러질 지경이야. 십 인분이라도 먹을 수 있을 것 같아. 삼십 분 안에 뭐든 안 나오면 장발장으로 변신할지도 모른다고."

에이 씨, 말을 잘라먹었어, 하고 지희가 투덜거렸다. 그러거나 말거나 윤주는 열심히 메뉴를 들여다보았다. 지희는 '저, 그게'로 시작되려다 만 문장을 생각하고는 체념한 듯 말했다.

"걱정 마라. 빵만큼은 내가 머리카락으로 짚신을 삼아서라도 구해다 줄게."

"어? 저기 언니들 들고 돌아다니는 거 빵 맞지?"

지희가 말릴 새도 없이 윤주는 '언니들' 중 하나를 불러 빵 한 덩이만 적선해주십사고 애처로운 눈빛으로 간청했다. 십대 후반으로 보이는 '언니'가 텅 빈 테이블을 내려다보며 잠깐 망설이더니 어쩔 수 없다는 듯 한 덩이를 내놓았다. 윤주는 빵을 입에 물고 무슨 노래인가를 흥흥거리며 다시 메뉴를 고르기 시작했다.

"좀 전엔 너무 배고파서 못 들었는데, 머리카락으로 뭘 한다고?"

"아니 뭐, 자를까 싶다고."

"뭘 준다고 한 것 같은데?"

"주긴. 줄 게 뭐 있다고."

"빵은 됐고, 주려면 네 살이나 좀 떼주지."

웃지도 않고 윤주가 말했다. 아프지만 않게 재주껏 떼가, 지희가 맞받아쳤다가 다시 덧붙였다.

"너니까 이런 적선도 하는 거야."

"나 또 몸무게 줄었어. 오십 넘는 게 소원인데, 소원 이루기가 왜 이렇게 힘드니."

"그러니까 소원이겠지."

지희가 보기에도 윤주는 지나치게 말라서 지하철과 승강장 사이 구멍에 빠지지 않을까 걱정될 정도였다. 170센티미터가 조금 못 되는 키에 몸무게는 사십오? 사십육? 아무튼 그랬다. 지희로서는 도대체 이해할 수 없는 것이, 잘 먹고 잘 자는데도 윤주의 몸무게는 그대로거나 조금 빠지거나 했다. 그래서 어떤 직장이든 척척 잘도 들어가는지 모르겠지만.

한편 지희는 165센티미터의 키에 몸무게가 팔십 킬로그램이었다. 정작 지희 자신은 아무렇지도 않은데 주위 사람들의 걱정이 대단했다. 만나면 다들 한마디씩 하고 싶어 안달이었다. 결혼하기 힘들 거라는 예언가적 소견은 기본이고, 당뇨와 고혈압과

관절염은 삼십대 후반부터 지희가 반드시 갖춰야 할 지병들이었다. 오십 이후의 삶도 보장받을 수 없었다. 팔십 킬로그램의 몸으로 오십 이후까지 살아 있다면 예언가들의 실망은 이만저만이 아닐 것이었다.

남들보다 조금 더 무거운 게 뭐 어쨌다고? 지희의 평소 지론이었다.

"살을 찌우기 위해서는 투자를 해야지. 난 피쉬 휠렛 위드 쉬림프. 이름도 되게 기네."

윤주가 메뉴판을 탁 접으며 말했다.

"오늘은 내가 살 테니 맘껏 먹어. 난 텍사스 립아이. 파스타도 하나 골라봐."

"아 귀찮아. 네가 골라. 그런데 웬일?"

지희는 종업원을 불러 식사를 주문하고서도 머뭇거리고 있었다. 판은 다 깔렸다, 이제 털어놓기만 하면 된다, 그렇게 자신을 다독였지만 입이 열리지 않았다. 아, 쪽팔려. 지희는 고개를 푹 숙였다.

"사실은 말야, 회사 사람들한테 결혼할 남자친구가 있다고 말했어."

지희는 고개를 숙인 채 빠르게 말했다.

"정말? 이야, 축하해. 쥐도 새도 모르게 그런 남자를 언제 만들었다니?"

"놀리냐?"

“그럼 뺑쳤구나? 한동안 잠잠하기에 그 병 고친 줄 알았지.”

세상일이 어디 내 맘대로 되더냐, 지희는 들릴 듯 말 듯 중얼거렸다. 그런데 이게 정말 병인가? 지희는 생각했다. (거짓)말 때문에 위기에 처한 것이 이번 처음은 아니었다.

가장 최근에는 할머니가 돌아가셨다고 했다가 곤욕을 치렀다. 할머니는 지희가 태어나기도 전에 돌아가셨고, 이미 월차를 써버린 터에 하루 이틀 쉬고 싶어 꾸며낸 말이었다. 할머니에 대한 애틋한 정이 없어 가능한 것이기도 했다. 그랬는데 할머니 연세가 어떻게 되시냐고 팀장이 물었고 지희는 무심코, 반쯤은 농담으로 백서른 살이라고 했다. 그러자 팀장이 깜짝 놀라며 믿지 못하겠다는 얼굴이 되었다. 백서른 살까지 장수하셨다면 신문에도 나고 텔레비전에도 나왔겠다고 했다. 예전에 그런 프로그램이 있었다. 백 세 이상 노인들을 찾아다니며 장수 비결을 묻는 프로였다. 지희는 말문이 막혔지만 잠깐 생각하다가 백 세 되던 해 신문에 소개되었다고 했다. 삼십 년 전? 팀장이 물었고, 그렇다고 들었어요, 지희가 담담하게 대꾸했다. 스크랩도 돼 있겠네? 팀장이 다시 물었고, 아마 그럴걸요 언제 보여드릴게요, 지희는 한술 더 떠 말했다. 결국 이틀 휴가를 받았지만 삼십 년 전 신문을 연구하고 조작하느라 그 이틀을 고스란히 다 보내야 했다. 그때 웹 디자이너인 윤주의 도움이 컸다. 이틀 뒤 흐릿한 복사지를 받아든 팀장은 오호, 했을 뿐 별다른 반응은 보이지 않았다.

작년에는 어머니를 미인대회 출신이라고 했다가 비슷한 고생을 했고, 그 몇 달 전에는 하나뿐인 오빠를 조폭의 우두머리로 만들었다가 새사람으로 갱생시키기도 했다. 있지도 않은 여동생은 백혈병 환자에서 극적으로 새로운 삶을 얻었고, 배다른 아이가 여럿 있는 아버지는 그 배다른 아이들 때문에 이름을 밝힐 수 없는 정계의 거물이었다. 경리부에 가서 주민등록등본 확인하자, 하고 나서는 사람들에게 그 이름은 아명일 뿐 대외적으로 쓰는 이름은 아니라고 둘러댔다.

"이번엔 또 왜?"

서비스로 나온 빵에 버터를 바르며 윤주가 물었다.

"점심시간에 남자친구 얘기들을 하더라고."

"그래서?"

"그러다가 갑자기 나를 보는 거야. 너는 없지? 하는 눈으로."

"열 받았구나."

"안 받으면 이상하지."

그러나 그것 때문만은 아니었다. 지희는 거짓말을 할 때만큼은 현재의 자신이 아닌 다른 사람이 되는 것 같았다. 사람들의 눈과 귀를 붙잡아둘 수 있었고 평소와는 다른 감탄사를 들을 수도 있었다. 약간의 조미료가 가미되지 않은, 있는 그대로의 현실은 너무 밋밋해서 맛이 없었다. 샐러리맨 아버지에, 가정마다 하나씩 있는 주부 어머니에, 키도 작고 덩치도 작고 간은 더 작은 소심한 오빠에, 모든 게 오빠와는 정반대인 지희 자신에, 가족들이 다 모인 자리에서의 주된 화제가 저것들 둘이 바뀌서 태어났으면 오죽 좋으랴, 하는 것으로는 사람들을 끌어모을 수 없었다.

하나 애석한 점이 있다면, 사람들은 지극히 기억력이 나빠서 뭐든 곧 잊는다는 것이었다. 그러므로 지희에게로 향한 관심이나 감탄은 기껏해야 한 시간을 넘지 않았다. 끊임없이 새로운 말을 창조해야 하는 이유였다.

윤주가 한숨을 쉬어서 지희는 얼른 덧붙였다.

"(거짓)말을 많이 하면 살도 빠지고 시간도 잘 가. 하루 종일 픽셀을 점으로 채우는 일이 얼마나 지루한지 너도 알잖아."

지희는 캐릭터를 창조하고 만드는 일을 했다. 물론 창조력, 아이디어가 무엇보다 중요했지만 훨씬 오랜 시간을 들여야 하는 것은 아이디어를 짜내는 일이 아니라 만드는 일, 픽셀 하나하나를 색으로 채우는 일이었다. 그렇게 해서 하나의 캐릭터가 만들어졌다.

"말이 좋아 캐릭터 디자이너지 이건 순 단순노동의 연속이라고."

지희는 버터를 듬뿍 바른 빵을 한입 크게 베어물었다.

"너만 지루하다고 생각하지 마라. 세상일이 다 그래."

"그렇게 말하는 걸 보니 슬슬 움직일 때가 된 모양이구나."

"아마도."

윤주는 체험 강박증, 스스로의 표현에 의하면 체험 탐험가였다. 체험 탐험가답게 한 회사에 삼 개월 이상 다니는 일이 드물었고, 회사를 옮기는 것으로 성이 차지 않을 때는 직업을 바꿨다. 재주도 좋지, 디피(display) 디자이너에서 편집 디자이너로, 다시 프리랜서 사진작가로, 또 순식간에 웹 디자이너로 변신을 거듭했다. 웹 디자이너 다음엔 무엇으로 변신할지 알 수 없었다.

모든 회사에서 한 번씩 다 일해볼 작정이야. 언젠가 윤주가 전혀 포부 같지 않은 포부를 밝혔지만 그 말은 정확하다고 할 수 없었다. 윤주는 들어가는 회사마다 그리고 업종마다 남들보다 빨리 적응하고 남들보다 빨리 지겨워했다. 남들이 일 년에 걸쳐 겪는 감정의 변화들을 삼 개월이면 마스터했다. 하나의 조직체에서 얻을 수 있는 희로애락을 다 맛봤으니 나머지 시간은 지루할밖에. 그런 속사정을 알지 못하는 사람들의 눈에는 팔랑팔랑 나비처럼 날아다니며 이 꽃 저 꽃 마음 내키는 대로 앉았다 떠나는 것처럼 보였다.

"네 인생도 참 가련하다."

윤주가 뭐라고 대꾸하려는데 때마침 주문한 것들이 나왔다. 윤주 앞에는 도미 스테이크가, 지희 앞에는 꽃등심 스테이크가 놓이고 알프레도 소스가 뿌려진 파스타는 테이블 가운데를 차지했다.

"먹자 먹어. 일단 먹고 보자."

지희는 어느새 걱정거리도 잊고 환하게 밝아진 얼굴로 포크와 나이프를 들었다. 십 인분이라도 먹을 수 있을 것 같다던 윤주는 두어 번 만에 포크를 내려놓았다. 빵을 먹었더니 입맛이 없다고 했다. 밥을 입맛으로 먹냐 음식맛으로 먹지, 가 지희의 대답이었다.

"그래서? 회사 사람들이 남자친구를 보여달래기라도 한 거야?"

"응."

"물론 걱정 말라고 큰소리쳤겠지?"

"빙고."

"나를 보자고 한 이유도 그거겠네?"

"말하자면."

"그 동안 얼마나 뻥을 쳤으면 사람들이 그러겠냐."

"믿는 척하더니 기집애들."

지희는 꽃등심 접시를 비우고 파스타 면발을 포크로 돌돌 감았다. 크게 감긴 면발이 입속으로 들어가며 입술에 소스를 묻혔다. 입안에 면발만 남기고 포크는 쪽 빨며 빼냈다.

"맨입으로는 안 될걸?"

"각오하고 있어."

파스타 접시까지 비운 지희는 윤주의 접시를 건너다보며 음식을 남긴다고 타박했다. 음식물쓰레기 때문에 환경이 얼마나 피해를 보고 있는지 모르니? 윤주가 더이상은 못 먹겠다며 미안한 표정을 지었다. 도미는 또 뭐가 되니? 기껏 쓰레기통에 처박히려고 소중한 생명을 내놓은 꼴이잖아.

"네가 좀 먹어줘."

"이리 내. 대신 수고비는 없다."

2

결과는 대성공이었다. 남자는 윤주가 구해주었다. 키 크고 잘생기고 근육도 적당히 있고 매너까지 좋은 남자에게 회사의 여직원들은 까무러치듯 넘어갔다. 장난기 어린 눈빛에 말솜씨는 또 얼마나 좋은지 쉴새없이 웃음꽃이 터졌다. 끝없이 쏟아지는 질문의 집중포화에도 당황하거나 굴하지 않고 꿋꿋하게 지희와의 일화를, 농담을 섞어 술술 잘도 풀어냈다. 얘기가 끝날 때마다 지희를 사랑스러운 눈으로 바라보았고, 기다란 팔로 지희의 어깨를 우아하게 감싸안기도 했다. 완벽하다 완벽해, 정말 자신의 남자친구가 아닐까 지희까지 깜빡 속아넘어갈 지경이었다. 그러니 여직원들이야 오죽할까.

여직원들의 부러움과 질시와 감탄이 버무려진 복잡한 시선은 이튿날 회사에서도 계속되었다. 멋진 남자친구 얻는 방법에 대한 문의가 쇄도했고, 남자친구의 친구를 소개하라는 협박성 부탁이 줄을 이었다. 임자 있다는 직원들도 예외는 아니었다. 이래저래 하루 종일 지희의 자리는 조용할 줄을 몰랐고, 때문에 그날 해야 할 일을 시간 안에 끝내지 못한 지희는 야근을 해야 했다. 혼자 남은 사무실, 컴퓨터 모니터를 바라보던 지희는 아 피곤해, 하고 중얼거렸다. 그러나 그 얼굴 위로는 소리없이 미소가 피어나고 있었다.

물론 경제적인 대가는 혹독했다. 총액 오십만원. 하루 전 미리 만난 남자친구와 윤주에게 밥 먹이고 술 먹이고 택시비 쥐여주는 데 든 돈이 십오만원, 여직원들에게 안주 먹이고 생맥주 먹인 돈이 역시 십오만원, 남자친구의 역할 대행비 이십만원.

이십만원이면 싼 편이지, 윤주가 말했었다. 그래, 비싸다고 할 수는 없었다. 하루 저녁을 위해 남자친구는 지희에 관한 모든 것, 가령 가족관계와 성격과 취미와 버릇에 대해 외워야 했고, 연애에 대한 모든 것, 가령 지희를 만난 경위와 첫 키스 한 장소와 몇몇 추억들을 급조하기 위해 창작력을 불태워야 했다. 그 모든 노력에 대한 대가로 이십만원이면 비싸다고 할 수 없었다. 남자는 윤주의 예전 애인이었는데, 건수 생기면 또 불러달라고 말하고는 기분 좋은 얼굴로 택시에 올랐다.

다음 달엔 신세 처랑해지겠군, 지희는 과자를 한 움큼 집어 입속으로 밀어넣으며 중얼거렸다.

3

"나 회사 옮길까봐."

오늘 역시 지희가 만나자고 했고 지희가 술 산다고 했는데 고민거리는 윤주가 먼저 털어놓았다. 그러나 어쩔 것인가. 지희는 대충 짐작하고 있어서 별로 놀랍지도 않은 것을 놀랍다는 듯 물었다.

"어디로?"

"예전에 디피 할 때 알던 사람인데 다시 일해볼 생각 없냐고 묻네. 뭐 내가 감각이 좋았다나?"

"그럼 또 밤에 일해야 하잖아. 그거 싫어서 나왔으면서."

은근과 끈기를 체질로 여기고 있는 지희는 뭐든 쉽게 결정하고 행동하는 윤주가 안타깝기도 하고 한편 부럽기도 했다. 새로운 장소에 가서 새로운 사람들을 만나 친해지는 것, 지희가 가장 자신 없어하는 부분이었다.

"오래 할 생각은 없고 앞으로 뭘 하며 먹고살아야 할지 궁리할 동안만."

"웹 디자인 벌써 질렸어?"

"비전이 없어. 매일 그 일이 그 일이야."

"매일 그 일이 그 일 아닌 일이 있냐."

"한국의 디자인 환경과 나는 안 맞는 것 같아. 난 모던한 걸 좋아하는데 클라이언트들이 원하는 건 아기자기야. 유치찬란,

정보전달 위주. 디자인은 뒷전이고."

모던한 디자인도 많던데, 하고 말하고 싶었으나 지희는 마지막 순간에 꿀꺽 삼켰다. 클라이언트를 잘 만나야 디자인이 빛을 보는데, 좋은, 그러니까 디자인을 좀 아는 클라이언트를 만날 수 있는 기회가 누구에게나 오는 것은 아니었다. 그러기 위해서는 우선 자신이, 최고는 아니더라도 이름 좀 날리는 디자이너가 되어야 했다. 윤주에게는 그 시간을 참고 견디는 힘이 부족했다.

"하고 싶은 건 있고?"

팝콘을 와삭 깨물며 지희가 물었다. 프라이드와 양념 치킨이 나왔다. 오 인분이라도 거뜬히 먹을 수 있을 것 같다는 윤주의 말에 따라 두 마리를 주문했는데, 과연 테이블이 가득 찼다. 치킨을 담은 접시가 커서이기도 했고 테이블이 작아서이기도 했는데, 이유야 어떻든 가득 찬 테이블이 지희는 만족스러웠다. 치킨 맛이 좋기로 소문난 집이었다. 가게는 좁고 손님은 붐볐으므로 조그마한 테이블을 중심으로 다복다복 붙어 앉아 치킨을 뜯어야 했다. 안주가 나온 기념으로 지희와 윤주는 생맥주잔을 부딪치고 마셨다. 으, 시원하다. 지희가 몸을 부르르 떨었다.

"그림이나 한번 그려볼까 해."

윤주가 말했으나 지희는 즉각 반응을 보이지 못했다. 안주가 나오고 맥주를 마시고 닭다리 하나를 골라 집느라 지희는 자신이 뭘 물었었는지 잠깐 잊고 있었다. 지희는 깊이 생각하는 척하다 말했다.

"그럼? 어떻게 먹고살려고?"

"그게 문제지. 그러니까 결정을 못 하고 있잖아."

"아."

한동안 침묵이 이어졌다. 윤주와 지희가 입을 다물었는데도 귓속으로 파고드는 소음의 정도는 전혀 낮아지지 않았다. 앞 뒤 옆 테이블의 떠들썩한 얘기 소리도 있었고 주방의 그릇 부딪치는 소리도 있었다. 종업원을 부르는 소리, 의자를 뒤로 뺐다가 끌어당기는 소리, 가까이에는 지희가 오물오물 치킨을 먹는 소리도 있었다. 다들 먹고 마시고 얘기하느라 바쁜 가운데 윤주만 한가로이 맥주를 찔끔거렸다. 지희가 쳐다보자, 우울한 얘기를 하다보니 입맛이 없어졌어, 했다. 난 우울할 때 더 잘 먹히던데. 지희의 말도 윤주의 입맛을 되돌리지는 못했다.

"무슨 할 말이 있다고 했던 것 같은데?"

팝콘을 만지작거리며 윤주가 물었다.

"그랬지."

"뜸 오래 들이다가 밥 탄다."

"저 그게……"

지희는 망설이고 있었다. 말이 나오지 않는 입 속으로 치킨 조각을 밀어넣고 하얀 무와 양배추를 우겨넣었다. 마치 그것 때문에 말을 못 한다는 듯. 윤주는 더 재촉하지 않고 물끄러미 쳐다보기만 했다. 거침없는 성격의 지희가 저렇게 망설일 정도라면 심각한 일일 거라는 짐작만 할 뿐이었다. 아, 쪽팔려. 마침내 지희가 한숨처럼 토해놓은 말이었다. 윤주는 흥, 웃고는 맥주를 한 모금 마셨다.

"네 애인 있잖아. 그……"

"성우씨?"

"아니. 말고 그……"

지희는 윤주가 먼저 말해주기를 기다렸으나 윤주는 나 양다리는 안 걸쳐, 할 뿐이었다. 몰라서 모르는 건지 알면서 모르는 척하는 건지 답답해진 지희는 가슴을 쳤다. 이름 석 자가 혀끝에서 맴돌았지만 역시 이번에도 꿀꺽 삼키고 말았다. 발설의 욕망과 창피를 당할지 모른다는 소심함 사이에서 갈등하느라 얼굴까지 벌게졌다.

그제서야 윤주는 하하하, 어떻게 들으면 비웃음인 것 같고 또 어떻게 들으면 깨달은 자의 통쾌함 같기도 한 웃음을 터뜨렸다. 높은 톤의 웃음소리는 치킨집의 그 모든 소음 중에서도 단연 돋보였고 기세등등한 소음의 기세에 눌려 자잘한 소음들이 뚝 끊겼다. 그리하여 한순간 침묵이 찾아든 가운데 주위의 시선이 한꺼번에 지희와 윤주에게로 향했다. 지희는 주위의 귀들 때문에 원망도 못 하고 고개만 푹 숙였다. 다시 적당한 소음이 보호막 역할을 시작했을 때 윤주가 말을 꺼냈다.

"어떻게 해주랴?"

"어떻게 하긴 뭐."

"원하는 게 있잖아. 그래서 아까부터 눈동자가 이리저리 제멋대로 굴러다녔던 거잖아."

"내가 그랬나?"

"너 말하고 싶은 거 있는데 못 할 때 버릇이야. 한기 마음에 드니?"

너무 노골적인 물음이라 지희는 또 한번 뜨끔했다. 아무리 친한 친구 사이라 하더라도 쑥스러운 건 쑥스러운 거였다. 지희는 대답 대신 팝콘을 한 움큼 집어 입으로 가져갔다.

"그렇게 나쁜 앤 아냐. 약간 바람기가 있고 얼마쯤 허영심도 있고 뻥도 좀 치고, 이건 너랑 비슷하네, 게을러서 놀기 좋아하지만 근본적으로 심성이 나쁘다고는 할 수 없지. 그래도 비주얼은 좀 되잖아."

나쁜 것만 잔뜩 말해놓고, 지희가 불만스럽게 투덜거렸다. 약간 바람기가 있고 얼마쯤 허영심이 있는 건 윤주도 마찬가지였다. 거기다 윤주는 금방 싫증을 낸다는 단점까지 있었다. 몇 개월 사귀다 싫증이 난 윤주가 먼저 헤어지자는 말을 꺼냈다는 걸 지희는 알고 있었다. 한기의 잘못이라면 그런 윤주를 잡지 않고 선선히 물러섰다는 것이었다. 쿨한 놈. 하긴 헤어진 마당에 좋게 말해줄 리가 없지, 지희는 생각했다. 인연은 돌고 도는 법. 윤주와는 인연이 아니었는지도 모르지. 그렇다면.

"말 안 하면 나 간다."

기다리다 못한 윤주가 금방이라도 나갈 것처럼 엉덩이를 들썩

이자 지희는 얼른 용건을 꺼냈다.

"자리 한 번 더 만들어줘."

"소개팅?"

"말고. 걔가 나랑 소개팅하려고 하겠냐? 지난번처럼 해줘. 일단 자꾸 봐야 정이 생기지."

"기집애. 곰인 줄 알았더니 속에 여우가 들앉아 있었네. 백수라 어렵진 않겠지만."

뒷말은 생략했다. 큰 기대는 하지 마라. 윤주는 목구멍까지 올라온 말을 맥주로 씻어내렸다.

"그런데 문제가 있어."

그렇게 말해놓고 지희가 멋쩍게 웃었다.

"친구를 구해줘야겠어."

"네 친구들 없니?"

"이번엔 목적이 다르잖아."

그렇기야 하다, 윤주가 머리를 긁적였다.

"두세 시간 분위기 잡아주는 대가로 돈 벌고 맛있는 것도 먹고 술도 마시고 손해볼 건 없잖아. 한 다섯 명 정도."

돈도 많다 기집애. 잠시 후 윤주가 몇 명인가와 통화를 하고 나더니 가능할 것 같다고 했다. 전화선 너머 누군가들의 제안을 종합하면 다음과 같았다. 세 시간에 두당 오만원. 술자리가 길어질 경우 한 시간 연장할 때마다 만원씩 추가. 대신 안주와 술은 가격 제한 없이 마음껏. 지희는 동의했다. 거절할 이유가 없었다. 두당 오만원이라면 각오했던 것보다 싼 금액이었다.

지희는 양념치킨 하나를 입에 물고 전체 비용을 계산하기 시작했다. 친구 대행비가 각 오만원씩 해서 다섯 명이니까 이십오만원, 한기에게 나갈 돈이 이십만원, 가격 제한 없는 술자리 여흥을 조건으로 건 걸로 보아 일차가 이십만원쯤, 이차는 십만원? 모두 해서 칠십오만원. 지희는 한숨을 내쉬었다. 만기가 얼마 남지 않은 적금은 두고 일순위지만 주택청약을 깨야겠다고 생각했다. 미래를 위해 고이 간직하고 있었으나 금액이 큰 적금보다는 그편이 덜 손해일 것 같았다. 미래가 어디 딴 데 있는 것이더냐, 이게 바로 미래를 위한 투자지. 지희는 그렇게 생각하기로 했다.

"대신 조건이 있어. 유유상종이라는 말은 듣고 싶지 않으니까 날씬하고 예쁜 애들로 구해줘."

처음이자 마지막으로 내놓은 지희의 결연한 목소리였다.

4

때로는 약간의 설정이 필요한 경우가 있다. 때로는 약간의 설정으로 완전히 다른 결과를 얻을 수도 있다. 누구에게도 피해를 주지 않는 거짓, 아니 농담 같은 것이 우리 삶을 매끄럽게 이끌어주는 윤활유 혹은 활력소 역할을 하기도 한다. 지희는 그렇게 믿었다. 그러므로 남자친구를 얻기 위해 약간의 설정, 조작을 감행하면서도 양심의 가책은 느끼지 않았다. 오히려 약속한 날짜가 다가올수록 긴장되고 설레어서 마음을 진정시키기 위해 청심환이라도 먹어야 할 지경이었다.

그러나 청심환을 먹는 대신 정장 한 벌을 샀다. 마사지용 팩도 샀고 얼굴을 보얗게 만들어준다는 미백화장품도 샀다. 매장의 직원이 권하는 대로 향수도 샀고 평소에는 엄두도 못 낼 만큼 비싼 구두도 장만했다. 약간 뽀글한 머리카락도 쫙 펴서 찰랑거리게 만들었다가 어중간한 단발이 얼굴을 더 커 보이게 할 수 있다는 미용실 원장의 충고에 따라 끝만 살짝 감아올렸다.

그러느라 주택청약통장에 고이 모셔져 있던 돈을 다 썼지만 지희는 상관하지 않았다. 지희 나이 스물여덟. 스물여덟에는 통장에 찍힌 숫자보다 현재의 자신감이 더 절실한 법이었다. 만질 수 있고 냄새 맡을 수 있는, 눈에 보이는 행복이 더 중요했다. 그런 의미에서 단 며칠 만에 완벽하게 변신한 지희는 새 옷을 입고 새 구두를 신은 뒤 거울 앞에 서서 캬하하, 하고 웃었다. 만족스러웠다. 이 정도면 됐어. 지희는 입었던 옷과 신었던 구두를 벗어 침대 아래 놓고 잠자리에 들었다.

이튿날 회사에 출근한 지희는 예상대로 사람들의 시선을 집중시켰다. 늘 헐렁한 옷과 운동화, 부스스한 머리카락의 지희만 보던 동료들이 눈을 동그랗게 뜨고 관심을 보였다. 관심은 관심인데 제각각의 사고가 천차만별이어서 지희의 변화된 모습을 두고 누구는 결혼하냐고 묻는가 하면, 또 누구는 남자친구와 헤어졌냐고 물었다. 사고뿐 아니라 심리 또한 오묘한 것이어서 지희의 새 옷과 구두를 두고 누구는 남자친구가 사준 거냐고 묻는 반면, 또 누구는 남자친구가 바람을 피우냐고 넌지시 묻기도 했다.

평소 같았으면 충분히 기분 나빠했을 상황이지만 오늘 지희는 자신감 백 퍼센트 충전 상태이므로 기분 나쁘기는커녕 오히려 삐딱한 심사의 관심들이 질투로만 여겨져 흐뭇했다. 궁금해 죽겠다는 얼굴의 동료들에게 지희는 한번 씩 웃어준 뒤 양가 부모 상견례가 있다고 태연하게 말했다. 우와! 설마! 사방에서 탄성이 터졌다.

"못 믿겠으면 따라와보든지."

그러자 '설마' 편의 반응이 쏙 들어갔다. 뒷일이야 어찌 됐건 당장은 통쾌했다. 나중 일은 나중에 생각해도 돼. 지희는 블라우스 소매 부분에 때가 묻지 않도록 깨끗한 A4용지 하나를 팔꿈치 아래에 받친 뒤 마우스를 향해 손을 뻗었다. 이제 열 시간 남았다.

(가짜) 친구들은 약속시간을 잘 지켜 정확하게 여섯시 사십분이 되자 한꺼번에 호프집 입구에 도착해서는 지희의 휴대폰으로 전화를 걸어 지희 우리 왔어, 했다. 지희는 순간 긴장하며 테이블 번호를 알려주었다. 침착하자고 마음을 다잡아도 그래지지 않는 것이, 친구들 역시 이름도 제대로 모르는 초면인 터였다.

종업원의 안내를 받으며 나타난, 지희의 요구대로 예쁘고 날씬한 이들로만 구성된 친구들은 엉거주춤 일어선 지희를 향해 활짝 웃어 보였다. 하마터면 고개 숙여 인사할 뻔했던 지희는 간신히 손을 들어 답례를 표했다.

이게 얼마 만이니. 넌 여전히 혈색이 좋구나. 회사는 아직 거기? 연락 좀 하고 살자. 얘 점점 예뻐지는 것 좀 봐, 연애가 좋긴 좋은 모양이야.

제각기 한마디씩 떠들어대는 친구들 속에서 지희는 대답도 못하고 어정쩡한 웃음만 흘렸다. 예상치 못한 상황이었다. 출발 신호도 없이 그들은 먼저 출발해 있었고 지희는 이제 출발해야 하나 말아야 하나 망설이는 마라토너 같았다. 그들의 능청스러움에 내심 감탄하고 또 감탄했다.

연기력을 요하는 대외용 인사가 끝나자 진짜 자기소개가 시작되었다. 난 정선, 웹 디자인을 하고 나이는 서른. 난 지혜, 휴대폰 디자이너, 나이는 스물아홉. 난 수지, 프로그래머, 나이는 스물여덟. 난 혜진, 인터넷 쇼핑몰에서 유럽 쪽 발주 담당이고, 스물일곱. 난 춘희, 패션 디자이너 지망생, 나이는 스물다섯.

지희의 소개는 할 필요가 없었다. 그들은 지희에 대해 웬만큼 알고 있었고, 유사 업계 종사자로서 캐릭터 디자이너라는 직업에 대해서도 충분한 이해를 가지고 있었다. 그들은 각자 윤주와 얽혀 있을 뿐 서로 간에는 지희와 마찬가지로 초면이라고 했다. 지희는 깜짝 놀라지 않을 수 없었다. 친밀감도 그렇지만 나이 순서대로 잘도 소개한다 싶었는데 아니나 다를까 자기들끼리는 몇 분 전에 미리 만나 통성명을 끝냈다고 했다.

"이왕이면 완벽하게 해야지."

"확실하게 밀어줄게."

"나중에 새끼 치는 거 잊지 말고."

응원군이 많아서인지 지희는 마음이 든든했다. 그래서 지희는 자신이 할 수 있는 말, 최대로 호의를 베풀 수 있는 말을 했다.

"고마워. 계산은 걱정 말고 마음껏 먹어."

일곱시가 되었다. 이제 비로소 진짜 출발 신호가 떨어진 셈이었다. 마라톤 경기의 한가운데 놓인, 그러나 정작 자신은 아무것도 모르는 한기가 두리번거리며 걸어오고 있었다. 지희를 발견한 한기의 걸음이 빨라졌다.

"어? 내가 늦었나봐?"

지희의 친구들을 빠르게 훑어보며 한기가 말했다. 그러자 여기저기서 아니라고 참새들처럼 짹짹댔다.

삼십 센티미터 자 하나의 간격만큼 떨어져 앉는데, 지희는 한기가 긴장하고 있다는 것을 알 수 있었다. 안면근육이 굳어져서 웃다 만 것 같은 얼굴은 오히려 처량해 보였고, 반갑다고 인사하는 상대의 눈을 제대로 쳐다보지도 못했다. 심지어 잘생겼다는 참새들의 입에 발린 칭찬에도 얼굴을 붉혔다. 지난번의 그 여유 있는 모습은 찾아볼 수 없었다.

게다가 지난번에는 어깨를 꼭 붙이고 앉았다는 것을 지희는 기억했다. 자연스러운 스킨십을 기대하며 친구들이 비워준 소파였다. 지희는 맥주를 따르는 척하며, 긴장도 풀어줄 겸 역할도 상기시킬 겸 한기 쪽으로 슬쩍 다가앉았다. 그러자 한기는 테이블 너머로 팔을 쭉 뻗어 친구들에게 건배를 청하는 척하며 다시 지희와의 사이에 삼십 센티미터 자 하나를 놓았다. 어라? 지희는 한기의 그같은 행동을 놓치지 않았다.

대화는 주로 정선과 지혜와 춘희가 이어갔고 주제는 학창 시절 지희가 얼마나 엉뚱한 학생이었나 하는 것이었는데, 지희나 윤주가 일러준 것은 아니고 모두 그들의 머릿속에서 나온 자발적인 창작품이었다. 간간이 웃음이 터졌고 한기는 미소 띤 채 고개를 끄덕였다. 그러나 여직원들과의 자리에서 보여줬던 유려한 말솜씨도 발휘하지 않았고, 지희의 어깨를 긴 팔로 감싸 애정을 과시하는 일도 없었다. 지희는 서운했지만 대신 자신에 대한 은근한 칭찬과 정보가 한기의 귓속으로 속속 빨려들고 있었으므로 그 정도에서 만족하기로 했다. 자고로 사람 사이의 감정이란 과거를 공유하는 데서부터 비롯되는 거라고 지희는 믿었다.

시간이 흐르고 술이 조금 들어가자 한기의 입담이 살아나기 시작했다. 하지만 그 속에 지희는 쏙 빠지고 다른 여자들이 자리를 차지하고 있었다. 게다가 자화자찬 일색이었다.

"한 번만 만나달라는데 어떡해요. 여자가 애원하면 정말 가슴 아프잖아요. 그래서 한 번 만나주면 다음엔 사귀자고 덤벼요. 하지만 전 신념이 있거든요. 나를 좋아하는 여자보다 내가 좋아하는 여자를 만나겠다. 그래야 잘해줄 수 있잖아요. 여자에게 잘하는 건 남자답지 못하다고 생각하는 사람들이 있는데 전 안 그래요. 전 무조건 여자에게 잘하자 주의죠. 그게 진정한 남자라고 생각해요. 강한 남자요. 목마르다고 말하기 전에 물 대령하고 심심하다고 말하기 전에 재밌게 해주는 거죠."

그러자 친구들이 제각각 생긴 대로, 성격대로 탄성을 올렸다. 그러한 와중에 정선이, 지희한테도 잘하나요? 묻자 순간 한기의 눈살이 찌푸려졌다. 곧 한기는 머리를 긁적이며, 수줍게 웃으며, 눈동자를 빛내며, 당연하죠, 하고 말했다. 그래, 한기는 지금 수줍어하고 있구나, 지희는 생각했다. 뭣 때문인지는 모르겠지만 부끄러워하고 있어.

"말로만 잘하는 거 아니에요?"

춘희가 묻고 한기는 손까지 내저으며 아니라고 펄쩍 뛰었다.

"진실을 밝혀봐."

이번에는 정선이 지희를 추궁했고 지희는 지금까지의 말에 한 치의 거짓도 없어, 하고 증언했다. 그러자 또 한기의 눈살이 살짝 찌푸려졌다가 풀어졌다. 어느새 둘 사이의 간격도 삼십 센티미터 자 두 개만큼 벌어져 있었다. 그나마 다행인 것은 지희가 소파 가운데에 앉아 있었으므로 더이상은 벌어질 수가 없다는 것이었다. 지희는 불안한 마음을 맥주로 씻어내렸다.

"저기, 그러면 그쪽도 디자이너신가요?"

한기가 혜진에게 묻고 있었다. 대체로 조용하게 머릿수만 채우고 있던 혜진은 처음엔 다소 놀란 듯했으나 곧 또박또박한 목소리로 인터넷 쇼핑몰에 다닌다고 했다.

"쇼핑몰에서 무슨 일을 하시는지……?"

다시 한기가 혜진에게 물었다.

"발주 담당이에요. 유럽 쪽."

"어쩐지."

"네?"

"아닙니다. 그냥 좀 다른 것 같아서요."

"뭐가요?"

혜진이 묻자 한기가 지희를 흘끗 돌아보았다.

"예쁘시다구요. 얌전하시고. 그런데 원래 그렇게 말씀이 없으세요?"

그때 혜진 대신 정선이 나섰다.

"얘 내숭이에요. 우리끼리 있을 땐 시끄러워서 마스크를 씌워놔야 할 정도예요. 잠버릇은 또 얼마나 고약한지 몰라요. 코 골지 이 갈지 침 흘리지."

"그렇게 안 보이는데요?"

"내숭과를 아직 못 만나보셨구나."

한기는 대답하지 않고 잔을 들어 비웠다. 지희가 병으로 손을 뻗는데 한 박자 빠르게 한기가 얼른 다른 병으로 자기 잔을 채웠다. 속은 어떤지 모르겠으나 얼굴만은 발갛게 달아오른 한기를 보며, 지희는 주량을 알지 못했으므로 더 마시라고도 그만 마시라고도 말하지 못하고 대신 괜찮냐고만 물었다. 못 들은 것인지 못 들은 척하는 것인지 한기는 대답하지 않았다.

여러모로 여직원들과의 자리에서와는 다른 모습이었다. 그때는 얼굴이 달아오를 만큼 술을 마시지도 않았고 분위기를 애매하게 만들지도 않았다. 한없이 다정한 눈길로 지희를 바라보아서 여직원들의 속을 뒤집어놓지 않았던가. 그때와 달라진 조건은 아무것도 없었다. 그래서 지희는 당황스러웠고 (가짜) 친구들에게 부끄럽다는 생각이 들었다.

"전 말이죠, 내면도 그렇지만 외면을 가꾸는 것도 중요하다고 생각합니다. 자기 몸에 대한 책임을 지는 거죠. 그게 타인과 자신에 대한 최소한의 예의라고 생각해요. 외면을 가꿔서 이익을 얻는다면 그건 당연하다고 봐요. 반대로 얘기하면 가꾸지 않아서, 게으르게 굴어서 불이익을 당한다면 그것도 당연하죠. 억울하면 가꾸면 되잖아요. 속담에도 이런 말이 있어요. 보기 좋은 떡이 먹기도 좋다, 이왕이면 다홍치마……, 이거 맞죠? 아무튼. 오죽하면 이런 속담까지 있겠냐구요."

형식은 한기가 혜진에게 들려주는, 좀 전의 예쁘다는 말에 대한 사적인 의견이었으나 혜진에게만 귀가 있는 건 아니므로 지희를 비롯한 친구들 모두가 들었고, 그리하여 분위기는 순식간에 싸늘해졌다. 지희가 자리에서 일어나 화장실로 가버리자 남은 친구들은 예상치 못한 상황에 어찌할 바를 몰라 맥주잔만 만지작거렸다.

화장실로 들어간 지희는 개자식, 하고 큰 소리로 부르짖고는 손바닥으로 힘껏 세면대를 내리쳤다. 처음부터 싫다고 말했으면 될 거 아냐, 하고 소리쳐도 기분은 전혀 나아지지 않았다. 지희는 휴대폰을 꺼내 다섯 명에게 삼십 초 간격으로 예약 메시지를 날렸다.

지희가 자리로 돌아오자 이제 한기는 한층 노골적으로 혜진의 환심을 사기 위해 노력하고 있었다. 포크로 과일을 찍어 혜진에게 건네며 피부에 좋대요, 드세요, 하고 말했다. 지희와 한차례 눈빛을 주고받은 정선이 잔을 쭉 비우고는 한기 앞으로 내밀었다.

"한 잔 주실래요?"

"아 그럼요. 예쁜 여자분이 원하시는데 누가 거절할 수 있겠습니까."

"그런데 무슨 일 하세요? 지희한테 못 들은 것 같아서."

한기는 움찔했으나 차마 백수라는 말은 하지 못하고, 그냥저냥 해서 그냥저냥 먹고삽니다, 둘러댔다.

"능력 있으신가봐요. 우리는 죽어라 일해도 언제 잘릴지 몰라 불안한데 그냥저냥 해도 먹고사시다니."

지혜의 말이었다. 이번에도 한기는 능력은커녕 이력서 넣는 회사마다 서류전형 한번 통과한 적 없다는 얘기는 하지 않았다. 다만 능력은요 뭐, 할 뿐이었다. 지희가 나설 차례였다.

"왜, 한기씨 능력 있지. 아르바이트하잖아."

"무슨 알바예요? 나도 소개 좀 시켜주지."

고정 수입이 없는 춘희가 반색하며 물었다.

"나중에요. 나중에."

"소개시켜주기 싫은가부다. 그러지 말고 같이 해요."

"넌 할 수 없는 일이야."

지희가 말하고 왜? 따지듯 춘희가 물었다.

"남자가 아니니까."

"글쎄 무슨 일인데 그래? 둘이서 짜고 나 따돌리려는 거지?"

"그게……"

그때였다. 한기가 엉거주춤 자리에서 일어나더니 지희에게 말했다.

"너무 많이 마셨나봐. 잠깐 바람 좀 쐬고 올게."

"같이 가줄까?"

"아니. 놀고 있어."

그렇게 말하고 한기는 서둘러 밖으로 나갔다. 한기의 뒷모습을 보며 지희는 쓴웃음을 지었다. 분위기는 여전히 먹다 남은 안주 접시처럼 심란했고 누구도 입을 열지 않았다. 지나가던 종업원이 입을 꾹 다물고 앉아 있는 여섯 여자들을 이상하다는 듯 힐끔거렸다. 십 분이 지나도 한기는 돌아오지 않았다. 물론 한기가 돌아오리라고 생각하는 사람은 없었다.

지희는 오만원이 든 봉투를 꺼내 각자의 앞에 놓았다.

"다들 고마워요. 그리고 미안해요. 즐거운 시간이 못 돼서."

이십만원이 든 제법 두툼한 봉투의 모서리가 손가락을 찔렀지만 지희는 모르는 척했다. 결국 마지막 봉투는 주인을 찾지 못하고 말았다.

"그러지 말고……"

그때까지 조용하던, 한기의 관심을 독차지했던 혜진이 문득 입을 열었다.

"지금부터 우리 이 돈으로 술 마셔요. 즐겁게."

"오오, 그거 멋진 생각이네요."

혜진의 제안은 이의 없이 통과되었다. 모두들 좋다며 봉투를 모아 즉석에서 총무로 뽑힌 춘희에게 건넸다. 계산은 질색이라고 춘희가 볼멘소리를 했지만 소용없었다.

"이제 맘껏 마셔도 되죠? 사실 분위기 맞추느라 입만 축이고 있었는데 답답해 죽는 줄 알았어요."

혜진이 말하고, 거봐 내숭과가 맞다니까, 정선이 큰소리쳤다. 누군가가 종업원을 불러 먹다 남은 안주와 맥주를 '싸그리' 치워달라고 했고, 누군가는 새 술과 새 안주를 주문했다. 좁은 데 껴앉아 있느라 고생했네. 춘희가 냉큼 일어나 지희 옆자리로 옮겨 앉더니 지희의 팔짱을 꼈다. 오버한다 오버해, 지혜가 핀잔을 주었지만 춘희의 팔짱을 풀지는 못했다.

새 술과 새 안주가 나오자 정선이 나이 순서대로 술을 따른 뒤 건배를 제안했다. 모두들 잔을 치켜든 채 오늘 있었던 일은 무덤까지 가지고 갈 것, 을 맹세한 다음 맹세의 표시로 한 방울도 남기지 말고 맥주를 다 마시기로 결의했다. 난 남들보다 숨이 짧아요. 자신은 봐달라고 어리광을 부리던 춘희도 예외가 될 수는 없었다. 자신에게로 향하는 날카로운 눈초리에 기가 죽은 춘희는 마시면 되잖아요, 하고 볼 부은 소리를 했다. 정선 지혜 수지 혜진 춘희 들이 마지막 한 방울까지 맥주를 쪽 빨아들이더니 머리 위에서 잔을 뒤집는 퍼포먼스를 선보였다. 그러자 비로소 지희의 얼굴에 미소가 떠올랐다.

2005년 6월, 귀덕과 애월 사이

노는 저을 필요가 없었다. 세 사람이 배에 타자

그 반동 때문인지 스스로 바다를 향해 나아갔다.

바다는 캄캄했다. 눈앞에 손바닥을 펼쳐 흔들었지만 그것조차 보이지 않았다.

6월 17일 금요일 19시 06분

제주국제공항에 도착하자 소진은 휴대폰부터 켜서는 구석으로 갔다. 짧지 않은 통화를 마치고 돌아오는 그에게 선우가 누구냐고 물었지만 대답하지 않았다. 유쾌하지 않은 통화라는 건 그의 얼굴 표정에서 알 수 있었다. 그 통화로 십 분 이상 지체되었고 경란은 지체, 지연을 참지 못하는 성격이었다. 그러나 내색하지는 않았다. 출발 때의 끈끈한 의기투합이 입가에 묻은 솜사탕처럼 끈적하게 녹아내리고 있는 중이었다. 오전에 연락받고 그들 모두가 오후에 즉각 출발할 수 있었던 것은, 기쁠 때는 몰라도 슬픈 일에는 한뜻으로 뭉쳐 슬픔을 물리쳐야 한다는 게 표면적인 이유였다. 이박 삼일 동안 그들을 결속시켜줄 이유였으므로 함부로 훼손할 수 없었다.

같은 날 20시 42분

북제주군 귀덕리 민박집에 짐을 풀고 식당에 둘러앉자 이번에는 선우의 휴대폰이 자지러졌다. 일명 마녀, 선우의 모친이었다. 선우가 휴대폰에 대고 말했다. 마감이에요. 물론 회사죠. 아주 늦게나 아니면 못 들어갈 수도 있어요. 기다리지 말고 먼저 주무세요. 내일은 제가 알아서 할게요. 시간 지키면 되잖아요. 걱정 말고 주무세요.

그 통화로 메뉴 선택에 역시 십 분가량 지체되었고 경란은 지체, 지연이 몸서리치게 싫었지만 내색하지는 않았다. 조문은 내일 늦은 오후에 갈 계획이었으므로 아직 온전한 하루가 남아 있었다. 선우가 가세하자 메뉴는 쉽게 결정되었다. 모듬회 그리고 소주. 우리의 젊음을 위하여. 그리고 제주도의 밤을 위하여. 소진이 한마디 거들었다. 귀덕리의 안녕을 위하여. 경란 역시 가만히 있을 수가 없어서, 모든 안녕하지 못한 영혼들을 위하여, 하고 말했다.

안주가 나오고 몸속으로 술이 들어가자 분위기는 급상승했다. 다들 얼굴이 불그스름해져서 화색이 돌았다. 그들을 얽매고 있던 일상의 자잘한 일들이 별것 아닌 것처럼 생각되었다. 아니,

일상 속에 있을 땐 전부였던 것이 그 일상으로부터 멀리 떨어지자 자갈보다 못한 알갱이로 여겨졌다. 그런 생각의 전환 와중에도 끊임없이 울리는 휴대폰 때문에 소진은 식당 밖으로, 일상 속으로 불려갔다 와야 했다.

여자친구? 선우가 묻자 소진은 고개를 끄덕였다. 근데 왜? 다시 선우가 물었다. 요즘 좀 예민해서. 그렇게 대답하고 소진은 잔을 비웠다. 잘 넘어갔다. 바닷가라 그런지 술이 달다고 생각했다. 그것은 경란도 마찬가지였다. 이미 주량을 넘어서고 있었지만 전혀 불안하지 않았다. 경란은 그것을 바다의 힘이라고 생각했다.

오늘 우리랑 같이 온 거 알고 있니? 경란이 물었다. 소진은 그렇다고 했다. 거짓말로 이박 삼일을 채우기엔 내 역량이 부족해. 자기가 한 말에 동의한다는 듯 소진은 두어 번 고개를 끄덕였다. 네 여자친구 역량이 출중한 거지. 거짓말탐지기잖아. 선우가 말하자 이번에는 경란이 고개를 끄덕이며 중얼거렸다. 수사기관에서 일하면 실력 발휘 제대로 할 텐데.

그때 서비스라며 식당 주인이 멍게와 해삼을 내왔다. 그들은 탄성을 올리며 반겼다. 하지만 주인의 작은 친절 덕에 술은 부족하고 안주는 남는 사태가 벌어졌다. 그냥 일어설 수 없다는 데 쉽게 의견이 모아졌다. 새로 나온 술을 한 잔씩 받고 경란이 건배를 제의하자 선우가 스톱, 하고 외쳤다. 그러고는 카메라를 꺼내 멍게와 해삼을 찍었다. 자칭 럭셔리 잡지 기자답지 않게 이깟 것에 감동하고 그래. 건배를 제지당한 경란이 핀잔을 주었다. 선명한 게 색이 예뻐서. 연속해서 셔터를 누르며 선우가 대꾸했다.

경란이 넌 요즘 과장이 안 괴롭히냐? 소진이 물었다. 동아리에서 만나 대학 때는 사총사로 이름을 날렸고, 졸업 후에도 일주일이 멀다 하고 만났지만 최근에는 일 년 가까이 얼굴을 보지 못했다. 서로서로 전화통화만 간혹 할 뿐이었다. 시간이 흐를수록 아는 것보다는 모르는 것이 늘어가고 있었다.

과장 말고 팀장이 괴롭혀. 경란이 잔을 비우며 대답했다. 그 인간은 또 왜? 놀랍다는 듯 선우가 물었다. 그 인간이 그 인간이야. 팀장으로 승진했거든. 소진과 선우가 실소를 터뜨렸다. 승진한 팀장과 경란은 사 년째 악연을 만들고 있는 중이었다. 넌? 선우가 물었다. 난 여전히 주임.

나 없으면 일이 안 되는 모양인지 매일 나만 찾아. 이번주 일요일 행사에도 꼭 나오라는 걸 간신히 빠졌어. 경란은 두 사람이 눈치채지 못할 정도로만 몸을 떨었다. 지체, 지연 못지않게 경악하는 것이 시간외근무였다. 그러나 직장이라는 곳이 싫다고 안 할 수 있는 데가 아니었으므로 경란은 그 동안 시간외근무를 질리도록 했다. 요즘 경란의 생각은, 할 만큼 했다, 였다.

사회복지사는 뭐 개인생활이 없다니? 툭하면 일요일에 불러내게. 그렇게 따지자면 선우 자신도 경란에 못지않으면서 어쨌든 술잔을 탁 내려놓으며 분개했다. 그래도 나보단 낫네. 묵묵히 듣고만 있던 소진이 말했다. 내가 있으면 신문이고 잡지고 안 팔리는 모양인지 매일 나만 조기퇴진시켜. 내 만평이 그렇게 재미없냐? 선우와 경란은 최근에 소진의 만평을 본 적이 없었기 때문에 얼른 대답하지 못했다. 대신 민첩한 선우가, 에잇 더러운 세상이다 마시자 마셔, 하고 외쳤다.

때마침 매운탕이 나왔고, 그러자 또 안주는 남고 술은 부족한 사태가 발생했으므로 부득이 알코올을 더 주문하지 않을 수 없었다. 탁자 위에 놓인 소진의 휴대폰이 공중부양을 시도했지만 소진이 용감하게 배터리를 빼버림으로써 시도를 기각했다. 소진의 그같은 행동은 선우와 경란에게 약간의 충격과 함께 감동을 주었다. 옛 사총사의 끈끈한 우정이 되살아난 것 같았다. 세 사람은 서로서로 마주 보며 의미심장하게 웃었고, 상희만 있다면 정말 완벽했을 텐데, 하고 생각했다.

같은 날 23시 24분

식당 주인이 꾸벅꾸벅 졸기 시작했으므로 그들은 밖으로 나왔다. 민박집으로 돌아가는 것에는 아무도 동의하지 않았다. 그들 모두 취했지만 다들 취하지 않았다고 주장했다. 이제 막 부활하기 시작한 우정을 이대로 뭉개버릴 수는 없다고 생각했다. 가능하다면 상희도 불러내고 싶었지만 그것만은 참았다. 그들은 어두운 거리를 비틀거리며 걸었다. 서로가 서로의 버팀목이 되어 주기 위해 팔짱을 끼거나 어깨동무를 했다.

제주도의 밤은 아름다워. 경란이 중얼거렸다. 내 눈엔 어둠밖에 안 보이는데. 소진이 대꾸했다. 제주도의 바다는 더 멋있을 거야. 선우가 말했다. 그럼 우리 바다 보러 갈까? 경란이 제의했고 그것은 이의 없이 통과되었다. 사실 해만 지면 잠자리에 드는 조그마한 마을에는 그들의 우정을 발산시킬 적당한 장소가 없기도 했다.

그들은 택시를 잡아탄 뒤 바다로 가자고 외쳤고, 도중에 편의점에 들러 맥주를 샀다. 택시는 시원스럽게 달려 그들을 역시 조그마한 어촌마을에 떨구고는 왔던 길로 되돌아갔다. 부드러운 모래가 깔린 광대한 바다를 상상하던 그들은 실망하지 않을 수 없었다. 애개, 하는 소리가 저절로 나왔다. 다시 이동하려고 해도 이제는 지나가는 택시가 없었다. 그들은 속았다는 생각을 했고 억울하다고 투덜거렸다. 익숙하지 않은 비린내가 콧속을 후벼팠다.

그래도 배는 있네, 우리 저 배 위에서 마시자. 소진이 제안했다. 배를 보는 순간 선우와 경란의 눈이 반짝 빛났다. 소진의 제안은 묵살되지는 않았지만 수정되었다. 바다가 우리를 부르지 않는다면 우리가 바다를 찾아가자. 선우가 말했다. 경란도 같은 생각이었다. 그 멋진 생각을 먼저 말하지 못한 경란은 발을 구르며 아쉬워했다.

밧줄을 푸는 일은 소진이 맡았다. 한참을 끙끙거리다 겨우 풀어냈는데, 그래도 남자라고 이럴 땐 쓸모가 있네, 칭찬인지 비난인지 모를 말을 하며 경란이 소진의 어깨를 토닥여주었다. 노 저을 줄 아는 사람? 선우가 물었다. 아무도 손을 들지 않았다. 일단 타자.

노는 저을 필요가 없었다. 세 사람이 배에 타자 그 반동 때문인지 스스로 바다를 향해 나아갔다. 바다는 캄캄했다. 눈앞에 손바닥을 펼쳐 흔들었지만 그것조차 보이지 않았다. 그들은 휴대폰 액정 불빛으로 서로의 얼굴을 확인하고 웃음을 터뜨리고 맥주를 따서 마셨다.

내가 네 소유물이냐! 나도 휴식이 필요해! 갑자기 소진이 소리쳤다. 그리고 큰 소리로 악악, 하고 악을 썼다. 이에 자극받은 선우 역시, 마녀야 내가 네 소유물이냐! 내 인생은 내 거라구! 제발 나 좀 내버려둬, 외쳤다. 소진과 선우가 악을 쓰는 동안 경란은 조용히 맥주만 마셨다. 그러자, 경란아 너도 소리쳐봐 속이 시원해, 하고 이번에는 경란을 향해 두 사람이 악을 썼다.

내가 뭐라고 해? 일하기 싫다고 해? 만사가 지겹고 귀찮다고 해? 질리도록 봐서 이제는 장애인도 노인도 다 보기 싫어졌다고 해? 그래, 그렇게 소리치는 거야. 어때 속이 시원하지?

6월 18일 토요일 09시 05분

가장 먼저 눈을 뜬 사람은 소진이었다. 햇빛과 갈증 때문에 더 눈을 감고 있을 수가 없었다. 등이 뻐근했고 엉덩이와 허리도 아팠다. 맥주를 마시다 배에 그대로 쓰러져 잠든 모양이었다. 선우와 경란도 불편한 자세로 널브러져 있었다. 배는 바위틈에 끼어 파도 따라 흔들거리고 있었다. 소진은 우선 선우와 경란을 깨워 바위 위로 옮겨 앉게 하고 떠내려가지 않도록 배를 묶었다.

여기 어디야? 부스스한 몰골로 선우가 물었다. 눈은 반쯤만 뜨고 있었다. 햇빛이 너무 눈부셨다. 나도 몰라. 소진은 대답하며 주위를 둘러보았다. 등뒤에는 바위와 자갈과 나무 들이 있었고 눈앞에는 바다가 있었다. 바다 보고 싶다더니 실컷 구경하겠네. 소진이 무심코 중얼거렸다. 그 말에 경란이 벌떡 일어났다가 머리를 움켜쥐며 주저앉았다.

무울. 경란이 물을 찾았지만 대답하는 사람은 없었다. 선우는 넋을 놓고 앉아 있었다. 일단 그늘로 가자. 소진이 결론을 내렸다. 그런 다음 선우와 경란을 부축해서 바위를 넘고 자갈길을 지나 나무그늘로 갔다. 이 닦고 싶은데. 그렇게 말한 순간 선우는 자신의 말이 어리석게 여겨져 피식, 하고 웃었다.

마을이 멀까? 경란은 물 생각만 했다. 마을에 가면 물을 마실 수 있을 거라고 생각했다. 그 외에는 아무것도 생각하지 않았다. 어젯밤 일도 떠오르지 않았다. 셋이 고래고래 소리친 것까지는 기억나는데 그다음부터는 깜깜했다.

일단 마을을 찾아보자. 선우가 말했다. 그러나 아무도 움직이지 않았다. 말을 꺼낸 선우도 마찬가지였다. 기운이 없어. 물 마시면 힘이 날 것 같은데. 속삭이듯 경란이 중얼거렸다. 물이 없잖아. 소진이 대꾸했고, 혹시 배에 없을까? 선우가 말했다. 역시 아무도 움직이지 않았다.

몇 분이 흐른 뒤 끙, 소리를 내며 선우가 몸을 일으켜 배로 걸어갔다. 나무그늘에 앉아 있는다고 기운이 날 것 같지도, 상황이 더 나아질 것 같지도 않았다. 이럴 땐 움직이는 게 차라리 낫다고 생각했다.

배에는 물은 없고 맥주만 있었다. 맥주를 보자 욕지기가 났다. 그 외에는 과자 몇 종류와 먹다 남은 오징어, 땅콩이 있었다. 그것들은 두고 맥주만 챙겼다. 어쨌든 마실 것이니 잘 궁리하면 물 대용으로 쓸 수 있을 것 같았다. 배에서 내린 뒤 바다를 흘끗 바라보았다. 한낮에 보는 바다는 전혀 신비롭지 않았다.

선우가 들고 오는 맥주를 보자 경란은 경악했다. 그러거나 말거나 선우는 맥주를 따서 그늘 아래 두었다. 그건 또 무슨 뜻? 경란이 물었다. 물 마시고 싶다며. 맥주는 물이 아니라 알코올이야. 설마 잊은 건 아니겠지? 알코올은 곧 증발한다는 사실도 기억해둬라. 선우가 말했다. 경란은 과장되게 헉, 소리를 내며 옆으로 쓰러지는 시늉을 했다.

얼마쯤 시간이 흐른 뒤 가장 먼저 맥주로 손을 뻗은 사람은 경란이었다. 한 모금 마시고 나더니 얼굴을 찌푸렸다. 맛이 이상해. 경란이 말했다. 더이상 갈증을 참을 수 없었던 선우와 소진도 한 모금씩 마셨다. 둘 역시 맛이 이상하다고 생각했지만 그래도 조금은 기운이 난다는 표정들이었다.

나무 위로 올라가면 마을이 보이지 않을까? 경란이 말했다. 셋은 동시에 기대고 앉았던 나무를 올려다보았다. 특별히 우람한 편은 아니어도 땅보다는 주위를 살펴보는 데 유리할 것 같았다. 경란과 선우의 시선이 소진에게 향했다. 그러자 소진이, 난 올라가본 적 없어, 했다. 나무에 오른다는 계획은 포기했다. 소진은 키만 컸지 몸에 살이라곤 없이 앙상했다. 평소 경란과 선우가 부러워하던 몸이었다.

휴대폰도 터지지 않았다. 안테나가 하나도 안 서, 하고 소진이 말했다. 휴대폰은 오로지 시계 기능만 할 뿐이었다. 휴대폰을 믿고 짐짓 느긋해하던 그들은 마음이 급해졌다. 성인이 된 이후로 휴대폰과 떨어져 살아본 적이 없는 그들이었다. 화장실에 갈 때도, 잠을 잘 때도 늘 휴대폰과 함께였다. 가장 믿었던 동지가 사라진 듯 그들은 불안해했다.

선우는 호텔 커피숍에서 자신을 기다리고 있을 남자를 생각했다. 스물몇번째 맞선 상대였다. 갑자기 제주도로 출장 오는 바람에 만날 수 없겠다고 멋지게 거절의 멘트를 날릴 생각이었으나 결국은 전화 한 통 없이 약속을 지키지 않는 몰지각한 인간이 되고 말았다. 마녀에게 뭐라고 한담. 어쩌면 잡지사를 그만두라고 협박당할지도 몰랐다. 마녀에게 선우의 일이란 하찮고 또 하찮은 것이었다. 일 때문에 결혼을 못 한 거라는 믿음은 아무리 설명해도 바뀌지 않았다. 마녀에게 인간이란 두 종류가 있는데, 하나는 결혼한 사람이고 다른 하나는 결혼을 못 한 인간이었다.

경란은 팀장을 생각했다. 반차휴가를 낼 때 누누이 설명했음에도 확인전화를 할 게 분명했다. 마지못해 믿는 척했지만 사실은 경란의 말을 믿지 않는다는 걸 팀장의 표정으로 알 수 있었다. 제주도? 거긴 관광지잖아. 팀장이 말했다. 서울이나 수원처럼 제주도도 지지고 볶으며 사람이 사는 데예요. 그래서? 그러니 태어나기도 하고 죽기도 한다는 거죠. 누가 뭐래? 팀장은 여자들의 우정을 믿지 않았다. 아니, 서울이나 수원이었다면 믿었을 것이다. 문제는 하필 그곳이 제주도라는 데 있었다. 여자들도 제주도까지 조문을 갈 수 있다는 것은 생각하지 못했다. 오해를 벗기 위해서라도 오늘중으로 휴대폰이 정상화되는 곳으로 가야 했다. 지체, 지연, 시간외근무와 함께 경란이 혐오하는 또하나가 오해였다.

소진은 자신에 대해 생각했다. 여자친구는 늘 소진의 성격이 뜨뜻미지근하다고 했다. 그래서 열정도 없고 야망도 없다고 했다. 서양화를 그리다 삽화와 시사만평을 그리게 된 것도 그 때문이라고 했다. 그 만평조차 제대로 연재하지 못하고 도중하차하는 것은 재미가 없기 때문이고, 재미가 없는 것은 주제가 뚜렷하지 않기 때문이며, 주제가 뚜렷하지 않은 것은 열정이 없기 때문이라고 못박았다. 그런 다음 '혼자 자족하는 만평'이라고 결론내렸다. 여자친구의 말도 일리는 있었다. 선배 소개로 아르바이트 삼아 삽화와 만평을 그리게 된 것인데 다시는 서양화의 길로 돌아가지 못하고 말았다. 열정 때문이 아니라고 반박할 근거가 부족했다. 제주도로 떠나오기 전에 소진은 그 문제로 고민했고, 그러느라 여자친구에게 자주 전화하지 못한 것인데, 여자친구는 소진이 자신에게 시들해졌다고 타박했다. 어제부터 휴대폰이 꺼져 있었으니 아마 그 생각은 더 굳어졌을 것이다. 돌아가면 또 얼마나 들볶일까. 어차피 이렇게 된 거 소진은 될 대로 되라는 기분이었다. 받을까 말까 고민하느니 차라리 잘된 일인지도 모르겠다고 생각했다.

같은 날 11시 33분

그들은 무기력을 떨치고 일어섰다. 빨리 배를 돌려주지 않으면 유치장 신세를 질지도 모른다는 경란의 말이 기폭제가 되었다. 일단 높은 곳으로 가자. 선우가 말했다. 다들 고개를 끄덕였다. 방향을 몰랐으므로 다른 방법이 없었다.

그들은 나무와 풀을 헤치고 언덕 같은 오르막길을 오르기 시작했다. 그 오르막길도 풀로 뒤덮여 있었다. 뱀 나오면 어쩌지? 그

말과 동시에 경란의 얼굴이 하얗게 질렸다. 경란과 선우는 손을 꼭 잡고 걸었다. 한발 앞서 걷던 소진 역시 얼굴이 하얗게 질렸지만 내색하지 않고 묵묵히 막대기로 풀들을 쳐서 쓰러뜨렸다.

언덕 꼭대기에, 나무와 풀 들 속에 집이 한 채 있었다. 주위를 탐색했지만 집은 그것뿐이었다. 마당에까지 풀이 자라 있는 것으로 봐서 사람이 사는 것 같지는 않았다. 그리고 비로소 그들은 알 수 있었다. 그들이 표류한 곳은 섬이었다. 언덕 꼭대기에서자 가까이 있는 것은 보이지 않아도 먼 곳은 잘 보였다. 사방이 바다였다.

이번에는 반대편 언덕으로 내려왔다. 사람도 집도 없고 오로지 나무와 풀, 바위만 있었다. 해변을 따라 걸었다. 그러자 그들이 오전에 눈을 뜬 장소가 나왔다. 바위에 묶인 배가 파도 따라 한들거리고 있었다.

꿈이었으면 좋겠어. 경란이 중얼거렸다. 나도. 선우가 말하고, 어젯밤으로 돌아간다면 얼마나 좋을까, 소진이 탄식했다. 이제는 마녀, 팀장, 여자친구가 문제가 아니었다. 죽느냐 사느냐가 달려 있었다. 나침반도 없고 노를 저을 줄 아는 사람도 없었다. 자칫 평생을 무인도에서 살아야 할지도 몰랐다. 선우와 소진이 고개를 떨구며 한숨을 쉬었다.

그래도 상희가 있잖아. 경란이 말했다. 그러자 선우와 소진의 얼굴이 밝아졌다. 그들에게는 상희가 있었다. 오늘 그들이 나타나지 않는다면 상희는 이상하게 생각할 것이다. 민박집으로 전화를 걸 것이고, 어젯밤 짐을 두고 나간 뒤 아직 돌아오지 않았다는 사실을 알게 될 것이다. 그러면 경찰서로 연락할 것이고, 석연찮은 나룻배 도난사건도 들을 것이다.

상희는 머리가 좋으니까 나룻배와 우리를 금방 연결지을 수 있을 거야. 손뼉을 치며 선우가 말했다. 결국은 시간문제란 얘긴데 그때까지 우리가 살아남을 수 있을까? 소진이 말했다. 당연하지, 하루 이틀 정도는 문제없어. 경란이 자신에 차서 소리쳤다. 구조된다는 확신만 있다면 까짓것 며칠이고 못 살 것도 없다고 경란은 생각했다. 반면 소진은, 해양경찰대가 수색에 나선다 하더라도 이 망망대해에서 자신들을 찾을 수 있을지, 찾는다 하더라도 얼마나 걸릴지 알 수 없다고 생각했다.

배고픈데 우리 과자나 먹자. 앞서 배로 걸어가며 선우가 말했다. 그들은 천하태평으로 한들거리는 배를 공략해 먹을 것을 빼앗고는 언덕으로 올라갔다.

같은 날 15시 41분

다행히 무인도는 아냐. 마루 기둥에 붙여진 종이를 들여다보며 선우가 말했다. 하지만 무인도와 차이가 없잖아. 경란도 종이 앞으로 다가서며 말했다. 종이에는 다음과 같이 씌어 있었다.

무단 표류하셨을 낚시꾼 혹은 여행객 여러분, 저는 잠시 뭍으로 나들이 갑니다. 제가 없는 동안 제 집을 사용하셔도 좋습니다. 다만 집을 훼손하거나 더럽히지는 말아야겠죠. 저는 며칠 뒤 돌아올 예정입니다. 그럼 즐거운 휴가 되십시오. 아, 이 섬에는 저 혼자 살고 있으니 다른 사람을 찾는 수고는 안 하셔도 될 겁니다.

종이가 바랜 거나 잉크의 마른 정도로 봐서 적어도 일 년은 된 것 같아. 종이를 골똘히 들여다보던 경란이 전문가처럼 말했다. 십 년은 된 것 같은데. 소진도 의견을 내놓았다. 한 번 써서 계속 붙여두고 쓰나보지. 선우의 말에 경란과 소진은 그럴 수도 있겠다며 고개를 끄덕였다. 프린터로 뽑는 것도 아니고 매번 같은 글을 쓰려면 귀찮기도 할 것 같았다.

그러면 마당의 풀은? 다시 소진이 문제를 제기했다. 시골은 원래 이래. 며칠만 지나도 금방 자란다고. 주위를 봐봐. 온통 풀이잖아. 선우가 말했다. 그들 중 누구도 시골에 살아본 적이 없어서 선우의 말을 믿기로 했다.

그들은 몰려다니며 집을 살폈다. 풀이 무성해서 혼자 다닐 엄두가 나지 않았다. 마당 구석에서 우물을 발견했다. 뚜껑이 덮여 있어 몇 시간 전에는 발견하지 못한 것이었다. 두레박도 있었다. 그들은 물을 길어서 실컷 마셨다. 아, 달다, 하고 경란이 감탄했다.

집 뒤꼍에는 본채와 별도로 화장실이 있었고, 한쪽 벽이 허물어지긴 했지만 창고도 있었다. 창고에는 녹슨 호미와 낫, 삽, 낚싯대가 있었다. 다른 농사도구들도 있었지만 이름을 알 수 없어서 그냥 기타 등등이라고 명명했다.

주변 탐색은 그 정도로 마치고 본채를 살피기 시작했다. 본채는, 부엌과 방 둘, 그리고 방과 방 사이의 마루가 전부였다. 어느 곳이고 할 것 없이 벽과 천장은 거미줄이, 바닥은 먼지가 뒤덮고 있었다. 그러자 소진은 또 슬그머니 정말 주인이 십 년 전에 뭍으로 나들이 간 게 아닐까 하는 생각이 들었지만 얼른 털어냈다. 그 생각을 말한다면 선우가, 시골엔 원래 거미와 먼지가 많아, 주위를 봐봐, 온통 나무고 흙이잖아, 하고 핀잔을 줄 것 같았다.

냉장고가 없네. 경란이 말했다. 전기도 안 들어오는 곳에서 웬 냉장고 타령? 역시나 선우가 핀잔을 주었다. 전기 안 들어오는 건 어떻게 알았어? 경란이 묻자, 형광등이 없잖아, 하고 선우가 대답했다. 그 말을 증명이라도 하듯 방 벽장 속에서 먼지로 뒤덮인 초 뭉치가 나왔다. 그 밖에 먹을 것은 발견되지 않았다. 배가 고팠던 그들은 실망했지만 우물물로 허기를 달랬다.

우선 풀부터 베자. 마루에 앉아 멍하게 바다를 내려다보며 뭘 하지? 중얼거리는 선우와 소진에게 경란이 말했다. 경란은 끔찍하게 풀이 싫었다. 아니, 풀이 싫다기보다는 풀 속에 숨어 있을 보이지 않는 생명체들이 두려웠다. 음지를 양지로 바꿔놓는 것, 그것이 또한 경란의 직업이기도 했다.

창고에서 낫과 호미를 꺼내왔다. 낫은 한 자루뿐이어서 소진이 맡기로 하고 경란과 선우는 호미를 쥐었다. 농활 온 거 같네. 선우가 재미있다는 듯 말했다. 소진은 양말을 벗어 왼손에 꼈다. 엄지와 검지 사이를 약간 찢자 훌륭한 장갑이 되었다. 풀이 너무 억세 보여서. 소진이 말했다. 경란과 선우도 따라 하고 싶었지만 벗을 양말이 없었다. 그들은 샌들에 맨발이었다. 검정색이 없어서 얌전한 색으로 신중하게 고른 양말은 배낭 속에 있었다. 그리고 배낭은 그들이 약 십 분쯤 머문 민박집에 있었다.

소진이 낫으로 대충 베고 지나가면 뒤이어 경란과 선우가 호미로 풀뿌리를 파냈다. 풀뿌리가 얼마나 질긴지 파냈다기보다 짓이기는 정도에 불과했지만 그래도 점점 흙이 드러났다. 땀이 흘렀고 허리가 아팠지만 그들은 멈추지 않았다. 간밤의 행동에 대한 반성의 의미가 담긴 노동이었다.

풀을 다 베고 나자 집보다 마당이 훨씬 넓다는 것을 알 수 있었다. 두 배도 넘을 것 같았다. 이 땅에다 빌딩을 올리면 평생 놀고먹을 텐데 아깝다. 무심코 소진이 중얼거렸다. 이번에는 선우도 핀잔을 주지 않았다. 선우 역시 같은 생각을 하고 있었다. 경란만이, 섬이 아니라면 말이지, 하고 아쉽다는 듯 대꾸했다.

같은 날 21시 35분

텔레비전에서 봤어. 소진이 말했다. 소진은 삽으로 땅을 쿡쿡 쑤시며 집 안팎을 돌아다녔다. 마루에 촛불을 켜놓았지만 그 밝기라야 반경 일 미터가 고작이었다. 그래서 할 수 없이 선우가 초를 들고 소진을 따라다녔다. 창고부터 시작했다. 그러나 아무것도 삽날에 걸리는 것은 없었다. 다음은 화장실이었다. 선우가 얼굴을 찌푸렸다. 그들 모두 저녁 무렵 용변을 봐서 냄새가 심했다.

숨긴다는 것은 즉 쉽게 예상하지 못하는 곳이란 의미지. 소진이 자신 있게 말했다. 그런데 왜 숨겨야 하지? 섬에는 이 집 하나뿐이잖아. 멀찍이 떨어져서 경란이 말했다. 그 말에는 소진도 대답하지 못했다. 화장실 주위에서도 아무것도 발견되지 않았다.

다음은 마당 차례였다. 마당은 너무 넓어서 우물 주위만 살펴보기로 했다. 삽날에 걸리는 것이 많았다. 그러나 파보면 나무뿌리거나 돌멩이였다. 소진은 초조했다. 낮질에 이은 삽질 때문에 손바닥이 아팠다. 허리도 아팠다. 그렇다고 멈출 수는 없었다. 스스로 시작한 일이었다.

부엌으로 갔다. 벽까지 더듬어가며 샅샅이 뒤졌다. 그리하여 마침내 쌀통 하나를 발견할 수 있었다. 소진의 말처럼 땅속이거나 벽 속은 아니었다. 까맣게 변색한 나무물통 옆에 그냥 놓여 있었다. 거미줄과 먼지, 재, 나뭇잎 들로 덮여 눈에 잘 띄지 않았을 뿐이었다. 이건 위장이야. 우리가 낮에 찾아내지 못한 것만 봐도 그렇잖아. 소진이 의기양양하게 말했다.

그 쌀 한 통이 다였다. 아무리 훑고 두드리고 찍어도 그들이 기대한 고구마나 감자, 옥수수는 나오지 않았다. 대신 설탕으로 보이는 것과 소금으로 보이는 것과 간장이 담겼을 것으로 보이는 통과 고춧가루는 찾을 수 있었지만 딱딱하게 굳었거나 바싹 말라버려서 먹을 수 없었다.

그들은 마루로 쌀통을 들고 나와 둘러앉았다. 쌀알이 부서져 좁쌀만했다. 사흘은 먹을 수 있겠다. 소진이 말했다. 사흘 후에는? 하고 묻는 사람은 없었다. 사흘 후에도 이 섬에 있을 거라고는 아무도 생각하지 않았다.

그런데 어떻게 먹지? 어떻게 먹긴, 밥해서 먹으면 되지. 반찬이 없잖아. 소금만 있으면 주먹밥으로 만들 수 있는데. 또 텔레비전에서 봤구나. 너는 뭐 아니냐. 이가 없으면 잇몸으로, 소금이 없으면 소금물로. 웬 뚱딴지같은 소리? 지천에 소금물이 깔렸는데 뭐가 걱정이야. 어? 아! 저걸로 소금도 만들 수 있어. 난 그때까지 못 기다려. 나도. 굶어죽을 거야. 그럼 방법은 하나네. 가자. 내가 갔다 올게. 한 사람만 따라와. 왜? 무섭잖아. 내가 갈게. 그럼 나 혼자 있으라고? 밥할 준비 하면 되겠네. 나무 좀 찾아봐. 나도 무서워. 안 되겠다. 다 같이 가자. 장작불 피워서 밥하면 재밌겠다. 엠티 온 거 같지 않냐. 가끔 표류하는 것도 나쁘진 않네, 뭐. 집에선 여행도 못 가게 하는데. 맞아. 우리가 어린 앤가. 암튼 이 집 주인 참 재밌는 사람이야. 친절하고. 그러게. 우리 갈 때 연락처 남기자. 그러면 뭐 해? 전화도 없는데. 나중에 뭍으로 나왔을 때 연락할 수도 있지. 그래서 매년 여름휴가는 이곳에서 보내는 거야. 우리만 아는 외딴 휴양지, 멋지잖아. 영화 같다! 상희도 부르고! 지금은 바다로 고 고!

십 년 전 6월 어느 날 오후 무렵

텃밭 일을 끝낸 승욱씨는 섬 북쪽으로 향했다. 며칠 전 나무하러 갔다가 발견한 꿀을 채취하기 위해서였다. 꿀은 그의 생활에 없어서는 안 될 것이었다. 먹는 것이 단조로운 그에게 간식으로도 그랬고 영양 면에서도 절실했다. 그러나 그것이 다는 아니었다. 섬의 유일한 주민으로서 생활 역시 단조로운 그에게 벌들과의 한판 전쟁은 짜릿함 그 자체였다.

벌들은 연합군을 이뤘고 그는 언제나 혼자였다. 꿀벌들의 진지에는 늘 말벌들이 어슬렁거렸다. 꿀을 훔쳐 먹기 위해서였고, 꼭 그런 이유가 아니더라도 말벌들은 어디에나 있었다. 공동의 적인 그가 나타나면 꿀벌보다 오히려 말벌들이 먼저 공격해왔다. 말벌은 사납고 강했다. 그가 느끼는 짜릿함 역시 주로 말벌들을 통해서였다.

이기면 좋고 져도 상관없었다. 다시 공략하면 되었다. 긴장의 연속도 문제지만 지속적인 무료함 역시 사람을 죽이는 독이라는 것을 그는 섬에 들어와서야 깨달았다. 그런 면에서 말벌은 충분히 훌륭한 상대였다.

인간보다 훨씬 낫지.

변함없는 그의 생각이었다. 그는 삼 년 전 나룻배를 타고 이 이름 없는 작은 섬으로 들어왔다. 정기 여객선도 없고, 전기도 없고, 전화선도 없는 곳에 정착한 것은 사람 때문이었다. 그는 가장 믿었던 친구에게 사기를 당했는데, 그 일로 그의 가정은 파괴되었다. 뿐만 아니라 빈털터리가 되고 나자 손 한번 벌린 적 없건만 주변 친구들까지도 그를 피했다. 그는 사람에 대해 실망했고, 세상에 대해 절망했다. 그가 갈 곳은, 그리고 가고 싶은 곳은 사람이 살지 않는 무인도밖에 없었다.

그러나 제주도와 가까워서인지, 아니면 해류 때문인지 가끔 바다에서 길을 잃고 표류해 오는 낚시꾼들이 있었다. 그는 사람과 만나고 싶지 않았으므로 그럴 때마다 섬 북쪽의 동굴로 거처를 옮겼다. 낚시꾼들은 그의 집을 폐가로 착각하고 안방이며 부엌 할 것 없이 온통 휘저어놓았다. 그가 한 계절 내내 애써서 만든 평상을 부숴 불을 피우기도 했다.

그는 영역 표시의 필요성을 느꼈고 고민 끝에 한 가지 묘안을 생각해냈다. 그러니까 마루 기둥에 붙인 종이는 이 집에도 주인이 있다는 것을 알리는, 그러니 집이든 물건이든 함부로 다루지 말라는 일종의 경고문 같은 것이었다. 예상은 적중해서 그뒤로는 불타거나 부서지는 것이 줄었다.

꼭 윽박질러야 말을 듣는단 말이지.

그가 중얼거렸다.

벌들의 날갯짓 소리가 요란해졌다. 그는 모자를 깊숙이 눌러썼고 마스크를 했다. 신중하게 장갑도 꼈다. 이런 준비과정들은 그의 긴장감을 한층 고조시켰다. 그래서 빼놓을 수 없는 의례가 된 지 오래였다.

그는 조심스럽게 꿀벌들의 보금자리가 있는 나무를 오르기 시작했다. 섬으로 들어오기 전의 그였다면 감히 도전할 수 없는 높이였을 테지만 지금의 그에게는 특별히 높다고 할 수 없었다. 지난 삼 년간 그는 무수히 많은 나무에 기어올라 꿀을 채취해왔다. 그래도 그는 전쟁에 임하는 사람답게 천천히 움직였다.

거의 목표지점에 다다라 손을 내뻗는 순간 말벌 한 마리가 그의 눈으로 돌진해 들어왔다. 깜짝 놀란 그는 얼른 눈을 감았고, 눈두덩에 심한 통증을 느끼는 것과 동시에 몸의 균형을 잃었다. 그는 나뭇가지들을 부러뜨리며 추락했다. 절반의 추락이었다. 잠시 후 정신을 차렸을 때 그는 나뭇가지에 조끼가 걸린 채 매달려 있었다. 곧이어 사방에서 수십 마리의 벌들이 그에게 달려들었다. 그는 공포에 휩싸여 비명을 질렀다. 특히 말벌은 충분히 위협적인 상대였다.

차라리 기절이라도 했으면 좋겠다고 그는 생각했다. 그러나 벌들의 침에 내성이 생긴 것인지 기절도 되지 않았다. 그의 몸은 수백 개의 탁구공을 붙여놓은 것처럼 부풀어오르기 시작했다. 양쪽 눈동자는 아예 보이지도 않았다. 손가락 하나 움직일 힘이 없었다. 가만있어도 너무 아파서 절로 비명이 나왔다. 그런데다 엎드린 모습으로 나뭇가지에 매달려 있으니 숨쉬기가 힘들었다. 피가 얼굴로 쏠려 혈관이 터질 것 같았다. 이렇게 고통받느니 죽는 한이 있더라도 바닥으로 떨어졌으면 하고 바랐다. 하지만 나뭇가지도 조끼도 지극히 튼튼하고 질겨서 그의 소망을 들어주지 못했다.

오후가 가고 밤이 되었다. 하루가 지나고 이틀이 지났다. 무수히 많은 낮과 밤 들이 그에게 머물다 떠났다.

서서히, 아주 오랜 시간에 걸쳐 그는 풍장되었다.

6월 15일 수요일 12시 13분

종국씨는 하선 명령이 떨어지자마자 수원집으로 달려갔다. 하선작업을 돕지 않았다고 동료들로부터 한 소리 듣겠지만 그것은 나중 일이었다. 지금은 수원집의 명자를 누구보다 먼저 차지하는 것이 급선무였다. 작업을 마치고 간다면 이미 늦을 것이었다. 그는 바다에 떠 있는 두 달 내내 명자만 생각했다. 자신이 없는 동안 명자가 떠났을까봐 마음이 조마조마했다.

나룻배를 가진 것도 선주라고 할 수 있다면 그 자신 선원이면서 또한 선주였다. 예전에는 나룻배에 낚시꾼을 태우고 낚시 포인트로 데리고 다니는 것만으로도 먹고살 수 있었지만 지금은 아무도 구식 배를 찾지 않았다. 늙은 부모 담뱃값 대기도 힘들어졌다. 나룻배 한 척으로 행복할 수 있었던 것은 말 그대로 옛날 일이었다. 그래서 원양어선을 타기 시작했고 한 번 타면 몇 달씩 돌아오지 못했다.

수원집에 들어서자마자 그는 명자를 소리쳐 불렀다. 방문이 열리고 명자가 얼굴을 내밀었다. 다행히 명자는 떠나지 않았다. 그는 탁자 하나를 차지하고 앉으며 행복해서 헤벌쭉 자꾸만 웃었다.

수원댁이 부엌에서 나오며 배가 들어왔냐고 물었다. 그는 그렇다고 했다. 그러자 수원댁이 경자 미자 영자 들을 집합시켰다. 곧 들이닥칠 선원들을 맞이하기 위해 수원집의 여자들은 부산하게 움직이기 시작했다.

그는 명자가 따라주는 막걸리를 시원하게 들이켰다. 뚝배기 두 개를 비우고서야 방으로 자리를 옮겼다. 그로부터 며칠째, 그는 자신의 초라한 나룻배가 사라진 것도 모르고 애월리의 퀸 명자 품에 안겨 극락과 이승을 오락가락하는 중이었다.

6월 18일 토요일 16시 12분

사흘째 잠을 자지 못한 상희의 얼굴은 초췌했다. 그러나 마음은 비교적 담담한 편이었다. 상희의 부친은 일 년을 앓다 돌아가셨다. 의사도 진작부터 가망이 없다고 선언한 바였다. 그러므로 마음의 준비를 할 시간이 충분했고, 앙상하게 뼈만 남아 숨을 헐떡이는 부친을 볼 때마다 차라리 얼른 가셨으면, 하고 바라기도 했다. 그런 생각은 상희의 모친도 마찬가지였는데, 그러나 막상 일이 터지자 모친은 앓아누워버렸다. 어쩌면 긴장이 풀려서일지 모른다고 상희는 생각했다.

회사에서는 김대리 혼자 조문을 와서 봉투를 여러 개 내놓았다. 상희는 섭섭했지만 아무렇지도 않은 척했다. 섭섭함을 그대로 드러낼 만큼 인생 초보가 아니었다. 물론 회사는 늘 바빴고 직원의 경조사에 간부들이 일일이 참석할 수는 없는 노릇이었다. 서울에서 제주도까지, 길이 어딘가. 상희는 그렇게 생각하기로 했다.

내가 대표로 뽑혔어. 사장님이 상희씨 힘내라고 전해달라시더라. 김대리가 말했다. 오느라 고생했겠네. 아니, 별로. 비행기 타니까 금방이던데. 입사 동기인 김대리를 혼자 두기가 뭣해서 상희는 잠시 그대로 앉아 있었다.

조문객은 많지 않았다. 상희의 손님은 더 없었다. 고향 친구들은 대부분 제주도를 떠나 다른 도시에 살고 있었고 그나마 연락이 끊긴 지 오래였다. 온다던 친구들도 오지 않았다. 목숨 빼고는 다 내줄 수 있다고 믿었던 친구들이었다.

어쩐지 처음부터 너무 쉽게 대답한다 했지. 상희는 생각했다. 섭섭했다. 부친을 잃은 것보다 친구들을 잃은 게 더 우울하고 슬펐다. 민박집은 물론 누구 하나 휴대폰을 받지 않았다. 바닷가에서 신나게 놀고 있을 게 틀림없었다. 상희는 자신이 이용당한 건지도 모른다는 생각이 들었다. 그렇지 않다면 진작 얼굴을 내밀었어야 했다. 사정이 있어 조문이 늦어지는 거라면 제주도에 잘 도착했다는 전화라도 왔어야 했다.

인생 헛살았어. 상희가 중얼거렸다. 인생 뭐라고? 늦은 점심을 먹던 김대리가 눈을 동그랗게 뜨고 물었다. 아냐. 언제 올라가? 저녁 비행기야. 회사에 전할 말은 없어? 육개장 한 그릇을 비우는 동안 김대리는 계속해서 땀을 흘렸다. 맺히는 정도가 아니라 상 위로 뚝뚝 떨어졌다. 아침에 고모가 나눠준 거즈 손수건을 건네며 상희는 나중에 전화할게, 하고 대답했다. 고작 사흘 회사 일에서 떠났을 뿐인데도 아주 먼 옛일처럼 느껴졌다. 자신이 무슨 일을 했었는지 아무것도 떠오르지 않았다.

마당 한쪽에서 노랫소리가 흘러나왔다. 얼근하게 취한 동네 노인들이 타령을 읊고 있었다. 김대리가 육개장 그릇을 비우자 상희는 일어났다.

상희의 오빠는 영정 앞에 웅크리고 앉아 있었다. 제멋대로 자란 수염 때문에 이십팔 년 동안 익힌 얼굴이 낯설어 보였다. 엄마한테 가봐. 상희는 알았다고 말하고 대문 밖으로 나갔다. 누군가 말을 걸기만 하면 울음부터 잡는 모친이 보고 싶지 않았다.

담 밑에 쭈그려 앉아 휴대폰을 꺼냈다. 선우가 붙여준 스티커를 만지작거리며 잠시 망설였다. 발인은 내일 오전이었다. 우정을 만회할 수 있는 기회는 오늘뿐이었다. 그러나 선우도, 경란도, 소진도 역시 전화를 받지 않았다. 배신감이 가슴을 치고 지나갔다.

6월 17일 금요일 10시 14분에서 25분 사이

10시 14분. 선우는 할 말을 잃었다. 항상 이런 식이었다. 자신의 의견은 묻지도 않고 일방적으로 약속 잡고 통보했다. 내일 열한시야. 다른 약속 잡지 마. 자세한 얘긴 집에서 하자. 끊는다. 선우에겐 말할 기회조차 주지 않았다. 주체가 자신임에도 선우는 늘 빠져 있었다. 따지고 소리치고 싫다고 말하고 싶었지만 뒷일을 감당할 자신이 없어 번번이 포기하고 말았다.

이건 횡포야. 난 맞선시장의 상품이 아니라고! 선우의 인내는 한계에 달했다. 딸의 인생을 타고 무한질주하는 마녀에게 복수하고 싶었다. 그러나 방법을 알지 못했다.

그때 상희에게서 전화가 왔다. 흥분상태였던 선우는, 상희의 부친이 일 년 가까이 앓고 있었다는 말에는 과감하게 놀라고,

돌아가셨다는 말에는 과감하게 슬퍼하고, 올 수 있냐는 물음에는 또 과감하게 그러겠다고 했다. 앞뒤 재고 생각할 정신이 없었다. 선우는 오로지 복수심에 불타고 있었다. 기특하게도 상희가 비행기 티켓과 민박집까지 예약해놓았다고 했다. 망설일 이유가 없었다.

10시 19분. 최근 몇 달 동안 경란은 계속 우울했다. 직장인이면 누구나 겪는다는 슬럼프였다. 주기만 달라서 일 년 만에 찾아오는 사람도 있었고, 삼 년 만에 찾아오는 사람도 있었다. 경란은 입사 삼 년째 되는 해에 첫 슬럼프를 겪었고, 이겨냈다. 경력도 쌓아야 했고 돈도 필요했으므로 그만둘 수 없었다. 묵묵히 견뎠다.

그랬는데 사 년째 되는 올해 다시 슬럼프가 찾아왔다. 주기가 점점 짧아지고 있었다. 이번 슬럼프는 좀 심각해서 직장 그만두고 공부를 해볼까, 세계 일주를 해볼까 별의별 생각이 다 들었다. 작년보다 사정이 나아진 것은 아니었다. 공부를 하든 세계 일주를 하든 여전히 돈이 문제였다. 알면서도 잡념이 끊이지 않았다. 만사가 귀찮았다. 꼭 해야 할 일만, 그것도 간신히 했다. 복지관과 팀장과 사회에 대한 불만이 부글부글 끓어올랐다. 시도 때도 없이 폭발하려는 감정을 다스리느라 매일이 아슬아슬의 연속이었다.

멀리 떠나서 바람이라도 쐬고 오면 기분전환이 될 것 같았다.

그러나 지난주와 마찬가지로 이번주에도 경란은 자유롭지 못했다. 노인들을 위한 행사 일정이 잡혀 있었다. 빠져나갈 방법이 없었다. 그런 차에 때마침 상희에게서 전화가 와 경란을 구제해주었다. 경란은 제주도라는 말만 들어도 가슴이 뛰었다.

10시 22분. 눈앞으로 여자친구의 얼굴이 지나갔다. 가뜩이나 선우들에 대해 신경을 곤두세우고 있는데 이번에는 제주도란다. 소진은 얼른 대답을 못 하고 가만히 있었다. 시간 안 되면 할 수 없지. 상희가 말했다. 그 말에 소진은 뜨끔했다. 셋 중에서 가장 시간이 많은 사람이 자신이었다. 매인 곳도 없고, 당장은 하는 일도 없었다. 시간 안 되면……이라는 것은, 마치 자기에게 들으라고 한 말 같았다. 게다가 선우와 경란도 간단다. 소진은 스케줄을 점검하는 척하며 시간을 끌었다. 제주도에 가지 않으면 배신자 소리를 들을지도 모른다. 그것은 끔찍한 일이었다. 이 긴 인생에서 친구 하나 없이 살기는 싫었다. 마침내 소진은 결정을 내렸다. 그리고 호기롭게 소리쳤다.

상희야 기다려라, 이 오빠가 가마.

해설

밀실 안의 광장 혹은 광장 밖의 밀실

이경재(문학평론가)

1. 기존 소설론의 부정

구경미는 1999년에 등단하여 십 년이 넘는 기간 동안 꾸준히 작품활동을 해오고 있는 성실한 작가이다. 자기만의 소설론 하나 정도 가진다고 해서 나무랄 수 없는 시간이고 역량이다. 구경미는 이번 작품집에 실린 「은자와 함께」와 「독평사」에서 간접적으로 자신의 소설론을 밝히고 있다. 위의 작품들은 각각의 소설론을 보여주고 있는데, 그것은 우리 문학사의 대표적인 소설론 두 가지에 대응한다고 해도 과언은 아니다. 겉으로는 그러한 소설론이 긍정되는 듯 보이지만, 마지막에 이르러 묘하게 비틀린다. 구경미는 의식적으로 전통적인 소설론을 받아안으며 동시에 넘어선다.

「은자와 함께」의 '나'는 친구와 애인 중간의 관계였던 동호의 뼛가루를 가지고, 동호가 군대생활을 하던 섬으로 찾아간다. 동호의 뼛가루를 묻는 일은, 동호의 삶을 추억하는 일이기도 하다. 동호는 소설가 지망생이었다. 누가보다 열렬히 등단을 원하던 동호는 오토바이 사고에서 간신히 살아남은 후, "현실이 더 무서워. (……) 독한 소설을 써야 해. 소설은 현실을 담아내는 그릇이니까. 이건 소설의 사명이고 숙명이야"(186쪽)라고 생각한다.

등단이 늦어질수록 "스무 살 동호의 자신감은 스물여섯 살 동호에게는 열등감으로, 자신을 알아주지 않는 세상에 대한 증오로 변질돼"(187쪽)간다. 이때부터 동호는 앞에서 말한 소설의 사명을 다하기 위해, 독한 소재를 찾아다니기 시작한다. 독한 소설을 위한 소재는 독한 사람들과 험난한 현장에 있기 마련, 동호는 소설을 위해 자신의 삶을 독한 현장에 던진다. 그 결과 고된 노동으로 앓아눕고 옆구리에 칼을 맞아도, 동호는 "더 독한 현장"(197쪽)을 찾아다닌다. 그런다고 해서 글이 나오지는 않는다. 이 당연한 현상에 동호는 더 큰 초조함을 느끼고, 그것은 어설픈 강도행각으로까지 이어진다. 감옥에서도 그의 취재는 이어지고, 나중에 그는 죽음에까지 이른다. 그런데 그 죽음마저도 동호가 스스로 선택했을 수 있다는 암시가 살짝 드러난다. 죽음보다 더 극한적인 체험이 없다는 것을 생각한다면, 동호는 그야말로 온몸으로 자신의 문학을 실천한 것이다.

그런데, 흥미로운 것은 동호가 끝내 단 한 편의 글도 남기지 못한다는 것이다. 유품에서조차 "어떠한 글도"(200쪽) 발견되지 않는다. 이러한 동호를 보는 '나'의 태도가 중요한데, '나'에게 동호는 "습작 부족을, 기초 부족을, 혹은 재능 부족을 현장 탓으로만 돌"(197쪽)리는 사람이다. 말을 바꾸자면, 소설이란 습작, 기초, 재능 등에서 비롯되는 것이지 결코 현장에서만 비롯되는 것이 아니다. 이 작품은 동호를 추억하는 서사인 동시에, 동호에게 향했던 애착을 훌훌 털어버리는 서사이기도 하다.

「독평사」의 '나'는 사람들이 쓴 글에 대하여 인터넷에 감상평을 올리고 일문일답에도 응하는 독평사(讀評士)이다. 평범한 직장인이었던 '나'는 몇몇 사람들이 쓴 글을 읽어주게 되었고, 이제는 그 일이 직업이 되었다. "사람들은 쓰기만 할 뿐 남의 글을 읽지는 않았"(48쪽)고, 그로 인해 외로운 사람들은 자신의 글을 읽어줄 사람을 간절히 필요로 하게 된 것이다. 그가 읽어야 하는 글들은 "느리고 지루한 전개, 비정상적인 사유, 느닷없는 섹스 장면, 우주와 사막과 해변을 오가는 개연성 없는 배경 이동, 그리고 독특한 문투까지"(50쪽) 갖춘 것들이다. 이러한 글에 대해서도 독평사는, 의뢰인을 생각해 비판이 십 퍼센트는 넘지 않아야 한다는 규칙을 지켜야만 한다. 독평사를 필요로 한다는 점에서는 기성작가도 예외가 아니다.

'나'는 우연히 장지영이라는 여자를 만나, 삼층 건물에서 뛰어내려 크게 다친 친구의 이야기를 듣는다. 친구는 고등학교와 대학교 시절 내내 친구가 없었고, 연애에도 실패한다. 그런 친구가 마지막으로 선택한 것이 글쓰기이다. 친구는 "마음속에 있는 말을 글에다 다 쏟아놓은"(56쪽) 것이다. 나중에는 외로워 전문적으로 글을 읽어주는 사람에게 글을 보여주고 반응을 기다린다. 반응은 절망적이었고, 그로 인해 삼층에서 뛰어내린 것이다. '나'는 우연을 가장한 장지영의 덫에 걸리고, 장지영에 의해 머리카락을 삭발당하고 다리 하나와 팔 하나가 부러진다. 장지영의 친구를 절망에 빠뜨린 독평사가 바로 '나'이며, 장지영은 친구를 대신해 복수를 감행한 것이다.

이 일을 겪은 후 '나'는 이전에 자신에게 글을 읽어달라고 하던 사람들, 즉 "넋두리 같은 글에 시간을 허비하는" 사람들을 이해하게 된다. "내게도 하고 싶은 얘기가 생긴 것"이다. '나'는 자신이 억울하게 당한 일을, 누군가가 자신에게 품고 있는 악의를, 그로 인해 자신이 받은 정신적인 충격을 누군가와 공유하고 싶어한다. '나'는 세상의 독평사들을 찾아 자신의 얘기를 털어놓기 시작한다. 그러나 독평사들의 반응은 언제나 기대에 못 미친다. 그들은 공유하고 위로하기는커녕, "인물과 사건의 인과관계가 허술함을 지적했고, 비문을 잡아냈고, 더 충격적인 결말을 제안"할 뿐이다. 그들은 "'나'를 보지 않고, '진실'을 보지 않고, 나와 진실을 둘러싸고 있는 껍데기, 형식만 보"기 때문이다.(71쪽)

이 소설 역시 글쓰기에 대한 뚜렷한 관점 하나를 보여주고 있다. '마음속에 있는 말을 다 쏟아놓은 글' '나와 진실이 담겨 있는 글'이 그것이다. 「독평사」에서 독창성이 있는 한 편의 글은 바로 나만의 고유한 이야기, 진실이 생겼을 때만 탄생할 수 있는 이야기다. 그런데 이 소설은 정밀한 독해가 필요하다. 겉에 드러난 의미만 따라가다보면, 작가가 처음에는 장지영이, 나중에는 '나'가 주장하게 된 글쓰기관을 지지하는 것으로 볼 수 있기 때문이다. 그리하여 '나와 진실'을 제외한 다른 요소에 신경 쓰는 글쓰기는 부정적인 것으로 인식된다고 판단할 수 있다.

그러나 친구 장지영이 독평사인 '나'에게 가한 무시무시한 폭력과 나중에 '나'가 독평사에게 내뿜는 장지영 못지 않은 폭력[1]은 이러한 글쓰기관의 논리와 정당성을 의심스럽게 한다. 장지영과 내가 도달한 글쓰기관을 강력하게 주장하면 할수록, 독자는 그것을 회의하고 부정하게 되는 아이러니한 구조가 형성되는 것이다. 그리하여 이 소설은 궁극적으로 표면에서 주장하고 있는 글쓰기관에 대한 비판적 인식으로 귀결된다.

「은자와 함께」와 「독평사」는 지금까지 한국문학을 지배한 두 가지 소설관을 대변하고 있다. '현실을 담아내는 그릇으로서의 소설'과 '자기 내면의 진실과 비의를 남들에게 고백하는 소설'이 그것이다. 전자가 리얼리즘적 소설관을 압축해놓은 것이라면, 후자가 1990년대 소설관과 상통하는 것임은 더이상의 논의

1) 「독평사」는 '나'가 세상의 독평사를 향해 내뿜는, "황당하다고? 구성이 약해? 이건 내가 실제로 당한 일이라고! 허구가 아니라 실화! 이 닭대가리야, 껍데기만 보지 말고 내 고통을 보란 말야!"(72쪽)라는 독설로 끝난다.

를 필요로 하지 않는다. 앞에서의 논의에서 드러났듯이, 구경미는 두 가지를 모두 부정하고 있다. 「은자와 함께」에서 현실을 뒤쫓는 것은 불가능할 뿐만 아니라 한 편의 소설도 낳지 못한다. 그것은 이러한 소설관이 오늘날 더이상 작동할 수 없음을 증명한다. 또한 마지막에는 동호가 그러했듯이 죽음이라는 검은 아가리에 잡아먹히는 일이기도 하다. 「독평사」에서 자기 내면의 진실만을 고집하는 것도, 바로 그 고백의 열정만큼 폭력적이고 독단적일 수 있다. 그것은 작품에서 확인했듯이 소통불능을 초래하는 "넋두리"로 전락할 수도 있는 것이다. 두 가지 소설관에 대한 자의식적 부정 위에 구경미의 소설세계는 놓여 있다.

2. 사회적 현실의 탐구

이번 작품집이 이전 작품집 『노는 인간』(열림원, 2005)과 차이나는 것 중의 하나는 백수가 아닌 다양한 연령의 평범한 직장인들이 구체적인 감각으로 서사화되고 있다는 점이다. 이번 작품집은 『미안해, 벤자민』(문학동네, 2008)과 나란히 놓았을 때, 그 의미가 보다 뚜렷하게 부각된다. 『미안해 벤자민』이 지금-이곳의 현실을 작동케 하는 자본의 냉혹한 논리, 즉 교환원리의 메커니즘을 진지하게 성찰했다면, 이번 작품집은 그 논리가 가능케 한 상호작용과 생산과정에 연루된 사람들의 사회적 현실을 그리고 있기 때문이다. 두 권의 책은 지금-이곳의 안과 밖, '실재'와 '현실'에 대한 탐구라는 면에서 일종의 세트이다.

「일주일」의 '나'는 늘상 사장으로부터 "한 장소에서 이십 분 이상 머물지 마라, 박력 있게 행동하라, 늘 웃는 얼굴로 대하라, 뻔뻔함을 길러라, 사실이든 아니든 일단 구라를 쳐서 상대의 혼을 빼놓아라……"(86쪽) 등의 잔소리를 듣는다. '나'는 평소 '그물'과 '물고기'에 비유될 만큼 사원들을 통제해오던 사장이 자리를 비우자, "소매점 주인들이 어디 아프냐고" 물을 정도로 오히려 일에 "흥이 나지 않는"다.(91쪽) "권태"까지 느끼게 된 '나'는, "권태를 물리칠 수 있는 자극을 찾아"(93쪽) 생사를 넘나드는 사람들로 넘치는 종합병원에 간다. 그러나 "한번 깨진 리듬은 다시 깨지기 쉽"(99쪽)다. '나'는 어느새 자기 삶의 리듬을 온통 사장과 회사에 맡겨버린 것이다.

「새로운 삶」은 평범한 직장인들의 삶을 드러내기 위해, 조그마한 카페에서 이루어지는 무의미한 대화를 효과적으로 활용하고 있다. 김승옥의 「서울 1964년 겨울」을 연상시킬 정도로, 그와 베이스 주자, 그와 사내, 베이스 주자와 사내는 서로에게 무의미한 말들을 주고받는다. 그는 공무원으로 일하다 뇌색전증으로 쓰러졌다가, 커다란 후유증 없이 회복된다. 이 일을 통해 그는 "삶이 내게 말을 걸고 있다는 생각"(145쪽)을 하게 된다. '삶이 그에게 걸어온 말'의 핵심은 "사십일 년 동안 바보같이 살았"(160쪽)다는 것이다. 그 바보 같음의 핵심은 "삶에서 스스로 선택한 게 하나도 없"(156쪽)다는 사실이다. 대학도, 학과도, 직업도, 결혼도, 집도, 차도, 심지어는 현재 드럼을 배우는 일도 모두, 성적과 사회와 아내와 텔레비전이 선택했던 것이다. 사내 역시도 자신이 "사십삼 년 동안 바보같이 살았다고"(160쪽) 중얼거린다. 사내는 집에서도 회사에서도 사람대접을 해주지 않는다고 생각한다. "나는 죽다가 살아났소"라는 그의 말에 사내는 "나는 죽지 못해 사오"라고 화답하는 것처럼(160쪽), 온전한 주체가 아닌 소외된 삶을 산다는 점에서는 결국 동소체이다.

「2005년 6월, 귀덕과 애월 사이」의 주인공들은 제주도라는 낭만적인 공간으로 향한다. 잡지사에 근무하는 선우, 사회복지사인 경란, 만평을 그렸으나 현재는 실업자인 소진은 친구인 상희의 아버지가 돌아가셨다는 소식에 모두 상가가 있는 제주도로 가는 것이다. 그곳에서 그들은 낭만을 만끽하며, 취중에 정박해 있는 배를 타는 객기까지 부려 무인도에 도착한다. 도시인들이라면 한 번쯤 꿈꾸는 무인도행을 하게 된 이들의 도시생활은 보람이나 성취와는 무관한 고통스러운 일로 가득하다. 소진과 선우는 제주도의 밤바다를 향해 "내가 네 소유물이냐! 나도 휴식이 필요해!" 혹은 "마녀야 내가 네 소유물이냐! 내 인생은 내 거라구! 제발 나 좀 내버려둬"라고 소리친다.(275쪽) 지체, 지연, 시간 외 근무, 오해를 혐오하는 경란의 삶 역시, 소진이나 선우의 소외된 삶으로부터 그렇게 멀리 떨어져 있지 않다. 그들은 자기 삶의 주인이 되지 못하고, 마녀, 팀장, 여자친구에게 구속되어 있다.

여기까지 읽은 독자라면 서울/무인도, 현실/낭만, 구속/자유 등의 익숙한 이분법을 떠올리기 쉽다. 그러나 이 소설은 그러한 이분법과는 무관하다. 괴로운 현실을 떠나 찾아간 낭만의 무인도에서 그들이 맞부딪친 것은 또하나의 지옥이기 때문이다. 표류한 섬을 수색하던 그들은 집을 발견하는데, 그곳에서 "무단 표류하셨을 낚시꾼 혹은 여행객 여러분"(283쪽)으로 시작되는 종이를 발견한다. 그들은 이 종이를 사람이 살고 있다는 증거로 생각하지만, 그 집의 주인 승욱은 십 년 전에 이미 죽고 없다. 승욱은 가장 믿었던 친구에게 사기를 당하고, 그 일로 가정마저 파괴된다. 사람에 실망하고 세상에 절망한 승욱은 무인도행을 택한다. 이 섬에 찾아들던 승욱은 주인공들의 현재 모습에 해당한다. 그날도 승욱은 긴장의 연속과 마찬가지로 "사람을 죽이는 독"(289쪽)인 무료함을 달래기 위해 벌꿀 따는 일을 하러 나간다. 꿀을 채취하는 중에 말벌 하나가 눈으로 돌진해오고, 이로 인해 나무에서 추락하던 승욱은 조끼가 나뭇가지에 걸려 매달린다. 그는 기절도 하지 않은 상태에서 꿀벌들의 무수한 공격을 받으며, 서서히 아주 오랜 시간에 걸쳐 "풍장"(291쪽)되었던 것이다.

섬주민 승욱의 그로테스크한 모습은 안수정등(岸樹井藤)[2]의 고사를 떠올리게 한다. 고사 속의 사람은 꿀에 취한 채 죽어가지만, 승욱은 꿀조차 없는 고통 속에서 죽어갈 뿐이다. 승욱의 처참한 모습은 이 소설 속 주인공들의 심리적 실재에 버금가는 것이다. 이처럼 현실의 질서로부터 자유로운 곳은 없다. 이 작품은 초점자를 번갈아가면서 등장시켜, 각기 다른 입장을 보여주는 서술적 특징을 지니고 있다. 아버지의 장례식에 온다고 하고서는 오지 않는 친구들을 원망하는 상희, 자신의 배가 떠내려간 것은 알지도 못한 채 애월리의 퀸 명자의 품에 안겨 있는 종국, 이미 죽고 없는 섬주인을 기다리는 세 명의 주인공 등이 그러하다. 모두는 각자의 섬에 조난당한 채, 출구 없는 고통의 무인도를 하루에도 몇 번씩 수색하고 있다.

「거짓말」은 유머러스한 상황설정을 통해 현대인이 겪는 자기 소외의 문제를 직접적으로 드러내고 있다. 캐릭터 디자이너인 지희는 버릇이 되다시피 한 거짓말로 여러 차례 궁지에 몰린다. 어머니가 미인대회 출신이라고 한다든가 오빠가 조폭 출신이라고 하는 것 등이 그것이다. "지희는 거짓말을 할 때만큼은 현재의 자신이 아닌 다른 사람이 되는 것 같았다. 사람들의 눈과 귀

---

2) 안수정등의 이야기는 우리의 인생을 비유한 것이다. 기본적인 내용은 다음과 같다. 어떤 사람이 벌판을 걷다가 갑자기 뒤에서 나타난 성난 코끼리에 쫓긴다. 달아나던 사람은 작은 우물을 발견하고서는, 우물 속에 드리워진 칡넝쿨을 타고 아래로 내려간다. 그런데 정신을 차리고 아래를 보니 우물 바닥에서는 무서운 독사가 노려보고 있으며, 위에서는 코끼리가 여전히 성난 표정으로 지키고 서 있다. 게다가 흰쥐와 검은쥐는 번갈아가며 칡넝쿨을 갉아먹고 있는 것이 아닌가. 그때 어디선가 꿀이 아래로 떨어진다. 그 사람은 그 꿀을 받아먹으면서 자신이 처한 모든 상황을 잊는다.

를 붙잡아둘 수 있었고 평소와는 다른 감탄사를 들을 수도 있었다"(241쪽)에서 알 수 있듯이, 거짓말을 통해 자신의 캐릭터도 매번 새롭게 디자인한다. 지희가 거짓말로 끊임없이 새로운 정체성을 창조해나간다면, 윤주는 실제 행동으로 자신을 매번 새롭게 만들어나간다. '체험 강박증자' 혹은 '체험 탐험가'답게 뭐든 쉽게 결정하고 행동한다. "언제 무슨 일이 벌어져 어디로 튈지 모르는 인간이 바로 윤주"(236쪽)인 것이다. 여기서 지희나 윤주 모두 뚜렷한 자신의 정체성을 형성하지 못한 사람들임을 알 수 있다.

지희는 회사 동료들에게 있지도 않은 남자친구 얘기를 하고, 그로 인해 윤주를 통해 돈으로 남자친구를 사게 된다. 가짜 남자친구 한기는 회사 동료들 앞에서 완벽한 남자친구 행세를 하고, 지희는 킹카 남친을 둔 멋진 여성이라는 정체성을 획득한다. 그런데 문제는 지희가 한기를 좋아하게 되면서 발생한다. 지희는 가짜를 진짜로 오인해버린 것이다. 165센티미터의 키에 팔십 킬로그램인 지희는 윤주에게 소개팅 대신 지난번과 같은 가짜 만남을 한번 더 갖게 해달라고 부탁한다. 이번에는 지난번보다 더욱 돈이 드는데, 이유는 가짜 남친 외에 가짜 여친들마저 섭외해야 하기 때문이다. 소외가 자신을 행위의 주체자로 느끼지 못하고 그 자신을 이질적인 존재로서 경험하는 심리적 현상이라면, 지희와 가짜 남친 여친들은 자신들의 필요(가상의 정체성, 경제적 필요)에 의해 자발적인 소외의 상태에 빠져든 인물들이다.

두번째 만남에서 한기는 돈 이십만원을 포기하고, 지희의 남친 행세를 하지 않고 자신의 취향을 있는 그대로 드러낸다. 한기가 나간 이후 가짜 여친들도 자신들의 일당 오만원을 포기하고, 그 돈으로 함께 술을 마신다. 마지막 문장은 "그러자 비로소 지희의 얼굴에 미소가 떠올랐다"(265쪽)이다. 오늘 있었던 일을 무덤까지 가지고 갈 것을 맹세한 다섯 명의 가짜 여친들이 맹세의 표시로 마지막 한 방울까지 맥주를 다 마시는 것을 본 후 지희의 반응이다. 자기마저 속이는 일의 고단함에서 벗어난 자의 미소가 아닐 수 없다.

3. 백수(白手)의 진정성

이번 작품집에서 구경미가 창조해낸 득의의 영역이라 할 백수에 대한 탐구가 사라진 것은 아니다. 백수를 집계하는 것 자체가 무의미해진, 아니 불가능해진 지금 이 시대야말로 백수의 문제는 이 사회의 중핵이 되었다. 그러나 그 탐구의 방향과 자세는 이전과 사뭇 다르다. 이전에는 그 끔찍한 현재의식에 초점이 맞추어져 있었다. 의식의 주인조차도 통제할 수 없는 엿가락처럼 길게 늘어지는 문장은 그 자체로 피로해진 의식을 반영했다. 「봉덕동 블루스」에서 그의 내면을 표현하기 위해 등장하는 "행복하지 않았다고 해서 불행했던 것도 아니지만, 이제 그는 행복해지고 싶었으므로 행복하지도 불행하지도 않았던 그 동안의 삶이 불행하게 여겨졌다"(『노는 인간』, 126쪽)와 같은 문장이 대표적이다. 이번 작품집에서 그러한 문장은 더이상 찾아볼 수 없다. 그들은 더이상 그러한 의식과 행동 자체에만 매몰되어 있지 않다. 작가는 백수의 초상화를 떼어 사회적 관계 한복판에 다시 걸어놓고 있다. 다시 말하자면 그들의 존재를 규정짓고 있는 사회적 배경과 틀로 관심을 확대시키고 있는 것이다. 이것은 그만큼 백수들의 의식으로부터 자유로워진 것일 수도 있고, 그 끔찍함의 강박에서 벗어난 것일 수도 있고, 작가의식의 성숙일 수도 있다.

「게으름을 죽여라」는 백수의 자의식과 사회적 의미 등을 정면에서 다루고 있다. 스물여섯이 넘도록 직업이 없는 '나'는 할머니에 의해 게으름병을 앓는 환자로 규정된다. 그 병을 치료하기 위해 '나'는 게으름치료센터에 두 달간 입소(할머니에게는 입원)한다. 그러나 '나'는 지극히 정상적인 인간이다. 다만 미친 사회가 보았을 때 게으름이라는 병에 걸렸을 뿐이다. 할머니 역시 그녀가 "하루에 열 통도 넘게 이력서와 자기소개서 쓰는 걸"(108쪽) 보았다. 또한 미조와 남자아이가 센터에서 몰래 소주와 맥주를 마시는 것을 보며, "일탈은 꿈도 꾸지 못하고 살아온 내가 좀 바보스럽게 여겨지는 순간이었다"(116~117쪽)고 생각할 정도로 사회가 요구하는 삶에 순응해온 것이다. 그렇다면 백수, 즉 병자가 된 원인은 개인에게 있는 것이라고 볼 수 없다.

'나'는 그곳에서 대학을 휴학한 김미조와 고등학교를 휴학한 이동화를 만난다. "미조는 자신이 뭘 하고 싶은지를", 동화는 "자신이 뭘 해야 할지를" 모른다.(117쪽) 동시에 둘은 "딱히 하고 싶은 게 없"(117쪽)다. "공부만 하고 경쟁만 하느라 정작 자신에 대해서는 알지 못"(118쪽)하게 된 것이다. "하고 싶은 게 없어서 하지 않았을 뿐"(118쪽)이지만, 부모와 사회는 그들에게 무조건 부지런할 것을 강요하고, 이곳까지 이른 것이다. 센터에 들어오기 전에 이들은 그러한 사회에 맞서 각기 다른 방식으로 대응하는데, 그것은 이 시대 청년들의 일반적인 대응방식이기도 하다. 사회의 폭력성에 미조가 자신대로의 폭력성으로 맞섰다면, 남자아이는 냉담함으로 맞선다. 미조는 세 끼 식사 때마다 약육강식의 사회에 대한 열변을 토하는 부모에 맞서 자퇴를 선언하고, 나중에는 길에서 우연히 만난 사십대의 남자와 결혼을 선언하기도 한다. 동화는 부모의 대화 시도에 "못 들은 척, 못 본 척"(119쪽)으로 맞선다. 그 결과는 이 센터에 오게 된 것이다.

교도소를 벤치마킹한 듯 보이는 센터에서 이들은 노동의 신성함을 배우기 위해 '현장체험(무임금 노동)'을 하고, 게으름을 죄악시하는 교장의 정신강화교육을 받는다. 센터와 교장이 말하고자 하는 것은 "결국은 공부였고, 경쟁이었고, 물질적인 성공"(124쪽)이었다. 센터의 휴게실에 있는 서가 코너에는 공공의 적으로 분류된 책들만 꽂힌 칸이 있고, 권장도서가 꽂힌 칸이 따로 있다. 공공의 적 코너에 『당당한 게으름』 『게으를 수 있는 권리』『게으름에 대한 찬양』『게으름의 즐거움』이 놓여 있다면, 권장도서 코너에는 『부지런한 일꾼들』『부지런한 습관만이 인생의 기적을 낳는다』『드나드는 개가 꿩을 문다』『게으름을 죽여라』가 놓여 있다. 이중에서도 『게으름을 죽여라』는 교장의 저서이다.

몰래 미조의 생일파티를 하던 미조와 동화는 과실로 체육관에 불을 내게 된다. 이 일은 교장에 의해 센터 전체를 불태우려고 한 고의적인 방화행위로 규정된다. 그것을 뒷받침하는 증거물로는 동화가 미조에게 보낸 쪽지 '공공의 적—게으름을 죽여라'가 제시된다. 이 문구는 중의적으로 해석된다. 하나는 '공공의 적=게으름'으로 읽는 독법이고, 다른 하나는 '공공의 적=게으름을 죽여라'로 읽는 독법이다. 센터와 사회가 주장하는 것은 당연히 전자의 독법일 것이다. 그러나 교장은 후자의 독법으로 읽는다. 쪽지를 한참 들여다본 교장은 "목표는 나였어"(136쪽)라고 중얼거리기 때문이다. 교장은 설령 올바른 교육자는 아니었을지 몰라도, 정확한 해석자였음에는 분명하다. 결국 구경미는 이 소설을 통해 '게으름'과 '공공의 적'을 동일시하는 독해방식을, '게으름을 죽여라'와 '공공의 적'을 동일시하는 독해방식으로 바꿀 것을 조용하지만 힘 있는 목소리로 주장하고 있다.

"말 그대로 지옥이었"(137쪽)던 센터생활을 마치고 온 '나'는 오히려 더욱 게으름(?)에 빠져든 모습을 보인다. 모든 게 다 시들해진 '나'는 구직활동도 하지 않고, 불안 속에 하루하루를 보낼 뿐이다. 센터에서 깊이 새겨진 '무능력'과 '게으름'이라는 단어는 오히려 '나'에게서 모든 의욕을 빼앗아간 것이다. 비자발적 백수는 게으름치료센터에서 백수를 둘러싼 사회적 맥락을 온몸으로 학습하고, 그 결과 자발적 백수에 도달한 것은 아닐까. 그리하여 그녀 나름대로 '공공의 적=게으름'이 아닌 '공공의 적=게으름을 죽여라'의 삶의 방식을 시험해보는 것일 수도 있다. 경찰에 인계되기 전날 체육관에 감금되었던 미조와 동화는 사라진다. 미조와 동화, 그리고 '나'만이 알고 있는 비밀통로가 체육관에는 만들어져 있었던 것이다. 그 비밀통로를 통해 사라진 그들에게서도 새로운 독해방식에 걸맞은 삶의 방식이 기대된다.

4. 지옥도(地獄道)를 건너는 방법

「거짓말」의 마지막에 지희가 지은 미소와 「게으름을 죽여라」에서 미조와 동화의 사라짐이 보여주었듯이, 이번 소설이 우울한 사회적 현실만으로 가득하지는 않다. 그 속에서도 나름의 진지한 성찰과 사유가 선명하게 그 모습을 드러내고 있기 때문이다. 이러한 특징이야말로 이번 작품집을 읽으면서, 이전에 느껴지던 세상으로부터 고립된 자가 내뿜는 특유의 시니컬한 분위기 대신 유머러스함 속에 담긴 진지한 분위기를 느낄 수 있는 이유이다.

「일주일」은 현실을 바라보는 프레임으로서의 환상이 지닌 자기기만의 문제를 드러내고 있다. 진정으로 무서운 이데올로기적 환영은 당이나 제국과 같은 거대한 조직으로부터 비롯되는 것이 아니라 소시민의 내면을 갉아먹는 작은 허위의식들에 있음을 날카롭게 드러내고 있다. '나'는 스스로를 "계획적인 사람"(75쪽)이라고 규정한다. 자잘한 일과가 아니라 인생 전체가 철저한 계획에 따라 이루어졌다고 생각하는 것이다. 일류가 아닌 이류대학에 간 것도, 연애를 딱 세 번만 한 것도 모두 자신의 계획에 따른 일이었다고 믿는다. '나'는 서른 무렵에 잘나가는 회사의 디자이너였지만, 창업을 위해 회사를 그만두고 유통업체 소속 영업사원으로 뛰고 있다. "연봉이나 대우로 따지자면 강등에 비유할 수 있겠"(78쪽)지만, 창업을 위해서는 디자인 외에도 유통에 대해서 알아야 하기에 직업을 바꾼 것이라 굳게 믿고 있다.

영업사원으로서의 구차할 수도 있는 작은 일상도 그는 모두 자신의 창업을 위한 자발적인 일이라고 위안한다. 소매점에서 신상품을 구입하는 것도, "소매점 주인은 자신에게 잘 보이기 위해 일부러 물건을 산다고 오해하지만"(83쪽), 그에게는 창업을 위한 "영감이나 창의성을 얻기 위해서"(84쪽)이다. 소매점의 진열대를 돌며 물건을 바로 세워주는 일도, "거래처를 아끼는 영업사원의 성실함"과는 무관하게 "팬시제품 자체를 사랑하기 때문"이다.(84쪽) 이렇듯 직장에서의 모든 일이 자신의 꿈을 위한 것이기에 '나'에게는 삶에 대한 불평이나 불만이 있을 수 없다.

그러나 대학 동기와의 우연한 만남은 그 모든 어려움을 감내하게 만든 창업의 꿈이 거대한 자기기만이었음을 보여준다. 그의 삶이 지닌 자발성과 활기는 창업에서 오는 것이었는데, "창업 자금이 없을 거라고들 하던데…… 네 마누라가 보증을 잘못 서서 아파트 날리게 생겼다며"(101쪽)라는 동기의 말에서 알 수 있듯이, 그것은 완전한 허구였던 것이다. 동기와의 만남이 있은 다음날, '나'는 "일 년 오 개월 이십일 일 만에 처음으로 결근을 한"(103쪽)다. 그러나 환상의 생명력은 친구의 말 한마디가 환기시켜준 진실로 깨뜨리기엔, 너무나 강고하고 촘촘하다. 작품의 마지막은 '나'의 다음과 같은 다짐으로 끝나고 있기 때문이다.

> 어쨌거나 나는 이곳에서 육 개월하고 육 일을 견뎌야 하는 것이다. 육 개월하고 육 일 뒤 나는 이곳을 떠난다. 떠날 것이다. 그러므로 그 동안은 어떻게든 살아남아야 한다. 오류가 생기지 않도록 주의해야 한다. 잠시 자존심 좀 팽개쳐둔들 뭐 어떤가. 육 개월하고 칠 일째 되는 날 나는 화려하게 부활할 것이다.(104쪽)

「새로운 삶」의 그와 사내는 마지막에 죽음을 선택한다는 점에서 가장 파격적이다. 선택으로부터 배제된 삶을 살았던 그, 다시 말하자면 온전한 주체가 아니었다고 말할 수 있는 그는 처음으로 "돌아갈 시기"(163쪽), 즉 죽음만은 스스로 선택하고자 한다. "지금까지는 내 삶이 나를 끌고 다녔지만 이제는 내 차례"(163쪽)라는 것이다. 사내 역시도 "의미 없는 삶을 왜 연장한단 말이오?"(164쪽)라며 동의를 표한다. 작품은 "같이 퇴근합시다, 사내가 말하고, 그럽시다, 그가 동의"한 후, "서로서로 어깨를 빌린 채 무작정 앞으로 걷기 시작"하는 것으로 끝난다.(169쪽) 이 발걸음이 세상을 향한 출발로는 읽히지 않는다. 이미 "퇴근의 의무가 없는 생활"(167쪽)을 한 지 오래인 그에게, 퇴근이란 일상적인 삶을 유지하기 위한 평범한 일과일 수 없기 때문이다. 그것은 구속받는 혹은 소외된 삶으로부터의 영원한 퇴근이다.

「잠자는 고양이」에서는 의식(儀式)을 통한 탕진이 그 해결책으로 제시되고 있다. 작품의 '그'는 이 년 전 직장을 그만둔 후에 백수로 머물고 있다. 그는 "할 일도 없고 하고 싶은 일도 없으면서 자신이 쓸모없는 인간일지도 모른다는 생각"(207쪽)에 빠져 있다. "자조와 허탈, 체념이 적당히 섞인 목소리"로 "무의미한 삶을 왜 견뎌야 하지"라고 말하는 상태이다.(210쪽) 이것을 극복하는 방법은 자살의식을 통한 탕진이다. 그는 날짜와 시간을 예고한 채 자살하려고 한다. 그는 이미 취직, 승진, 실연을 이유로 세 번의 자살을 시도한 바 있다. 흥미로운 것은 그의 말마따나 "절대의 힘, 정체불명의 기운, 초자연"의 힘인지는 모르지만, 자살 시도로 인해 취직이 되고, 승진이 되고, 떠나간 여인이 돌아오는 일이 벌어진다는 것이다. 그에게 자살은 삶의 무의미를 견디며 내면에 감춰진 힘을 끄집어내는 하나의 의식이 되어 있다.

「일주일」에서 '나'가 보인 자기기만, 「새로운 출발」의 그와 사내가 택한 세상으로부터의 퇴근, 「잠자는 고양이」에서의 자살 의식은 철창이 되어버린 현실에 대응하는 하나의 방법일 수도 있다. 그러나 자기기만은 현실의 냉혹한 유령적 논리를 자기화한 것에 지나지 않는다는 점에서, 세상으로부터의 퇴근은 현실로부터의 근원적 도피라는 점에서, 의식은 끊임없이 반복되는 일시적 모면에 불과하다는 점에서 그 한계가 뚜렷하다. 「뮤즈가 좋아」에서는 철없는 아마추어 음악인을 통해 유쾌하게 지옥도를 건너는 또하나의 방법을 보여주고 있다. 그것은 집단에도 이념에도 기대지 않고, 자기 욕망에 충실함으로써 진정성을 담보하는 방식이다. 조금 거창할 수도 있지만, 그러한 삶의 방식은 감히 윤리적이라고 말할 수도 있을 것이다.

「뮤즈가 좋아」의 스토리 시간은 학원 지하의 좁은 공간에서 음악학원 수강생의 친구와 가족 들을 관객으로 하는 아마추어 공연의 시작부터 마지막 노래가 채 끝나지 않은 순간까지이다. 이 시간 동안 기타리스트인 '나'의 회상이 소설의 주요 서사를 채우고 있다. '나'는 그야말로 자신의 욕망이 원하는 대로 살아간다. 보통 사람들에게 "밴드는, 그리고 음악은 이십대 초반의 성장통 같은 것"(22쪽)이지만, '나'는 인생 전부를 건다. '나'는 록밴드의 보컬이 되기 위해 고등학교를 졸업하자마자 상경한다. 그는 제대로 된 밴드에 들어갈 실력이 되지 않아 서른한 살이 된 지금까지 음악학원가를 벗어나지 못한다. 이제 학원의 누구도 그에게 꿈에 대해, 자기 곡에 대해, 편곡에 대해 묻지 않는다. 대신 결혼과 사귀는 여자와 직업에 대해 묻는다. 이것이 '나'의 무능력과 불운에 따른 수동적인 것만은 아니다. 스물다섯 생일에 아버지는 자신의 회사에 나올 것을 권유하지만, 그는 그 제안을 거부하고 자신의 욕망이 원하는 길을 걸어온 것이다. 마지막 곡을 남겨두고, '나'는 행복했던 지난 시절, 즉 "지금의 멤버로 팀을 꾸리던 날들"(34쪽)과 "펜타포트 록 페스티벌"(35쪽)에 갔을 때를 떠올린다. 음악을 향한 자신의 순심을 다시 한번 되새기며, '나'는 무대 위에 쓰러진다. 그의 이마를 가득 채운 땀의 열기 속에서 세상의 철창은 조금씩 녹아내릴 것이다.

5. 폭죽(爆竹)이 소중한 이유

이처럼 세상을 똑바로 응시하려 노력하는 구경미는 최근 자기만의 시각을 보다 더 뚜렷하게 확보해가고 있다. 지난해 발표한 「금일휴업」(『현대문학』 2008년 11월호)은 『미안해, 벤자민』에서 설득력 있게 제시한 증여의 원리가 얼마만큼 절실한 것인지를 실제의 차원에서 탐구하고 있는 작품이다. 국숫집을 운영하던 평범한 그녀의 삶에 사건이 발생한다. 존재를 모르던 다락방에, 한 아이가 살고 있었던 것이다. 그녀는 아이를 있는 그대로의 모습으로 받아들인다. 기행을 일삼으며 현대인의 인간소외를 실연하던 남편 역시 아내의 행위에 적극적으로 동참한다. 이 소설에서 아이는 부부와 어떠한 공통성도 확인할 수 없는, 그저 존재만을 어루만질 수 있는 미지의 존재, 환언하자면 신과 같은 존재, 미래의 인간과 같은 존재이다. 타자에 대한 환대는 결코 쉬운 일이 아니다. 환대는 쉽지만, 환대의 대상이 타자인 경우는 드물기 때문이다. 구경미의 「금일휴업」은 비유나 상징의 차원이 아닌 실제의 차원에서 바람직한 삶의 방식과 윤리에 대하여 이야기하고 있다.

문학의 죽음이 유행가처럼 널리 불리는 시대지만, 문자 그대로의 작가나 소설을 만나는 것이 그리 어려운 일은 아니다. 그러나 기억해야 할, 음미해야 할 작가와 작품을 만나는 일은 결코 쉬운 일이 아니다. 그런 면에서 유행가에도 일면의 진실은 있다. 그럼에도 구경미는 우리가 기억해야 할 작가임에 분명하다. 광장을 말하면 구태의연하고, 밀실을 말하면 보기 민망한 요즘의 소설계에서, 구경미는 새롭고 당당한 목소리로 밀실 안의 광장 혹은 광장 밖의 밀실을 말할 수 있는 몇 안 되는 작가이다. 그 밀실 속에서 구경미는 지금-이곳의 안과 밖, '실재'와 '현실'을 폼 잡지 않고 유머러스하게 심문한다. 구경미는 이제 더이상 가슴속 뜨거운 에너지만으로 원고지 앞에 서지 않는다. 원고지 옆에 놓여 있는 그녀의 가방에는 글쓰기의 기본 방법론을 적어놓은 수첩도 있고, 사회를 보는 커다란 망원경도 있으며, 인간의 심층을 해부하는 전자현미경도 있다. 그 철저한 준비와 내공은 이번 작품집을 다양한 문제의식이 가득한 폭죽으로 만들어놓고 있다. 그 폭죽으로 무엇을 하느냐는 이제 독자들의 몫이다.

작가의 말

8월의 어느 날, 은평구에 있는 진관사로 향했다. 구파발역에서 내려 걷기를 한 시간 반. 예전의 멋있던 길은 온데간데없이 사라지고 공사중, 또 공사중. 먼지와 소음과 대형트럭들, 거대한 아파트 단지. 그리고 지천에 널린 땡볕. 시커멓게 흙먼지를 뒤집어쓰고 달리는 진관사행 마을버스. 버스를 타면 편하게 갈 수 있는데, 유혹을 뿌리치는 힘겨운 고갯짓. 느린 속도로 한 걸음씩 묵묵히 나아가는 발걸음. 너무 많이 변한 주위 풍경 때문에 목적지에 도착할 때까지, 이 길이 맞나? 불안에 시달려야 했던 마음.

이전의 걸음이 도심에서 벗어나 자연을 느끼기 위한 행보였다면 이번에는 조금 다른 목적에서였다.

속죄.

그래서 버스를 탈 수 없었고, 땀 한 방울 흘리지 않고 편하게 갈 수 없었다. 의도한 것은 아니지만 이번 소설집에서 나는 너무 많은 등장인물을 죽였다. 누구는 무인도로 보내고, 누구는 '삶으로부터 퇴근'을 시키고, 또 누구는 '유골'로 만들고, 또 누구는 자살 중독자로 그렸다.

물론 죽음(지금 이 글을 쓰는 순간만큼은 '죽음'이라는 단어가 '국자'나 '보자기'였으면 좋겠다는 생각을 한다. 그러면 부담이 덜할 텐데)은 때로 삶의 허위성을 가장 적나라하게 드러내 보일 수 있는 도구이기도 하고, 삶에 최선을 다하게 하는 긍정의 힘이면서, 한편 생명체라면 언젠가는 결국 맞이해야 할 무엇이기는 하다.

이번 소설집 역시 나는 죽음을 어둡고 무겁게 그리지는 않았다. 오히려 어느 날 문득 내게 찾아올 친구처럼, 혹은 내가 찾아갈 편안한 친구 같은 존재로 그렸다. 직장에 출퇴근시간이 있듯 삶에 있어서의 퇴근 같은 것, 죽음을 인질로 한바탕 쇼를 펼칠 수도 있는 것.

그러나. 그럼에도. '죽음'이라는 단어 자체에 이미 어둠과 무거움이 내포돼 있는 것을. 어떠한 이유에서도 등장인물이 죽는 것은 썩 유쾌하지 않다.

여섯시 무렵의 진관사. 법당을 청소하는 스님들. 고요한 움직임. 노을이 번지기 시작하는 서쪽 하늘. 빈 잔디마당. 그리고 땀에 젖은 머리카락과 벌겋게 달아오른 얼굴로 홍제루 마루에 앉아 있는 나.

돌아오는 길. 속죄에 진정성을 담기 위해 다시 택한 걷기. 군데군데 쌓인 흙무더기. 울퉁불퉁한 길. 버킷을 치켜든 채 멈춰선 굴삭기. 지천에 널린 어둠. 그러나 달빛.

2009년 10월

구경미

| 수록작품 발표지면 |

뮤즈가 좋아 …… 『내일을 여는 작가』 2007년 겨울('뮤즈와 무지 사이'로 발표)

독평사 …… 『현대문학』 2007년 12월

일주일 …… 문장 웹진 2006년 8월

게으름을 죽여라 …… 문장 웹진 2008년 5월('공공의 적—게으름을 죽여라'로 발표)

새로운 삶 …… 『현대문학』 2005년 8월

은자와 함께 …… 『문예중앙』 2008년 여름('이별여행'으로 발표)

잠자는 고양이 …… 『한국문학』 2007년 가을

거짓말 …… 『현대문학』 2006년 9월

2005년 6월, 귀덕과 애월 사이 …… 『문학동네』 2006년 여름

문학동네 소설집
게으름을 죽여라

초판인쇄 | 2009년 10월 12일
초판발행 | 2009년 10월 19일

지은이 구경미
펴낸이 강병선
책임편집 조연주 서현아 이경록
마케팅 장으뜸 정민호 한민아 정소영 정윤희
제작 안정숙 서동관 김애진

펴낸곳 (주)문학동네
출판등록 1993년 10월 22일 제406-2003-000045호
주소 413-756 경기도 파주시 교하읍 문발리 파주출판도시 513-8
전자우편 editor@munhak.com | 전화번호 031)955-8888 | 팩스 031)955-8855

ISBN 978-89-546-0938-8 03810

* 이 도서의 국립중앙도서관 출판시도서목록(CIP)은 e-CIP 홈페이지(http://www.nl.go.kr/ecip)에서
이용하실 수 있습니다.(CIP제어번호: CIP2009003067)

www.munhak.com